JULIA BRUNS

SCHWARZE ZITRONEN

EIN AMALFI-KRIMI
MIT CLARETTA LÉPORE

KAMPA

Für den Blick hinter die Verlagskulissen:
www.kampaverlag.ch/newsletter

KAMPA POCKET
DIE ERSTE KLIMANEUTRALE TASCHENBUCHREIHE
Gedruckt auf säurefreiem und chlorfrei gebleichtem Papier zur Unterstützung verantwortungsvoller Waldnutzung, zertifiziert durch das Forest Stewardship Council. Der Umschlag enthält kein Plastik. Kampa Pockets werden klimaneutral gedruckt, kampaverlag.ch / nachhaltig informiert über das unterstützte CO_2-Kompensationsprojekt.

Veröffentlicht im April 2023 als Kampa Pocket

Dieses Werk wurde vermittelt durch die Agentur Editio Dialog, Dr. Michael Wenzel (www.editio-dialog.com).
Lektorat: René Stein
Covergestaltung: Lara Flues, Kampa Verlag
Covermotiv: Derek Anderson and Joel Anderson

Satz: Tristan Walkhoefer, Leipzig
Gesetzt aus der Stempel Garamond LT / 230135
Druck und Bindung: GGP Media GmbH, Pößneck
Auch als E-Book erhältlich
ISBN 978 3 311 15533 1

www.kampaverlag.ch

Eins

Ich sollte nicht hier sein. Nein, das sollte ich nicht. Wenn ich doch nur einen Moment länger über das alles nachgedacht hätte. Eine Woche. Was ist denn schon eine Woche? Für eine solche Entscheidung? Nichts. Emilio hat damals fast ein halbes Jahr gebraucht, um mich zu fragen, ob ich seine Frau werden will. Dabei war alles Wesentliche bereits passiert, also all das, was er dafür gehalten hatte. Wenn ich nur daran denke. Meine arme Mutter. Und der Prete Desiderio erst. Wenn die wüssten.« Sie bekreuzigte sich flüchtig. »Aber es ist ja alles gut gegangen.« Sie hob und senkte die Schultern. »Irgendwie. Emilio war eben noch nie ein Mann von schnellen Entschlüssen. Bei allen wichtigen Dingen. Aber sechs Monate? Nein, so viel Zeit habe ich jetzt nicht. Ich muss einfach etwas unternehmen. Aber ist das hier richtig? Womöglich ist es sogar zu gefährlich? Wieso weiß man eigentlich nicht vorher, was richtig oder falsch ist? Ich sollte gehen und noch einmal darüber schlafen. Das würde das Beste sein, gewiss. Vielleicht könnte ich mit dem Prete darüber reden, am Sonntag nach der Heiligen Messe?« Sie blickte wie gebannt auf die in ihrem Schoß liegenden Hände und streckte unter Zuhilfenahme von Daumen und Zeigefinger ihrer linken die Finger der rechten Hand. »Und Emilio? Ach, mein guter Emilio.« Sie ließ den Kopf noch tiefer auf ihre Brust fallen, neigte ihn leicht, senkte die Lider und verzog ihren Mund zu einem sehnsüchtigen Lächeln. Dann seufzte sie tief und war in Gedanken so weit weg, dass das unterdrückte Kichern von zwei Frauen, die ihr gegenübersaßen, nur von Ferne zu ihr drang. Vorsichtig öffnete sie die Augen und wagte es dabei kaum aufzusehen. Sie hatte doch nicht etwa laut gesprochen? Schon allein bei dem Gedanken daran spürte sie, wie ihr das Blut in die Wangen schoss, was den beiden natürlich nicht verborgen blieb. Sie lehnten aneinander, die Köpfe zusammengesteckt, und versteckten krampfhaft ihre Münder hinter den Händen, als könnten sie damit ihr Amüsement verbergen. Ihre durch die nach oben gedrückten Wangen, die schmalen, ein wenig glasig glänzenden Augen und die von der Beherrschung angespannten Körper verrieten sie jedoch.

Die dumme Fischertochter Claretta hat sich wieder einmal bis auf die Knochen blamiert, schalt sie sich, wohlbedacht, den Mund dabei fest geschlossen zu lassen. Unbehaglich rutschte sie auf ihrem Stuhl hin und her, strich die Falten aus ihrem Kleid und faltete die Hände. Dann besann sie sich. Womöglich war sie nur ein Fischermädchen aus dem kleinen Amalfi, aber dafür war sie ein stolzes Fischermädchen aus dem kleinen Amalfi. Claretta übte sich in einem ordentlichen Augenaufschlag, drückte ihren Rücken durch und hob ihr Kinn, nur ein wenig, aber immerhin so viel, dass sie aussah wie eine junge Frau, die etwas zu bieten hatte. Dabei funkelte sie die beiden Frauen böse an, was zu ihrer eigenen Überraschung Wirkung zu zeigen schien. Die beiden, Claretta schätzte sie auf kaum zwanzig Jahre alt, ließen den Blick verstohlen umherwandern. Nun waren sie es, die einen ziemlich unsicheren, ein wenig nervösen Eindruck machten. Das konnte aber auch an dem großgewachsenen, adretten Carabiniere liegen, der unbemerkt im Türrahmen aufgetaucht war und die beiden aus seinen dunklen Augen fast schon unverschämt musterte, während er eine von ihnen bat, ihn zu begleiten. Claretta beäugte deren unter dem lindgrünen Taftstoff davonwackelnden Hintern, bewunderte die wie mit dem Lineal gezogenen Nähte ihrer Strümpfe und die ebenfalls grünen Pumps, deren Absätze ihr für einen ganz normalen Wochentag ziemlich kess erschienen. So schicke Sachen kannte sie nur von den reichen Amerikanerinnen, die hin und wieder an der Strandpromenade entlangflanierten. Neugierig schaute sie auf das allein verbliebene junge Mädchen, das nun alles daransetzte, sie zu ignorieren, und sich dazu mit schier grenzenloser Hingabe daranmachte, ihren tiefroten Lippenstift im Spiegelbild eines goldenen Taschenspiegels nachzuziehen. Sie trug ihre gebleichten Haare in runden Föhnwellen, die ihrem hübschen Gesicht mehr Geltung verliehen. Ihr Kleid war gelb, mit einem eckigen, weiß drapierten Kragen, und verjüngte sich so sehr auf der Höhe ihrer Taille, dass sie kaum Luft zu bekommen schien und damit der darumgebundene weiße Gürtel nicht mehr als eine Zierde sein konnte. Auf dem Spann ihrer Schuhe, die ebenfalls perfekt auf ihre Erscheinung abgestimmt waren, steckten sogar kleine Schleifchen. Das Mädchen war einfach nur wunderschön. Claretta biss sich auf die Unterlippe. Und was war sie? Emilio würde spontan sagen flachbrüstig, aber das konnte außer ihnen beiden niemand weiter wissen, denn zum Glück wusste sich Claretta hier mit etwas Mull zu behelfen. Aber es stimmte schon. Für eine Frau war sie ein wenig zu knabenhaft geraten, dünn, wenn auch nicht knochig, eher muskulös, und mit einer Haut, die jeden einzelnen Sonnenstrahl in sich aufsog. Ihre Haare waren tiefschwarz, und obwohl sie nichts damit anstellte, außer sie jeden Morgen zu einem strengen Knoten an ihrem Hinterkopf zusammenzubinden, hatten sie einen solchen Glanz, dass die anderen Frauen im Dorf sie darum beneideten. Ja, ihre Haare konnte sie getrost vorzeigen, auch wenn die Frisur, die sie trug, dafür kaum prädestiniert schien. Claretta jedoch empfand sie als praktisch, und nur das zählte. Ansonsten jedoch mochte sie ihr Äußeres nicht sonderlich. Vor allem ihre dichten Augenbrauen, die viel zu nah beieinanderstanden und sie zuweilen strenger wirken ließen, als sie eigentlich war. Ganz abgesehen von ihren Lippen, viel zu schmal, um sie mit einem Lippenstift hervorheben zu können. Versucht hatte sie es natürlich, irgendwann einmal heimlich, und war sich dabei vorgekommen wie ein Clown im Zirkus. Das fehlte noch, wenn sie sich jeden Tag erst das Gesicht anmalen müsste. Was das an Zeit kostete, da hatte sie wahrlich Besseres zu tun. Zögerlich zupfte sie an ihrem bis zu den Ellenbogen reichenden Ärmeln ihres Kleides. Der derbe Stoff gab kaum unter ihren Bewegungen nach, und auch die Farbe – ein dunkles Braun, das an den Falten, an denen sie das Plätteisen ein wenig zu fest daraufgedrückt hatte, matt glänzte – war kaum etwas, was mit den jungen Dingern hier mithalten konnte. Emilio hatte das Zeug von irgendeinem Fronturlaub mitgebracht, angeblich aus Paris. Nun war Claretta zwar eine liebende Frau, aber sie wusste sehr wohl, dass Emilios Einheit bis Rom, eventuell höchstens bis nach Mailand gekommen war. Die französische Hauptstadt hatte der Halunke niemals gesehen. Deswegen, und da das Zeug nun wirklich nichts war, was eine Frau gern tragen mochte, hatte sie kurzerhand beschlossen, ihm und den Jungs ein paar Hosen daraus zu nähen. Aber das Leben verlief eben nun manchmal anders, als man es für sich festlegte, und so besaß Claretta nun dieses selbst geschneiderte Kleid, das sie vielleicht nicht besonders modisch, aber in jedem Fall ordentlich kleidete.

Ihr Gegenüber hatte mittlerweile aufgehört, sich zurechtzumachen, und nun ihrerseits begonnen, Claretta gründlich und nicht ohne den Anflug eines leichten Naserümpfens zu begutachten. Schließlich blieb ihr überheblicher Blick demonstrativ an ihren Schuhen hängen, zu lange, als dass Claretta es nicht auffallen konnte. Die Atmosphäre in dem kleinen Kabuff hätte frostiger nicht sein können, als in einiger Entfernung eine Tür etwas zu schwungvoll ins Schloss fiel und das eilige Klappern von Absätzen laut wurde, begleitet von ein paar undefinierbaren Schluchzern. Kurz darauf stand der Carabiniere erneut vor ihnen und nickte der jungen Frau auffordernd zu, worauf sie von Clarettas Schuhen abließ und dem Polizisten folgte. Die Bewegungen ihres Gesäßes waren dabei noch ausladender als die ihrer soeben verschwundenen Freundin. Claretta lehnte sich zurück, streckte die Beine und atmete befreit aus. Aber was war das? Staubige

Schuhe. *Dio mio!* An ihren Füßen musste der gesammelte Dreck des Berges haften. Von dem weinroten Leder war so gut wie nichts mehr zu sehen. Wieso bemerkte sie das erst jetzt? Dabei hätte sie es wissen müssen. Nach knapp drei Kilometern Fußmarsch bis hinunter in die Stadt war der Glanz dahin. Ihr fielen die Worte von Nunzia, ihrer Großmutter, wieder ein. Ein Blick auf die Schuhe genügte und man erkannte, welche Art von Frau man vor sich hatte, sagte sie immer. Schuhe waren wichtig. Vor allem, wenn man nur ein einziges Paar Ausgehschuhe besaß. Normalerweise stand es poliert im Kleiderschrank und wurde nur zu besonderen Anlässen herausgeholt, zum sonntäglichen Kirchgang oder am 27. Juni, zum Fest des Schutzheiligen Andreas. Und heute. Aber das war etwas anderes. Mit einer schnellen Bewegung schob sie ihre Beine so weit wie möglich unter ihren Stuhl.

Claretta war noch nie auf einer *Comando Stazione Carabinieri* gewesen. »Gott bewahre!«, entfuhr es ihr. Verstohlen schaute sie sich um, stellte fest, dass sie ganz sicher niemand gehört hatte, und gluckste erheitert. Claretta führte gern mal Selbstgespräche, aber das musste ja nicht unbedingt jeder mitbekommen. Dann fiel ihr ein, dass man den Allmächtigen nicht wegen jeder Belanglosigkeit anrufen sollte. Damit er ihr diese in ihrer jetzigen Situation vollkommen überflüssige Bitte nicht krummnahm, bekreuzigte sie sich rasch. »Ich weiß, ich weiß, Emilio, eine Frau hat hier nichts zu suchen, erst recht nicht allein«, murmelte sie und schaute verstohlen in Richtung Zimmerdecke, um auch ihn noch zu besänftigen. Emilio war ihr Ehemann. Und er war im Himmel.

Aber was noch viel schlimmer war, sie lebte mit der absoluten Gewissheit, dass er sie von dort unentwegt kritisch beobachtete und mit vielem ganz und gar nicht einverstanden war, was er sie auch spüren ließ. »Ich weiß genau, was ich tue«, schob sie noch schnell nach, wohl wissend, dass es eine Lüge war, und ließ es dann dabei bewenden. Emilio war nie ein Mann der vielen Worte gewesen. Sollte er jetzt doch selbst einmal erleben, wie sich so etwas anfühlte.

Der *Comando Stazione* der Carabinieri befand sich mitten in der Stadt. Die Wache stand nahezu frei, was bei den ansonsten engen Gassen und Plätzen des Ortes recht ungewöhnlich war, und wies mit seinen fünf Stockwerken eine beachtliche Höhe auf; aufgrund der schmalen Fassade wirkte sie immer so, als stünde sie auf wackligen Beinen, hatte aber dennoch etwas Einschüchterndes und Imposantes. Das lag vielleicht aber auch an den Fenstern, vor denen schwere, rostige Gitterstäbe angebracht waren, oder an der breiten, von einem steinernen Bogen überspannten Eingangstür, vor der links und rechts zwei Polizisten mit grimmigen Mienen Wache schoben. Die Köpfe der Männer überragte ein Balkon, der im Laufe der Jahre einen Großteil seines Putzes, aber auch einige zierende Kantensteine eingebüßt hatte und der offenbar niemals benutzt wurde. Bis hinauf zur Dachrinne, in der hier und da Unkraut spross, setzte sich dieser Verfall fort, wobei offenbar ab und zu Handwerker versucht hatten, mit Mörtel in unterschiedlichen Grautönen Ausbesserungen vorzunehmen (seit dem Abzug der Amerikaner war kein neuer Mörteltupfer hinzugekommen). Und dann waren da natürlich die eingestaubten Carabinieri. Jedes Mal, wenn sie bei der Dienstelle vorbeiging, waren sie nicht zu übersehen, die Reste des Fassadenputzes, die sich wie eine dicke Schicht Schuppen auf den dunkelblauen Uniformen der Wachposten ablagerten. Dabei war sie des Öfteren in Versuchung geraten, die Polizisten wieder in Ordnung zu bringen. Natürlich wäre sie niemals ernsthaft auf die Idee gekommen, fremde Männer anzusprechen, geschweige denn sie zu berühren, aber insgeheim bedauerte sie deren Ehefrauen, die jeden Abend den Dreck eines ganzen Tages aus dem schweren Stoff bürsten mussten.

So ungefähr jeder in der Kleinstadt kannte das Gebäude und betrachtete es lieber aus einiger Entfernung, als in die Nähe zu kommen oder sogar hineinzugeraten. Ihre Großmutter war der Überzeugung, das wäre eine Sache des Blutes. Die Amalfitani waren auf dem Meer zu Hause, und damit liebten sie nun mal die Freiheit und Unabhängigkeit. Beides ließ sich, davon war sie überzeugt, keineswegs mit Uniformen und staatlichen Regeln in Einklang bringen, erst recht nicht, wenn auf den Hauptwegen der Küste noch immer ein paar deutschsprachige Wegweiser oder in den Speisekammern der Bewohner Vorräte an amerikanischem Büchsenfleisch zu finden waren. Ihre Großmutter jedenfalls hasste sowohl die Kartoffelköpfe als auch die Amerikaner aus tiefstem Herzen. Eindringlinge waren nicht erwünscht. In dieser Haltung sowie auch in allem anderen war ihre Nonna konsequent. Claretta hingegen hatte sich darüber nie Gedanken gemacht, ebenso wenig wie über die Carabinieri.

Wer eine Polizeistation neben einem Friedhof einrichtete, der wird schon seine Gründe gehabt haben. Deswegen jedenfalls war sie öfter in der Gegend. Ziemlich oft sogar, denn ihr Emilio hatte, was seine Grabpflege anging, genaue Vorstellungen gehabt, und so stieg sie seit 1943 einmal in der Woche, immer Samstagabend, von ihrem Dorf ins Tal hinab, wunderte sich über die schmutzigen Uniformen und besuchte ihren Mann.

Heute allerdings war nicht Samstag, sondern Dienstag. Emilio würde umsonst auf sie warten. Sie hatte all ihren Mut zusammengenommen und sich in die Wache hineingewagt, mit weichen Knien und gesenktem Kopf, aber immerhin, sie hatte es geschafft. Das Haus war von innen nicht hübscher als von außen. Der Eingangsflur lag dunkel da, und das gelb-grüne Fliesenmosaik auf dem Fußboden war an manchen Stellen so ausgetreten, dass sie aufpassen musste, nicht zu stolpern. Die Schreibstuben befanden sich rechter Hand, fünf dicht nebeneinanderliegende geschlossene Türen, deren Oberlichter kleine Lichtkegel auf den Steinfußboden warfen und die wenig einladend wirkten. Die halbhohe Holzvertäfelung der Wände, die sich über das enge Treppenhaus bis hinauf in den kleinen Flur der ersten Etage zog – dort hatte man ihr einen Platz angeboten –, war mit Rissen und Schadstellen übersät, was nicht einmal die spärliche Beleuchtung ungesehen machen konnte. Der Geruch nach Stiefelwichse, Tabak und Knoblauch, den sie sofort bei ihrem Eintreten bemerkt hatte, verstärkte sich hier oben noch. Irgendwann flog eine Tür auf, und sie hatte überrascht festgestellt, dass der Schreibtisch fast das gesamte Zimmer einnahm, so winzig waren die Räume. Ihr pummeliger Emilio jedenfalls hätte schon allein deswegen niemals zu den Carabinieri gehen können. Der Gedanke belustigte sie. Abgesehen davon hatte Emilio die Polizei nie sonderlich leiden können. In dieser Abneigung war er konsequent gewesen. So wie in einigem anderen leider auch, aber darauf konnte sie nun keine Rücksicht nehmen, was sie ihn in Gedanken auch wissen ließ. Emilio schwieg sich aus. Womöglich war er gerade anderweitig beschäftigt. Das sollte ihr recht sein, denn wenn er mitbekam, unter welchen Bedingungen sie hier warten musste, würde er ziemlich böse werden. Der Raum, in dem sie saß, hatte kein Fenster und glich eher einer Abstellkammer, zumindest musste sie nur die Hand ausstrecken, und ihre Fingerspitzen hätten die ihr gegenüberstehenden, nun glücklicherweise unbesetzten Stühle berühren können. Das Kehrblech und der Besen, die in einer Ecke standen, unterstrichen den Eindruck, die nackte Wand aus Backsteinen und die Glühbirne ebenfalls, die von der Decke baumelte und in deren gelbem Licht die dicken Fäden einer Spinnwebe zu sehen waren. Wenn es hier oben schon so aussah, dann wollte sie nicht wissen, wie die Gefängniszellen im Keller beschaffen waren. Sie nahm zumindest an, dass es dort welche geben müsste, auch wenn sie diese ganz gewiss nicht kennenlernen wollte. Wenigstens fehlte der Kammer, in der sie saß, die Tür, sodass sie das Geschehen auf dem Flur verfolgen konnte, sofern es etwas zu sehen gab. In den letzten drei Stunden war nicht viel passiert, bis auf den Abgang der mit ihr wartenden Bewerberinnen.

Je länger sie aber hier ihren Nachmittag verstreichen ließ, umso mehr beschlichen sie die Zweifel. Die Frauen, die sie hier angetroffen hatte, waren so ganz anders als sie selbst. Womöglich hatte sie irgendetwas durcheinandergebracht oder nicht richtig verstanden? Das konnte schon einmal vorkommen, denn auch wenn sie zweifelsohne die beste Absolventin von Signorina Albertinas Haushaltsschule gewesen war, hinsichtlich einer richtigen Anstellung brachte sie keinerlei Erfahrung mit. Ihr Bauch fing an zu kneifen, und ein paar Schweißtropfen rannen ihr den Nacken hinunter. Sie wagte einen zögerlichen Blick hinauf zu Emilio, aber der blieb wie immer stumm, wenn es darauf ankam.

»*Signorina*! Der *Capitano* wartet.« Ohne dass sie ihn bemerkt hatte, stand unerwartet ein anderer, deutlich jüngerer Carabiniere im Türrahmen. Er mochte kaum sechzehn oder siebzehn Jahre alt sein. Offenkundig wuchs er so schnell, dass man ihm aus purer Sparsamkeit eine Uniform zugeteilt hatte, die erst in ein paar Monaten seinen Körpermaßen entsprechen würde. Der Rock und die Hose schlackerten an seinem großgewachsenen, hageren Körper, was jede seiner Bewegungen fast ein wenig lächerlich gemacht hätte, wenn da nicht sein selbstbewusster Gesichtsausdruck und die Entschiedenheit in seiner Stimme gewesen wären.

»*Signora*, bitte«, antwortete sie leise und mit einem sanften Lächeln, streifte die Oberseiten ihrer Schuhe eilig an den nackten Waden ab und fasste nach ihrer Handtasche. Bei alledem schaute sie den jungen Carabiniere unverwandt an, nur um sicherzugehen, dass der ihren

Blick ebenfalls erwiderte und nicht zufällig ihr peinliches Tun um ihre schmutzigen Schuhe mitbekam.

Der junge Mann schien sich für ihr Schuhwerk nicht zu interessieren. Stattdessen hatte ihn wohl ihr Einwand aus dem Konzept gebracht, denn er schaute sich in dem leeren Raum um, als könnte sich noch jemand irgendwo versteckt haben, und bat sie dann, ihm zu folgen. Mit schnellen schlaksigen Schritten steuerte er auf eine der Türen zu, hielt kurz davor inne, als müsste er überlegen, ob sein Eintreten erwünscht war, und klopfte schließlich so zögerlich und angespannt gegen das dunkle Holz, als stapele er rohe Eier. Obwohl ihre Nervosität während der letzten Stunden etwas nachgelassen hatte, übertrug sich die Angespanntheit des jungen Mannes unversehens auf sie. Was auch immer sie hinter dieser Tür erwartete, es würde kein Sonntagsspaziergang werden. Sie atmete tief durch und bekreuzigte sich im Geiste.

»Herein!«

Die Antwort, die durch die geschlossene Tür dröhnte, erinnerte sie im Tonfall an die übermütigen Schreie der Fischer, die sich, wenn sie nach einem langen Tag auf dem Meer in den Hafen einfuhren, einander ihre Erfolge zuriefen. Sooft es ging, war sie früher hinunter zum Kai gelaufen, um sich an den Albernheiten der Männer zu erfreuen. Ihr Emilio war immer der Lauteste von allen gewesen, ein richtiger Aufschneider hatte er sein können. Zugegeben, dafür hatte er meist auch die besten Fänge mit den Netzen eingeholt. Wenn sie allein an die dicken Tintenfische dachte und wie stolz er sie allen präsentiert hatte. Emilio war ein Fischer durch und durch gewesen.

Aber diese Zeit war lange vorbei. Heute ging sie nur noch selten zum Hafen. Eigentlich nur dann, wenn etwas Besonderes anstand und die Großmutter Nunzia ihre berühmte saure Fischsuppe zubereiten wollte, für die sie frischen Fisch brauchte. Früher hatte es die einmal in der Woche gegeben, aber da waren Fische und Meeresfrüchte auch nichts gewesen, was sie hatten teuer bezahlen müssen. Der alte Alfredo, der einzige Fischer, der noch regelmäßig hinausfuhr, legte zwar für sie immer noch einen Extrafisch obendrauf, aber er selbst besaß nicht so viel, dass man seine Großzügigkeit überstrapazieren konnte. Ein Krieg veränderte nun einmal alles. Nicht nur ihr Leben.

Mit Ertönen des Befehls schlug der *Allievo* – ein Schüler, denn etwas anderes konnte der Bursche noch nicht sein – noch auf dem Flur die Hacken zusammen, öffnete die Tür, soweit ihm das mit vorgebeugtem Oberkörper möglich war, und schaute sie hilfesuchend an. Seine Füße bewegten sich keinen Millimeter. »Capitano Spadaro«, hauchte er voller Ehrfurcht.

Sie nickte verhalten und huschte vorsichtig an ihm vorbei ins Zimmer. Nachdem sie eingetreten war, knallten die Absätze seiner schweren Lederschuhe erneut, und hinter ihr wurde leise die Tür ins Schloss gezogen. Sie drehte sich um und sah, dass der Junge verschwunden war.

»*Signorina*, treten Sie näher!«, sagte der Capitano mit tiefer Stimme und nickte ihr auffordernd zu.

Sie grüßte höflich, vergaß aber vor lauter Aufregung, seiner Bitte zu folgen, geschweige denn sich vorzustellen.

Mit großen Augen schaute sie sich um. Noch nie hatte sie eine so weiträumige Amtsstube gesehen. An der Frontseite hatte es vier Fenster plus eine zweiflüglige Tür, die auf den Balkon hinausführte. Rechts und links davon, am jeweiligen Ende des Raumes, zogen sich zwei Einbauschränke über die gesamte Wand, wobei beide sowohl offene Regalflächen als auch abschließbare Türen besaßen. Davor stand jeweils ein Schreibtisch. Der kleinere von beiden, der mit seinen schmalen Beinen eher einem wackeligen Küchentisch glich, war bis auf einen Stapel graues Papier und ein paar Bleistifte leer. Der andere aber war so lang, dass er sie an die große Tafel erinnerte, die ihr Vater immer aufbaute, wenn die gesamte Familie zu Besuch kam, einschließlich aller Cousins und Cousinen dritten Grades. Er stand auf gedrechselten dicken Füßen, war aus schwerem Holz gearbeitet, und bis auf eine dicke lederne Unterlage, einen Telefonapparat, eine Karaffe mit Wasser und den Füßen des Capitano, die in schwarzen, auf Hochglanz polierten Lederstiefeln steckten, befand sich nichts darauf. Er trug eine dunkelblaue Reiterhose mit rotem Längsstreifen, die ab den Knien in die Stiefelschäfte mündete, und einen bis zum Hals zugeknöpften Rock, dessen mit Gold verzierter Kragenspiegel deutlich mehr hermachte als die einfache Kluft des *Allievo*. Die Knöpfe des Capitano hatten vor allem auf der Höhe seines runden Bauches so einiges auszuhalten. Die Jacke klaffte so weit auf, dass hier und da sogar sein weißes Unterhemd durchblitzte. Sein Kopf war erstaunlich groß und so kugelrund wie eine Wassermelone. Aber der liebe Gott hatte vorgesorgt und ihm einen ebenso stämmigen

Hals geschenkt, der solch eine Last problemlos tragen konnte. Die Bürde des Capitano schien allerdings insgesamt so schwer zu wiegen, dass sein Gesicht angestrengt dunkelrot leuchtete. Dagegen strahlten seine Augen wie die eines Mannes, der voller Lebensfreude und Tatendrang steckte und dabei die Welt um sich herum nicht ganz so ernst zu nehmen schien. Die Wölkchen jedenfalls, die er nach jedem Zug an seiner Zigarre mit spitzem Mund fast schon kunstvoll in die Luft blies und an denen er sich mit kindlicher Unbeschwertheit erfreute, unterstrichen diesen Eindruck. Bei alledem war der Capitano kein Mann, dessen Alter man mühelos schätzen konnte. Der ergraute altmodische Schnauzbart, den er von König Viktor Emanuel III, dem letzten richtigen italienischen König, entliehen haben musste, ließ ihn etwas gesetzter erscheinen, was womöglich beabsichtigt war. Auch seine extrem kurz geschnittenen Haare und der hohe Haaransatz erinnerten ein wenig an den Monarchen, allerdings in dessen jüngeren Jahren. Später hatte Viktor einen Kahlkopf gehabt, aber damit würde der Capitano aller Wahrscheinlichkeit nicht geschlagen werden.

»Signorina, kommen Sie«, wiederholte er in herzlichem Singsang und mit einer für seine kräftige Statur ein wenig zu hohen Stimme. Dabei winkte er ihr mit seiner rechten Hand zu, zwischen deren Zeige- und Mittelfinger die brennende Zigarre steckte, was Asche auf sein Hosenbein rieseln ließ. Er bemerkte es und klopfte ohne hinzusehen mit der anderen Hand kurz auf den Stoff, sodass sich jetzt alles auf den abgewetzten Dielenbrettern des Fußbodens verteilte. Den breit getretenen grauen Flecken nach zu urteilen passierte es ihm jedoch öfter und war ihm augenscheinlich vollkommen gleichgültig.

Schüchtern folgte sie seiner Bitte und ging ein paar Schritte auf ihn zu. Etwa zwei Meter vor seinem Schreibtisch verharrte sie. »Signora, bitte«, sagte sie scheu und fixierte dabei ihre Schuhspitzen mit den Augen. Der Staub darauf schien ihr angesichts des fleckigen Fußbodens nicht mehr ganz so schlimm. Dafür war der Geruch nach frischem Knoblauch mittlerweile so intensiv, dass sie mit sich kämpfen musste, nicht niesen zu müssen. Wie jeder andere Amalfitani liebte sie das Lauchgewächs über alles, aber bei ihr führte sein Duft zu unabwendbaren Reizungen der Nasenschleimhäute, die durchaus in einem fulminanten Niesanfall enden konnten. Da eine solche Attacke die Peinlichkeit ein paar ungepflegter Schuhe aus ihrer Sicht noch übertroffen hätte, atmete sie, so flach es ging, und wartete, was nun passierte.

Der Capitano stutzte, ließ sich aber ansonsten keine weitere Verwunderung anmerken. »Sie möchten hier arbeiten?«, fragte er, als böte er ihr ein Glas Wein an. »Deswegen sind Sie doch hier, oder?«

»Ja.« Ihre Antwort war so leise, dass sie sie selbst kaum vernehmen konnte. Natürlich wusste sie, dass es unüblich war, wenn eine Signora und keine Signorina nach einer Arbeit fragte. Vor der Hochzeit, da mochte das noch halbwegs akzeptabel sein, vorausgesetzt, man bekam in dem kleinen Fischerdorf überhaupt eine Beschäftigung. Mehr als Zimmermädchen in einem der wenigen Hotels oder Aushilfe bei der Weinlese war nicht drin. Für beides eignete sie sich nicht. Nachdem man aber verheiratet war, gab es nur noch die Familie. Eine gute Ehefrau kümmerte sich um ihren Ehemann, die Kinder, die Großeltern und Urgroßeltern sowie um das Haus, und wenn sie Pech hatte, auch noch um das Vieh. Ihr Los war dahingehend etwas leichter, denn ihr Haushalt, wenn man das unter dem Regiment von Großmutter Nunzia überhaupt so sagen konnte, bestand nur aus ihren vier Söhnen, ihrem Vater Michele, ihrem Bruder Giovanni und selbstverständlich ihrer Großmutter. Nicht zu vergessen die zwei Ziegen, aber denen durfte sich niemand ohne Nunzias Erlaubnis auch nur auf weniger als einen Meter nähern.

»Sind Sie da ganz sicher?«, fragte er und machte dabei den Eindruck, als wäre es ihm lieber, wenn sie eine der Frauen wäre, die um eine pflegliche Behandlung ihres kriminellen Mannes oder Bruders ersuchen würde.

Nein, natürlich nicht. Sie ist ein Weib! Emilios Worte kamen so unerwartet, dass sie zusammenfuhr. Er war überaus ungehalten, aber sie hatte nichts anderes erwartet. Abgesehen davon hätte er sich auch vorher melden können. Jetzt saß sie hier und musste sich erklären. Angesichts von Emilios boshaftem Einwurf drohte ihr die Antwort jedoch im Hals stecken zu bleiben. Hätte sie den Zettel mit dem Gesuch noch ein paar Mal mehr lesen sollen? Was um alles in der Welt hatte sie nur nicht mitbekommen? Auf dem Weg zu Emilio war das löchrige Informationsbrett, das an der Ecke der *Comando Stazione* angebracht war, in sicherer Entfernung zu den grimmigen Wachposten, eine interessante Abwechslung. Jede Woche studierte sie es aufmerksam. Hier wurden Zeugen gesucht, Fundstücke, und vor einer Woche stand hier auch, dass der Capitano der hiesigen Carabinieri eine Sekretärin rekrutierte. Deswegen war sie da.

»Na gut, dann müssen wir jedoch zunächst einen entscheidenden Punkt klären«, erwiderte der Capitano und klang dabei wie ein väterlicher Freund, der ihr einen Ratschlag fürs Leben erteilen wollte und nicht so recht wusste, wie er das am höflichsten vorbringen sollte.

Sie erschrak. Jetzt war also alles vorbei, die Warterei, der lange Weg hier hinunter, die verdorbenen Schuhe, alles umsonst. Wut machte sich in ihr breit. Wie hatte sie überhaupt auf die Idee kommen können, dass sie bei den Carabinieri … in einem richtigen Büro? *Gesù!* Sie kämpfte mit den Tränen. Selbstverständlich musste man für so eine wichtige Arbeit ausgebildet sein. Nonna Nunzia, die Einzige in ihrer Familie, die sie eingeweiht hatte, hatte sie gewarnt, aber was ihre Sturheit anging, konnte sie es mit jedem Maultier aus Kampanien aufnehmen. Sie drehte ihren Kopf und warf einen verstohlenen Blick auf den kleinen leeren Schreibtisch. Das war kein Kessel voller schmutziger Wäsche und auch kein Nudeltopf. Damit hätte sie sich ausgekannt. Vor ihrem geistigen Auge tauchte erneut Emilio auf. *Zu spät,* war alles, was ihm über seine Lippen kam. Das war mal wieder typisch für ihn. Zu allem Überfluss stand auf seinem Gesicht die pure Genugtuung. »Sei still!«, zischte sie erbost.

Der Capitano hob den Kopf. »Was meinen Sie, meine Liebe?«

»Nichts, nichts«, beeilte sie sich zu sagen und versuchte ihre Worte mit einem heftigen Schütteln ihres Kopfes zu unterstreichen. Ihre Ohren glühten vor Scham.

»Nun, dann habe ich mich geirrt. Was soll's?« Er lächelte so breit, dass sich seine fleischigen Wangen nach oben schoben und die Augen fast komplett verschluckten. Dann räusperte er sich. »Können Sie einen Knopf annähen, Wäsche aufbügeln, Lederstiefel polieren und vor allem«, er machte eine andächtige Pause, »anständige Spaghetti kochen? Gerade Letzteres ist keine einfache Sache, auch wenn alle Welt behauptet, sie verstünde etwas davon.« Auf seinem gutmütigen Gesicht lag nun eine unübersehbare Ernsthaftigkeit. »Heutzutage achten die jungen Frauen lieber auf ihr Äußeres als auf den richtigen Garpunkt der Pasta. Was für eine Welt ist das nur geworden?«

Ihr blieb fast der Atem weg, und ihre Gedanken überschlugen sich. Sie bezweifelte, ob das alles so seine Richtigkeit hatte. Aber das musste es wohl, denn der Signore war der Capitano der hiesigen Carabinieri und stand damit fast auf einer Stufe wie Prete Desiderio, der ihr einmal in der Woche die Beichte abnahm. Jedenfalls bekam sie keinen Ton heraus, und zu mehr, als ihre Lider langsam zu schließen und wieder zu öffnen, war sie nicht fähig.

Der Capitano wertete das offenkundig als Zustimmung. Er nickte erfreut. »Gut. Gut. Das ist das Wichtigste. Alles andere wird sich finden.« Er hielt inne. »Nur eines noch. Bevor Sie anfangen, müssten Sie noch einmal mit Ihrem Mann wiederkommen.« Er wackelte schwerfällig mit seinem Kopf hin und her, als wäre ihm diese Bitte unangenehm. »Wir sind schließlich eine staatliche Behörde, und da dürfen wir uns kein Gerede erlauben.«

Emilio war dagegen, selbstverständlich war er das.

Deswegen brauchte sie ihn nicht fragen, und unter normalen Umständen wäre er niemals mitgekommen. Aber die Umstände waren nun einmal alles andere als normal. Das Geld, was ihr Bruder Giovanni mit seinen Aushilfsarbeiten verdiente, reichte vorn und hinten nicht. Abgesehen davon wusste man nie, wie lange es Giovanni irgendwo aushielt. Er war zu Größerem berufen, zumindest behauptete er das immer. Das Größere war nichts Geringeres als eine eigene Pizzeria in New York. Großmama Nunzia behauptete, diese fixe Idee hätte Giovanni mit dem Weißbrot aufgenommen, das er in amerikanischer Gefangenschaft bekommen hatte, aber Claretta hielt ihren Bruder einfach nur für einen heillosen Träumer. Und Papa Michele? Der trauerte nicht nur seiner geliebten Frau, ihrer Mutter, sondern auch noch seinem alten Fischerboot hinterher, sodass er zu nichts weiter mehr die Kraft hatte, als den ganzen Tag am Ufer zu sitzen, auf das Meer hinauszustarren und auf die großen Weltmächte zu schimpfen. Die nämlich waren schuld am Krieg, der den Fischfang am Tyrrhenischen Meer wegen Minengefahr komplett zum Erliegen gebracht hatte und in dessen letztem Jahr Clarettas Mutter an Tuberkulose gestorben war. »Mein Mann Emilio fiel am 27. September 1943 in Avellino. Er kann nicht kommen«, sagte sie mit fester Stimme.

Der Capitano ließ die Mundwinkel fallen und schaute sie betroffen an. »Oje, Sie armes Ding«, murmelte er. »1943, so ein Pech aber auch.« Er schüttelte mitgenommen den Kopf. »So ein Pech.«

Es war nicht meine Schuld, mischte sich Emilio ein.

»Ja, das war wohl so«, murmelte sie. Einen Tag später waren die Alliierten in Avellino einmarschiert und hatten den Krieg beendet. Aber wer konnte so etwas schon vorherwissen? Dabei war Emilio nie besonders vom Glück verfolgt gewesen, jedenfalls solange er sich auf dem Land befand. Auf dem Wasser war das anders, da machte ihm niemand etwas vor. Aber kaum hatte er einen Fuß wieder auf den festen Boden gesetzt, ging das Pech los. Hatte er ein Netz voller Langusten gefischt, fielen just an diesem Tag die Preise für Krebse, schwor er auf die Regierung Mussolini, wurde der Duce gestürzt. Die Kette ließ sich nahezu endlos fortführen. Am fatalsten jedoch war die Entscheidung gewesen, seine Truppe unerlaubt zu verlassen. Emilio war desertiert und nichts, wofür sie sich schämen musste, im Gegenteil. Er hatte die Sinnlosigkeit des Krieges erkannt und daraus seine Schlüsse gezogen. Und dann traf ihn ausgerechnet in dem Moment, in dem er sich auf den Weg nach Hause machen wollte, ein Querschläger eines Kameraden direkt ins linke Ohr. Die schlechte Ausrüstung des königlich italienischen Heeres war ihrem Emilio zum Verhängnis geworden. Aber dafür war er in Ehren gefallen. Dass Italien nur einen Tag später kapitulierte, gehörte zweifelsohne zu den schlechten Scherzen, die sich der liebe Gott mit ihrem Emilio erlaubt hatte.

Der Capitano schien zu überlegen. »Dabei sind Sie noch so jung«, sagte er irgendwann. »Keine dreißig, würde ich schätzen.« Er neigte seinen Kopf nachdenklich, hob ihn aber umgehend wieder und ergänzte: »Na dann. Wenn das so ist.« Mit diesem Satz kam die Fröhlichkeit auf seinem Gesicht zurück. »Hauptsache, Sie wissen, worauf es bei einer Frau ankommt.« Er nickte liebenswürdig.

Claretta dachte an die Spaghetti und lächelte verhalten.

»Mit dem Geld und den Arbeitszeiten sind Sie einverstanden, ja?«, flötete er herzlich. »Normalerweise verhandele ich das mit den Ehemännern, aber in Ihrem besonderen Fall ...« Er schüttelte sich, als wäre ihm eingefallen, dass dies kein netter Kommentar gewesen war. »Da will ich mal nicht so sein.«

Sie hatte keine Ahnung. Und mit Emilio hätte der Capitano auch zu Lebzeiten nicht über Finanzielles reden können, davon verstand er so viel wie von Feldfrüchten. Wenn es in ihrer Familie um Geldangelegenheiten ging, dann wurde Großmama Nunzia zurate gezogen, aber die war augenblicklich nicht zugegen. Gerade als sie all ihren Mut zusammennehmen wollte, um ihn danach zu fragen, hämmerte jemand ungestüm an die Tür. Bevor der Capitano reagieren konnte, stand ein etwa vierzigjähriger Sergente im Raum, der aufgebracht seine Wangen aufblies und sich bemühte, zwischen den holprig herausgestoßenen Atemzügen ein paar verständliche Worte herauszubekommen.

»Capitano, schnell.« Er zögerte kurz und schaute sie mit einer Mischung aus Neugier und Skepsis an. Die Pause verschaffte ihm wieder Luft, sodass er fortfuhr: »Zwei Leichen, in einer Bauernhütte am Fuße des Torre dello Ziro, ziemlich übel«, haspelte er aufgeregt. Ein scheeler Blick hinüber zu Claretta folgte.

»Oje«, seufzte der Capitano, nahm seine Füße vom Tisch, worauf ein Metallnapf, den er auf dem Schoß gehabt haben musste und der wie das Feldgeschirr der italienischen Armee aussah, zum Vorschein kam. Behutsam stellte er ihn auf seinem Schreibtisch ab und begann damit, seine Zigarre darin auszudrücken. Dieser Vorgang wollte nicht enden und wurde mit einer fast schon liebevollen Hingabe zelebriert, dass sie sich fragte, ob der Capitano jeden Stummel wohl zwei Mal rauchen würde. Irgendwann erhob er sich schließlich auf eine ausnehmend schwerfällige Art, richtete gemächlich seine Uniform und setzte sich in Bewegung. Sein Gang war ein wenig steif, und sie hatte kurz die Befürchtung, dass er in diesem Tempo kaum jemals an seinem Ziel ankommen würde. Während er an ihr vorbeischlenderte, zog er eine Knolle Knoblauch aus seiner Rocktasche und biss kräftig hinein. Breit kauend drehte er sich noch einmal um und sagte mit vollem Mund: »Wie heißen Sie eigentlich, Signora? Nicht, dass Sie nachher verschwunden sind und nicht wiederkommen. Wenn ich Ihren Namen kenne, können meine Männer Sie finden.« Er zwinkerte ihr zu. »Am Felshang von Amalfi kennen wir jeden Stein.«

»Claretta Nazarena Roberta Lépore«, antwortete sie, wobei sie vorsorglich ihr Taschentuch herauszog und sich damit den vornehmen Frauen gleich die Nase tupfte. »Ich stamme oben aus Pontone.«

»Gut, Signora Claretta aus Pontone.« Der Capitano nickte andächtig. »Ein schönes kleines Örtchen, dieses Pontone. Ich kannte mal einen Mann aus Pontone, gar kein übler Kerl.« Er kratzte sich die schweißige Stirn. »Wie war denn nur sein Name? Mhm. So viele Leute gibt es doch dort oben nicht.« Im nächsten Moment ließ er seine Hand sinken und funkelte Claretta aus fröhlichen Augen an. »Sei's drum«, rief er aus, »wenn man nicht gleich darauf kommt, ist es nicht wichtig. Ich schlage vor, Sie fangen umgehend an. Da hinten hängt meine Wechseluniform, die gerichtet werden muss. Und wenn Sie mir die Straße runter beim alten Salvatore ein paar Zigarren holen könnten, wäre das reizend.« Er nickte ihr auffordernd zu, reichte ihr ein paar Lire und verschwand durch die Tür, die der Sergente diensteifrig für ihn offen hielt. Kurz darauf tauchte sein runder Kopf wieder auf. »Gleich gegenüber, in der alten Taverne, nehme ich mein Mittag- und auch mein Abendessen ein. Um eins und um neun, keine Minute später. Pedros Tagessuppe, die gegrillten Sardellen mit Knoblauch und ein paar Tropfen Zitrone sind einfach göttlich.« Er hob den Zeigefinger wie zur Warnung. »Und auf keinen Fall Oregano, Mädchen. Haben Sie verstanden, niemals Oregano. Davon bekomme ich schlechte Laune!« Dann war der Türrahmen verwaist, und die polternden Schritte des Capitano schallten bereits durch das Treppenhaus, als der Beamte sie immer noch anstarrte wie einen Geist. Schließlich schlug irgendwo eine Tür, und er besann sich auf die Wichtigkeit seines Anliegens und eilte davon.

Sie brauchte einen Augenblick, um zu begreifen, was gerade geschehen war. Jetzt also hatte sie eine Anstellung, die erste in ihrem Leben. Sie war die Sekretärin des Capitano der Carabinieri von Amalfi. »Claretta, jetzt beginnt ein besseres Leben«, sagte sie zu sich selbst. Am liebsten wäre sie vor Freude in die Luft gesprungen, aber dann spürte sie die vorwurfsvollen Blicke ihres Emilios auf sich. »Du da oben schweigst!«, fauchte sie und spielte kurz die Verärgerte, warf dann aber mit einem strahlenden Lächeln einen Kussmund an die Decke und widmete sich voller Enthusiasmus der Uniform. Aber was um alles in der Welt hatte die Garderobe des Capitano mit der Arbeit einer Sekretärin zu tun?

Zwei

Übel, wirklich übel. Das kannst du mir glauben. So viel Blut habe ich in meinem ganzen Leben noch nicht gesehen.« Der *Allievo* stand mit weit aufgerissenen Augen und fuchtelnden Händen vor einem älteren Sergente und redete wie ein Wasserfall. »Beide lagen in ihren Betten, nebeneinander. Ihre Finger haben sich sogar berührt. Und die beiden Fenster waren sperrangelweit aufgerissen.« Er sprach die Sätze gekünstelt langsam und betonte die Konsonanten übermäßig, als wäre sein Gesprächspartner schwerhörig und er müsste alles daransetzen, dass seine Schilderungen auch korrekt verstanden werden.

»Wieso die Fenster?«, fragte der Sergente mit kehliger Stimme, kratzte sich nachdenklich seinen Oberlippenbart und klopfte wiederholt die Vorderseite einer Zigarette auf den Handlauf des Treppengeländers, gegen das er lehnte, wobei sein Ehering immer wieder das Holz streifte. »Bei der Hitze reißt doch kein normaler Mensch die Fenster auf.«

»Was weiß ich denn? Womöglich ist der Mörder so hineingekommen? Ich habe nichts angefasst, ganz sicher nicht. Der Capitano war sowieso die ganze Zeit bei mir«, entgegnete der *Allievo* aufgeregt. »Jedenfalls war das Zimmer voller Fliegen. Schwarze, hässliche Fliegen, so viele habe ich noch nie auf einem Haufen gesehen. Und wie die über den toten Bauern und dessen Frau gekrabbelt sind. Quer durch das Blut. Schlimm.« Er verzog angewidert das Gesicht. »Da will ich gar nicht daran denken, dass genau die gleichen auch über die Tomaten in unserem Garten laufen könnten. So ein Viehzeug fliegt doch einiges an Kilometern, nicht wahr?« Er wartete, als müsse der Sergente bestätigen, was er auch umgehend mit einem zustimmenden Grunzen tat.

»Blut«, brummte er. »Bei der Hitze. Und Fliegen. Das wünscht man niemandem. Irgendwann stinkt das doch auch.« Er wartete. Nachdem keine Reaktion kam, fragte er, hörbar auf die Antwort erpicht, nach. »Hat es gestunken? Sag schon!«

Sein Gegenüber gab einige Laute von sich, die Ekel ausdrücken sollten. »Das kannst du dir gar nicht vorstellen!«, rief er ein wenig zu forsch aus und wiegte dabei seinen Oberkörper hin und her. »Süßlich. Und auch irgendwie gammelig. Um das in die Nase zu bekommen, musste man nur einen Schritt durch die Haustür setzen. Der Tod riecht sonderbar«, fügte er nachdenklich an. »Also nicht wie beim Schlachten. Den Geruch kenne ich. Wenn mein Großvater die Wildkaninchen abzieht, das riecht anders. Aber in dem Bauernhaus? Hol's der Teufel! Widerlich. Du hättest das sehen sollen. Die Kopfkissen waren mit Blut durchtränkt, die Matratzen, einfach alles. Ich hatte keine Ahnung, dass in einem Menschen so viel davon stecken kann. Das Zeug kann doch niemand mehr nehmen. Ich meine, das kriegt man da nicht raus. Ich wüsste zumindest nicht, wie. Meine Güte, wenn meine Mutter das gesehen hätte. Die hätte sich vielleicht aufgeregt, jetzt, wo alles noch viel knapper ist als früher.«

»Nee, nee, das kriegst du nicht mehr da raus«, wiederholte der Sergente. »Das kann man nur verbrennen. Für ein Feuerchen taugt es noch.« Er schwieg für eine Weile. »Und beide tot, sagst du?«

Der wichtigtuerische jüngere Kollege schien die Frage nicht richtig einordnen zu können. Jedenfalls stockte er kurz, bevor ihn sein Mitteilungsbedürfnis wieder übermannte und er fortfuhr. »Oje, ich sage dir. Die beiden waren so was von tot. Erstaunlicherweise wirkten die gar nicht so alt«, erklärte er nachdenklich. »Also höchstens so alt wie du, Gabriele.«

»Mhm.«

»Die Frau hatte das Kruzifix sogar noch im Kehlkopf stecken.« Der Bursche schüttelte sich, dass die Münzen oder was auch immer in seiner Uniformtasche klimperten. »Meine Güte, der halbe Jesus war in ihrem Hals verschwunden.«

»Da hast du aber genau hingeguckt«, bemerkte der Sergente Gabriele mit einer Mischung aus Verwunderung und Amüsement.

Der *Allievo* nickte eifrig. »Befehl vom Capitano. Er sagt, was man bei den ersten Leichen nicht mitbekommt, lernt man später nicht mehr.«

In Gabrieles Antwort schwang ein leichtes Grinsen mit. »Da mag der Capitano wohl recht haben. Wer, wenn nicht er?«

Der *Allievo* bestätigte das eifrig. »Jedenfalls sagt der Capitano auch, dass der, der das getan hat, ziemlich viel

Kraft gehabt haben muss. Ich meine, wer hält schon still, wenn man ihm an den Hals geht, noch dazu mit einem Kruzifix? Also ich hätte nicht gewartet, das kannst du mir glauben. Ich wäre gelaufen, was das Zeug hält.« Er unterbrach sich. »Die beiden schienen geschlafen zu haben, als es passierte. Das wäre eine Erklärung.« Er klang euphorisch. »Das muss ich dem Capitano erzählen. Unbedingt. Womöglich bringt ihn das auf die richtige Spur.«

Sergente Gabriele klopfte dem Burschen mit festem Schlag auf die Schulter. »Aus dir wird bestimmt einmal ein anständiger Carabiniere, wenn nicht sogar ein Capitano«, sagte er und trottete gemächlichen Schrittes davon, begleitet von einem leisen Lachen. Der *Allievo* blieb kurz stehen, als müsste er über die Worte des Kollegen nachdenken, richtete seine Mütze, pfiff ein Lied und stolzierte dann zufrieden die Treppe hinunter.

Claretta, die das Ganze aus einer dunklen Ecke am Ende des Flures beobachtet und vor allem mitangehört hatte, verharrte regungslos, bis alle Geräusche verklungen waren. Der bis zum oberen Rand mit Wasser gefüllte Emailleeimer war immer schwerer an ihrer Hand geworden, aber sie hatte es aus Sorge, die Männer könnten sie bemerken, nicht gewagt, ihn auf dem Steinfußboden abzustellen. Selbst jetzt umklammerte sie mit weiß gewordenen Fingerknöcheln den Henkel.

Heute Morgen war sie sehr zeitig zu Hause aufgebrochen. Die Gewohnheit hatte es ihr leicht gemacht. Und auch die Sorge davor, ihrer Familie erklären zu müssen, wohin sie die nächsten Stunden verschwinden würde.

Vor allem Giovanni würde es nicht gutheißen, dass seine Schwester zu den Frauen zählte, die sich in der Stadt verdingen mussten, nur weil die Männer der Familie nicht in der Lage waren, sie und ihre Kinder zu ernähren. Dieser Scham wollte sie ihn nicht aussetzen, noch dazu, da sie selbst nicht einmal sagen konnte, ob sie ihren ersten Tag in der Station der Carabinieri heil überstehen würde. Emilio jedenfalls hatte dagegen gewettet. Demzufolge war es noch zu früh, um irgendjemanden einzuweihen. Dann war sie lieber wie eine Diebin davongeschlichen. Zu ihrem Erstaunen hatte sie bei ihrer Ankunft in der *Comando Stazione* niemand gefragt, wer sie war und was sie wollte. Stattdessen hatte sie von den Männern heimliche, zuweilen auch ein wenig ratlose Blicke geerntet. Zweifelsohne war eine Frau bei den Carabinieri etwas Außergewöhnliches, wenn sie nicht gerade eine Tagediebin oder Dirne war. Claretta hatte einige Mühe, sich von ihrer ungewöhnlichen Stellung nicht einschüchtern zu lassen, und da von dem Capitano weit und breit noch nichts zu sehen war, tat sie das, was sie für notwendig hielt und worin sie ohne Frage so einiges an Übung hatte. Sie putzte.

***

Vieles hatte Claretta bereits am gestrigen Abend erledigt. Die Ersatzuniform des Capitano hing frisch aufgebürstet an ihrem Haken, und seine Stiefel standen blitzblank darunter. Sogar seinen Schreibtisch hatte sie aufgeräumt und die Tischplatte so lange mit Olivenöl abgerieben, bis sie wie eine Speckschwarte glänzte. Aber auf diesem Boden klebte so viel Zigarrenasche, dass sie wohl Tage brauchen würde, um ihn sauber zu bekommen.

Die armen Leute, dachte sich Claretta nun, während sie den Wassereimer in das Büro des Capitano schleppte und sich umgehend daranmachte, auf den Knien den Fußboden mit einer Wurzelbürste zu bearbeiten.

Tzzz. Emilio war noch nie ein besonders mitfühlender Mensch gewesen.

»Trotzdem sind es arme Leute«, schnaufte sie angestrengt und mit einem Anflug von Trotz. »Ich bitte dich, Emilio, jemand hat sie in ihren Betten ermordet.«

Im Bett. Genau. Und das mitten am Tag. Findest du das nicht seltsam? Er zwinkerte ihr zweideutig zu.

Sie hielt inne und stutzte. »Woher soll ich denn wissen, warum sie am helllichten Tag im Bett liegen? Vielleicht war ihnen nicht gut. Die Hitze ist momentan ganz schön gewaltig.«

Er zwinkerte noch einmal.

»Du nun wieder!«, kicherte sie. Ihre Wangen hätten sich rot gefärbt, wenn sie es durch die Anstrengung nicht schon gewesen wären. »Du meinst, der liebe Gott hat *das* bestraft?« Sie hielt in ihrer Bewegung inne, und ihre ausgestreckten Hände umklammerten die Bürste, als käme jeden Moment jemand, der sie ihr entreißen wollte. Dabei atmete sie schwer. »Aber doch nicht, wenn sie verheiratet waren. Das waren sie doch, oder?«, murmelte sie nachdenklich. »Wir haben doch auch … also … Das ist schon lange her. Ich weiß«, flüsterte sie traurig.

Darauf fiel selbst Emilio nichts mehr ein.

Im nächsten Moment schob sie diesen Trübsinn beiseite, biss sich auf die Zunge und grübelte erneut über das Gehörte. »Das Kruzifix. Mhm. Das könnte man auch als ein Zeichen verstehen, stimmt schon. Eine Strafe Gottes.« Unverwandt begann sie wieder mit dem Schrubben, wobei sie derart rabiat zu Werke ging, dass ihr im Nu der Schweiß auf dem Gesicht stand.

Das passiert, wenn Frauen sich eine eigene Anstellung suchen, bemerkte Emilio. *Übrigens, ist dir mal aufgefallen, dass es hier nur so von Männern wimmelt? Und wie die dich alle ansehen. Vielleicht solltest du mal überlegen, dich weniger freizügig zu kleiden.*

Claretta schaute unwillkürlich an sich herunter. Sie trug einen dunkelgrauen, wadenlangen Rock und eine grüne kurzärmelige Bluse, die sie bis hinauf zum obersten Knopf geschlossen hatte. Da sie keine Nylonstrümpfe besaß, half sie sich mit ein paar dunklen Söckchen. Die waren ohne Zweifel auch viel praktischer, da keine Laufmaschen zu erwarten waren. »Ich verstehe nicht, was du meinst«, entgegnete sie mürrisch.

Tzz. Der liebe Gott straft alles. Schau dir die Bauern an. Im Bett. Mausetot.

»Das eine hat mit dem anderen bestimmt nichts zu tun, Emilio. Ganz und gar nichts. Das bildest du dir nur ein«, wiederholte sie dabei immer wieder, begleitet von schweren Atemzügen. Und was die Bauersleute anginge, die kannte sie überhaupt nicht. Abgesehen davon brauchten sie das Geld, das wusste Emilio genau. Der liebe Gott hätte bestimmt auch etwas dagegen, wenn seine Söhne hungern müssten! Bei dem Gedanken war sie so aufgebracht, wobei ihre Bürste so sehr über die Dielen kratzte, dass man meinen konnte, die Holzspäne würden jeden Augenblick umherfliegen. »Hast du nichts anderes zu tun? Du siehst doch, dass ich beschäftigt bin!«

»Äh, das ist mein Büro, Signora Claretta.« Capitano Spadaro stand unbemerkt neben ihr. »Wie stellen Sie sich das vor?« Die Dielen knarrten unter jedem der Schritte, die er in Richtung seines Schreibtisches unternahm. Dort angekommen, wollte er sich gerade auf seinem Stuhl niederlassen, als ihn etwas zu irritieren schien. Claretta, die noch immer am Boden kniete, hielt die Luft an. Sie hatte etwas falsch gemacht, schon an ihrem ersten Tag. Sicherlich hatte sie etwas verbummelt. Dabei hatte sie die Dinge, die den Schreibtisch des Capitano zierten, nach dem Entstauben umgehend auf ihren Platz zurückgestellt. Und Papiere hatten doch da nicht gelegen, oder? Und wenn doch? Sie hätte es wissen müssen, schalt sie sich. Sie hatte einfach kein Händchen für alles, was mit Schreibkram zu tun hatte. Deswegen hatte sich auch Emilio immer um die Post gekümmert. Er hatte immerhin fließend lesen können, also flüssiger, als es Claretta jemals zu lernen vermochte. *Gesù*! Emilio! So tu doch etwas! Der Feigling ließ keinen Mucks hören.

»Mhm.« Der Capitano fuhr sich nachdenklich über sein Kinn. »Sagen Sie, liebste Signora Claretta«, hob er an.

»Ja, Capitano«, entgegnete Claretta mit brüchiger Stimme.

»Ich zähle fünf Zigarren. Mhm«, redete er weiter.

»Ja, Capitano.« Claretta hatte fünf gekauft, ganz sicher, keine mehr und keine weniger, und sie hatte alle fein säuberlich neben den blitzblanken Aschenbecher gelegt, inklusive Wechselgeld.

»Wo kommen denn die danebenliegenden zweihundert Lire her?« Er schaute sie fragend an. »Ich hatte Ihnen das Geld doch genau abgezählt gegeben, und Salvatore erhöht ständig die Preise, aber er käme niemals auf die Idee, sie zu senken. *Ragazzina*?« In dem letzten Wort lag eine unangenehme Strenge. Dazu neigte er leicht den Kopf und schob dabei seine Augenbrauen so nah zusammen, dass sie nahezu eine geschlossene Linie bildeten.

Claretta, die noch immer nicht fähig war, sich zu rühren, schaute ihn mit großen unschuldigen Augen an. »Ich habe Signore Salvatore gesagt, dass ich nur dann weiterhin Ihre Zigarren bei ihm holen kann, wenn er sich Ihnen gegenüber großzügiger zeigt. Immerhin sind Sie der Capitano, und es sollte eine Ehre für ihn sein, dass Sie seine Zigarren rauchen. Noch dazu kaufen Sie mindestens zwei Mal in der Woche bei ihm.« Claretta hatte die aufgerauchten Zigarrenstummel im Aschenbecher gezählt, bevor sie alles entsorgt hatte. Daher wusste sie, dass der Schmauchbedarf des Capitano noch deutlich höher sein musste.

Der Capitano lachte aus vollem Hals. »Und darauf hat sich der alte Gauner eingelassen?«, wollte er wissen.

Claretta nickte schüchtern. »Habe ich etwas falsch gemacht?« Sie dachte an Emilio und was er ihr über den Fischverkauf beigebracht hatte. Wenn jemand öfter zu ihm gekommen war, hatte er schon mal die ein oder andere Handvoll Sardellen extra eingepackt. So etwas behielten die Leute und kamen wieder, was wiederum dazu geführt hatte, dass sein Fang als Erster verkauft war und er nach Hause gehen konnte. Ob er durch diesen Schachzug wirklich mehr eingenommen hatte, wie er gegenüber Claretta immer behauptet hatte, oder ob es ihm allein um den Gewinn an freier Zeit gegangen war, konnte sie bis heute allerdings nicht genau sagen. Emilio würde schon das Richtige getan haben.

Der Capitano ließ seiner Begeisterung über ihr Geschick weiter freien Lauf. »Sie sind mir die Richtige! So ein pfiffiges Mädchen aber auch!«, rief er gelöst aus und ließ sich wuchtig in seinen Stuhl fallen. »Ich wusste die ganze Zeit, dass der Kerl mir zu viel abknöpft, die ganze Zeit wusste ich es.« Seine Stimme erreichte eine für einen Mann ungewöhnliche Höhe. »Gut gemacht, Signora Claretta! Und jetzt lassen Sie das mal mit dem Fußboden sein und setzen sich da rüber.« Er wedelte mit seinen Händen und bedeutete ihr schließlich, dass der etwas abseits stehende schmale Tisch für sie gedacht war.

Claretta richtete sich eiligst auf, wischte die noch immer ein wenig feuchten Hände ungelenk an ihrem Kleid ab, strich dann aus Sorge, sie könnte sich dabei beschmutzt haben, noch einmal über die Stellen, und ging schließlich auf weichen Knien zu ihrem Platz.

Der Moment der Wahrheit naht. Das hast du nun davon. Emilios Schadenfreude war unüberhörbar.

Der Capitano genehmigte sich eine der neuen Zigarren, wobei ein zufriedenes Lächeln auf seinem Gesicht lag, das sich zu einem fröhlichen Grunzen steigerte, während er mit seinem dicken Daumen über die blitzende Tischplatte fuhr, als müsste er die Wahrhaftigkeit dieser

Entdeckung überprüfen. Schließlich lehnte er sich zurück und legte seine beiden Füße schwerfällig vor sich auf dem Schreibtisch ab. »Na, dann wollen wir mal«, sagte er zwischen zwei tiefen Zügen, die ihn gleich in eine dicke Wolke Tabak einhüllten. »Schreiben Sie bitte.«

Du überstehst nicht einmal deinen ersten Tag, hörte sie Emilio orakeln.

Claretta schaute auf den vor ihr liegenden Stapel an grauem Papier und griff zögerlich nach einem der Bleistifte. Dann folgte ein ängstlicher Blick hinauf zu Emilio. Natürlich konnte sie schreiben. Zugegeben, nicht besonders sicher und auch nicht ganz fehlerfrei, aber sie konnte es. Ehrlicherweise hatte sie niemals besonderen Wert darauf gelegt. Wann brauchte sie schon mal einen Stift? Das letzte Mal hatte sie einen an dem Tag in der Hand gehabt, als der Bürgermeister sie einbestellt und ihr im Auftrag der italienischen Armee Emilios Sachen überreicht hatte. So wie es die Vorschrift wollte, hatte sie deren Empfang quittieren müssen. Ansonsten kam sie auch ohne viele Buchstaben durchs Leben. Sogar bei Signora Albertina, ihrer gestrengen Lehrerin in der Haushaltsschule, hatte es geklappt. Die Rezepte, die sich die anderen brav in ihre Notizbücher eingetragen hatten, hatte Claretta einfach im Kopf behalten; sich Dinge merken, das konnte sie nämlich ganz hervorragend.

Der Capitano räusperte sich. »Mordsache an den Milchbauern Carmela Maria De Rosa, geboren und derzeit wohnhaft in Amalfi, und ihrem Mann Tommaso Russo, geboren in Pantelleria und derzeit wohnhaft in Amalfi auf dem Hof unterhalb des Torre dello Ziro.

Zur Anzeige gebracht durch Anna Proietti, Nachbarin, am 3. Mai 1951, siebzehn Uhr und dreißig.« Der Capitano schaute prüfend auf Claretta, die sich noch immer nicht rührte. »Vor dem Krieg gab es hier eine Schreibmaschine«, murmelte er nachdenklich. »Aber da die niemals jemand benutzt hat …« Sein Blick ruhte noch immer auf Claretta. »Mhm. Es würde natürlich schneller gehen und einer modernen Verwaltung wie meiner würde es auch gut zu Gesicht stehen«, sinnierte er weiter. »Nun, es ist beschlossene Sache. Sie kümmern sich darum, *Ragazzina.* Fragen Sie den Sergente Gabriele. Der kennt sich hier aus wie kein Zweiter.« Sichtlich zufrieden über seine Entscheidung legte der Capitano seinen Kopf wieder zurück und brachte den Tabak in seiner Zigarre zum Glühen. Claretta hingegen lief es heiß und kalt den Rücken hinunter – mit der Schreibmaschine würde alles aus sein. Nicht einen einzigen Buchstaben würde sie so einer monströsen Apparatur entlocken können. Sie schluckte ein paar Tränen hinunter und verfluchte Emilio, der wenigstens das hätte verhindern können. »Die Leichen waren zu diesem Zeitpunkt schätzungsweise mehrere Stunden tot«, redete der Capitano weiter, »vermutlich sogar schon seit der vorangegangenen Nacht. So wichtig ist das auch nicht, wenn man es vom Ergebnis her denkt.« Ein unterdrücktes Brummen der Belustigung war zu hören. »Nein, nein, ganz sicher muss die Tat in der Nacht begangen worden sein. Wieso sonst sollte das Paar in seinem Bett liegen?« Er freute sich hörbar über diese Erkenntnis. »Todesursache, äh …« Er schmatzte unappetitlich, nestelte mit der freien Hand an seiner Uniformtasche, zog schließlich eine Knoblauchknolle hervor und biss beherzt hinein. Genüsslich kauend fuhr er fort. »Schreiben Sie ruhig Verletzung der Halsschlagader durch ein Kruzifix. Bei dem Blutbad wird das schon stimmen.« Er winkte ab.

»Bei beiden?«, fragte Claretta unter Aufbringung all ihres Mutes dazwischen. Sie dachte an die Schilderungen des *Allievo*, die sie vorhin belauscht hatte.

Der Capitano merkte auf. Er schien über diese Zwischenfrage sichtbar verwundert. »Ja, ja, bei beiden«, entgegnete er zögerlich und breit kauend. »Na ja, also ganz sicher kann man es eigentlich nur bei der Bäuerin sagen. Bei ihr steckte das Kreuz noch …« Er räusperte sich. »Aber wieso sollte man mittendrin das Werkzeug wechseln? Das ist viel zu aufwendig.« Er stoppte. »Das ist erst mal nicht so wichtig, *piccola Bambina*?«

»Entschuldigung«, entgegnete Claretta schüchtern, wobei sie angestrengt ein Niesen unterdrückte.

Der Capitano schwieg kurz. »Ihre Genauigkeit ist sehr löblich. Um ein Verbrechen wie dieses aufzuklären, ist das eine unverzichtbare Eigenschaft.« Er nickte anerkennend. »Wo war ich?«

»Die Todesursache«, antwortete Claretta und spürte, wie der Geruch des Knoblauchs ihr die Tränen in die Augen trieb.

»Sehr gut. Sehr gut«, murmelte er zwischen zwei langen Zügen. »Verletzung der Halsschlagader.« Die Worte kamen mit so viel Enthusiasmus aus seinem Mund, dass Claretta unwillkürlich zusammenzuckte. »Seit der alte Gemeindedoktor nicht mehr … äh unter uns weilt«, nuschelte er weiter, »muss meine Einschätzung genügen.« Er neigte leicht den Kopf. »Nun, ich bin zwar kein Doktor, aber meine Erfahrung hat mich schon so einiges gelehrt. Das ersetzt jedes Studium, das können Sie mir glauben. Die vielen Jahre auf der Schulbank werden sowieso überbewertet. In der Praxis lernt man das Laufen. Nirgendwo anders.«

»Das tut mir leid«, hauchte Claretta betroffen, »also das mit dem Doktor. Wie alt war er denn?« Vor lauter Nervosität hatte sie den Stift mittlerweile wie ein Küchenmesser umklammert. Dass man mit dieser Haltung unmöglich ein Wort zu Papier bringen konnte, fiel ihr nicht einmal auf.

Dumme Pute, warf Emilio ein, aber es hätte sie auch gewundert, wenn er sie in irgendeiner Art bestärkt hätte. *Als ob du den Doktor nicht kennen würdest. Wer einem einfachen Gespräch nicht folgen kann, sollte lieber nach Hause gehen.*

Der Capitano stutzte. »Ach!«, rief er aus, nachdem ihm das Missverständnis aufgegangen war. »Der Mann geht auf die achtzig zu, wobei sein Körper noch ganz in Schuss ist, nur in seinem Kopf muss es wie in einer überreifen Aubergine aussehen. Er weiß nicht einmal mehr, was wir für einen Tag haben. Bedauernswerter Bursche, wirklich bedauernswert. Na ja, immerhin hat er die große Zeit des Duce noch mitbekommen. Sich noch immer im Königreich Italien zu wähnen, ist ja möglicherweise auch nicht übel.« Er zwinkerte ihr zu.

Viva il Duce!, vermeldete Emilio.

Claretta schaute den Capitano nur mit großen Augen

an. Sie verstand nichts von Politik. Noch dazu war es ihr neu, dass man auch für tote Menschen einen Doktor benötigte. Dabei war es für die Lebenden schon schwer genug, sich einen leisten zu können, zumindest für all jene wie Claretta und ihre Familie, die keine Krankenversicherung hatten.

»Ach, wie traurig sie nun ausschaut«, empörte sich der Capitano mitleidvoll. »Nehmen Sie sich die Sache mit dem Doktor doch nicht so zu Herzen. Es ist nur das Alter. Nichts weiter.« Er nickte ihr aufmunternd zu. »Zitronenbonbon?« Während er das sagte, zog er die linke obere Schublade seines Schreibtisches auf, nahm ein kleines Pappschächtelchen heraus, hob den Deckel ab und hielt es Claretta hin, die kurz zögerte. Dann erhob sie sich, trat gerade mal so weit an ihn heran, dass sie mit dem ausgetreckten Arm einen der gelben Zuckersteine fassen konnte, und schob ihn sich eilig in den Mund. Die süßsaure Zitronenfrische prickelte wohltuend auf ihrer Zunge und ließ die bis eben noch daraufliegende Schärfe des Knoblauchs ein wenig ins Hintertreffen geraten. Unwillkürlich hoben sich ihre Mundwinkel leicht nach oben.

»Da lächelt sie wieder!«, rief der Capitano erfreut aus. »Nun aber hurtig weiter, *Ragazzina*. Die Mittagszeit naht.« Ohne weiter auf sie zu achten, verschwanden die Bonbons wieder in der Schublade, und er setzte seinen Monolog fort. »Solange wir keinen neuen Arzt zugewiesen bekommen, obliegt mir die medizinische Begutachtung der Mordopfer, und ich sage ...« Er schaute Claretta mit streng nach oben gezogener Augenbraue an.

»Verletzung der Halsschlagader?«, antwortete sie mit brüchiger Stimme.

»So haben wir es notiert. Sehr wohl«, entgegnete der Capitano zufrieden. »Es sind eben doch so einige tapfere italienische Männer im Krieg geblieben, auch Ärzte. Da kann man nichts machen. Na ja«, er zuckte mit den Schultern, »die Sache hat auch wieder ihr Gutes, denn ein nicht vorhandener Doktor schreibt auch keine Rechnung. Die Republik Italien wird es danken.« Es folgte eine lange Pause, in der er seinen Gedanken nachzugehen schien. »Alles in allem ist das mit den Bauern eine böse Sache und nichts, womit sich eine junge Frau wie Sie beschäftigen sollte.« Er betrachtete sie mit einem Anflug von Zweifel um die Mundwinkel. »Sie gehören doch nicht zu den extrem zart besaiteten *Signorinas*, oder? Ich möchte nämlich nicht, dass Sie hier Schaden nehmen. Man weiß ja nie, ob so ein raues Geschäft irgendeines der Schräubchen in so einem hübschen Köpfchen lockert, wenn Sie verstehen.«

Emilio lachte schadenfroh.

Claretta schüttelte eilig den Kopf.

»Gut, gut«, entgegnete er, aber so ganz überzeugt schien er nicht. »Immerhin wird sich die Angelegenheit schnell aufklären.« Er hielt inne und hob seinen rechten Zeigefinger, während die Zigarre zwischen seinen Zähnen steckte. »Kein Unrecht bleibt ungesühnt, *piccola Bambina*. Denn es gibt immer irgendjemanden, der etwas gesehen oder gehört hat. So sind die Leute nun einmal. Sie passen aufeinander auf, zumindest ist das bei uns hier im Süden noch so.« Als Claretta nichts erwiderte, fuhr er fort. »Signora Proietti, die Nachbarin, wie wir wissen, kann bezeugen, dass am gestrigen Tag der stadtbekannte Landstreicher Zello beim Haus der Milchbauern gesehen wurde. Und!« Wieder schnellte sein Zeigefinger in die Höhe. »Die Signora und der Signore waren noch am Leben. Wenig später war der Kerl weg und die beiden tot. Wir finden den Landstreicher, vergleichen seine Füße mit dem Abdruck, den wir im Blut vor dem Bett gefunden haben, stellen fest, dass der Kerl zweifelsohne ein Räuber und Mörder ist, noch dazu offenbar ein äußerst einfältiger, und dann basta!« Er ließ seine Füße mit Karacho auf den Boden fallen. »Trampelt der Kerl durch das Blut seiner Opfer.« Der Capitano jauchzte freudig. »Dann hätte er gleich seinen Namen auf einen Zettel schreiben können. Mhm. Immerhin macht er uns nicht viel Mühe. Da jedes Kind in der Stadt diesen Zello kennt, sparen wir uns die Aushänge mit seinem Bild. Der *Allievo* verbringt mit seinem Bleistift wahre Wunder, aber statt ein Bildchen zu malen, soll er sich mit den anderen in den Straßen und Gassen umschauen. Vor allem dort, wo es etwas Essbares zu ergaunern gibt. Verstanden?«

Claretta bejahte das. Sie dachte an den immer gut gelaunten Zello, der einmal im Monat für Großmutter Nunzia die Messer schärfte und dafür eine warme Mahlzeit bekam. Soweit sie wusste, hatte er noch niemals irgendwo etwas gestohlen oder sich sonst irgendetwas zu Schulden kommen lassen. Er war lediglich arm, ganz so wie die meisten hier, nur dass er keine Familie hatte, mit der er dieses Schicksal teilte.

Du wirst doch nicht etwa das Urteil eines gestandenen

Mannes in Zweifel ziehen, maßregelte Emilio sie. *Der Capitano weiß, wie es in der Welt zugeht.*

Claretta ließ den Kopf zwischen ihre Schultern sinken und schwieg.

Nun richtete sich der Capitano mit einer für ihn ungewöhnlichen Eile auf, selbst der Zigarrenstummel wanderte achtlos in den Aschenbecher. Dann verharrte er mit einem starren Geradeausblick ohne erkennbaren Grund in seiner Bewegung. Erst mit dem wenig später ertönenden Glockenschlag der Kathedrale rührte er sich wieder. »Ein Uhr. Mittagspause«, konstatierte er mit einer entschiedenen Bewegung seines Kopfes, die von einem zackigen Marsch in Richtung Tür abgelöst wurde. »Wenn ich zurück bin, liegt das Protokoll auf meinem Schreibtisch, *piccola Bambina*«, beschied er. »Sechzehn Uhr, vielleicht auch später. Die Zeiten sind hektisch. Auch für einen Capitano.«

Etwa zehn Minuten später trat Claretta auf die Straße, wobei sie den beiden Wachhabenden verstohlen zunickte und dann eiligst mit der lauten Bassstimme des Capitano im Rücken davonlief. Sie hatte nicht einmal hinsehen müssen, um zu wissen, dass er im Außenbereich der gegenüberliegenden Taverne saß und dort voller Inbrunst mit ein paar Männern schwadronierte. Sergente Gabriele hatte sie vorgewarnt und ihr auch verraten, dass ihr Chef sich von dort vor dem späten Nachmittag niemals erheben würde. Sie hatte also ein paar Stunden Zeit, um die Dinge zu richten, und hatte auch schon jemanden im Sinn, wer ihr mit dem Protokoll helfen könnte. Aber vorher würde sie sich selbst in dem Bauernhaus einmal umschauen. Es lag fast auf dem Weg zurück in ihr Dorf. Noch dazu hatte sie vor lauter Aufregung von dem, was der Capitano ihr diktiert hatte, kaum etwas behalten. Entschlossen fasste sie nach dem zusammengefalteten jungfräulichen Schreibpapier in der Tasche ihres Kleides. »Von wegen, ich überstehe nicht einmal den ersten Tag«, murmelte sie trotzig und schickte ihrem Emilio selig eine stumme Warnung, nie wieder so etwas zu ihr zu sagen. Ihr Mann reagierte nicht. Aber das war auch besser so.

***

Das kleine Haus aus grauem Felsgestein lag einsam in der Mittagssonne. Es bestand nur aus dem Erdgeschoss und war kaum so breit, dass es rechts und links neben der Eingangstür zwei schmale Fenster aufweisen konnte. Deren Flügel waren, ganz so wie der *Allievo* es berichtet hatte, weit geöffnet. Das Schindeldach des Hauses war schon mehrmals geflickt worden, aber demjenigen, der sich daran versucht hatte, war entweder das Material ausgegangen oder bei seiner Arbeit nicht besonders gründlich vorgegangen. Die Löcher zwischen den einzelnen Ziegeln waren mitunter faustgroß, und auch das darunter zum Vorschein kommende Gebälk machte einen ziemlich mitgenommenen Eindruck. Überraschenderweise war die direkt an das Haus angrenzende Stallung deutlich besser in Schuss. Immerhin sah das Dach, was in diesem Fall nur aus Brettern bestand, dicht aus, und auch ansonsten machte alles einen gepflegteren Eindruck. Claretta spähte durch das winzige Stallfenster. Zu ihrer Beruhigung war der Stall leer. Wenn die Tiere, bei denen es sich dem geringen Platz nach zu urteilen um maximal zwei Kühe handeln konnte, draußen auf der Weide standen, waren sie wenigstens halbwegs versorgt. Direkt neben dem Stall schloss sich ein kleines Gemüsegärtchen an. Zwei, drei Zucchinipflanzen, unterschiedliche Kräuter, ein paar Tomaten. Alles wirkte ausnehmend ordentlich und gepflegt. Sogar die schmale Bank, die im Schatten eines Feigenbaumes stand und auf der jemand einen dicken Bund Salbei und ein leeres Weinglas vergessen zu haben schien, hatte etwas frische Farbe abbekommen. Clarettas Blick wanderte unwillkürlich noch einmal zu dem Dach hinüber. Dann zuckte sie mit den Schultern. Die Menschen waren, wie sie waren. Ihr Emilio war auch immer mit tadellos geflickten Fischernetzen rausgefahren, aber einen Hammer, um den Gartenzaun auszubessern, durfte man ihm nicht in die Hand drücken. Sie verharrte kurz und dachte an ihren Mann. Wie wäre alles wohl gekommen, wenn Emilio noch leben würde? Sie seufzte und ermahnte sich umgehend, nicht zu trödeln. Schließlich machte sie ein paar entschiedene Schritte auf das Haus zu. Die Bauersleute besaßen nicht viel, das ließ sich auf den ersten Blick ausmachen, war für die Küste Amalfis aber keine Seltenheit. Die Menschen hier führten ein einfaches, bescheidenes Leben, und der erst wenige Jahre zurückliegende Krieg hatte es nicht besser gemacht. Immerhin kamen nun wieder ein paar Urlaubsgäste, nicht viele, aber die wenigen waren wohlhabend genug, um den Hotels und Restaurants einen kleinen Aufschwung zu bescheren. »Ach dieses Leben«, seufzte Claretta betroffen.

Wir sind die …, meldete sich Emilio.

Ja, sie, die Amalfitini, waren die reichsten Menschen der Welt. Emilio wiederholte sich, und sie verdrehte ein wenig die Augen. Das Meer, die Klippen, ja, ja. Alles etwas Besonderes.

Da haben wir es. Berufstätige Frauen verlieren den Respekt vor ihren Männern. Sie werden vorlaut und widersetzen sich. Emilio tobte.

Claretta wusste um die Impulsivität ihres Mannes. Seit seinem Ableben hatte die sich gefühlt auch noch gesteigert, was sie hin und wieder jedoch zum Widerspruch verleitete, konnte sie seine Wut nach dessen Ableben doch schlichtweg ignorieren. »Was soll das denn heißen? Ich bin nicht aufmüpfig und mit meiner Arbeit«, sie sprach die letzten beiden Worte extra langgezogen, »hat das nichts zu tun. Ich sage ja nur, dass man von einer schönen Landschaft und einem tollen Ausblick nicht satt wird.« Claretta schnaufte vor Wut, wollte aber jetzt nicht mit ihm streiten, dafür hatte sie keine Zeit. Sie wandte sich vom Haus ab und warf einen flüchtigen Blick hinunter auf die türkisblaue See, die sich vor ihr ausdehnte. Die sanften Wellen glitzerten unter den Strahlen der Sonne, und hin und wieder konnte man ein Boot erkennen, das vor dem Festland auf und ab schipperte. Immer öfter boten die einstigen Fischer ihre Dienste als Kapitäne für den Fremdenverkehr an. In kleinen Barken zeigten sie den Ausflüglern, die sich das leisten konnten, die Besonderheiten der amalfitanischen Küste. Claretta, die den Blick auf die in den Fels gebauten pittoresken Orte schon von klein auf kannte, war seit Emilios Unfall nicht mehr hinausgefahren. »Nur jemand, der keine anderen Sorgen hat, kann seine Zeit mit derartigen Dingen verbringen«, murmelte sie, schüttelte unverständig den Kopf und setzte ihren Fuß auf die Schwelle.

Die Eingangstür war nicht verschlossen. Das jedoch war nicht verwunderlich, denn Claretta kannte niemanden hier oben in den Bergen, der das tat. Seine Bleibe zu verriegeln, konnte ja nur bedeuten, dass man tatsächlich etwas Wertvolles besaß, was sich zu stehlen lohnte. Vorsichtig schob Claretta die abgewetterte Holztür auf. Das Quietschen der Scharniere übertönte das Zirpen der Zikaden. Wenn die Tür geschlossen war, kam niemand unbemerkt hier herein, dachte sie bei sich. Dann fiel ihr das wieder ein, was der *Allievo* über den Gestank gesagt hatte. *Dio mio!* Wenn ihr nur davon nicht schwummrig wurde. Man konnte ja nie wissen, ob der Täter nicht an den Ort seines Verbrechens zurückkehrte. Sie mochte sich überhaupt nicht ausmalen, was ihr blühte, wenn er sie hier finden würde, im schlimmsten Fall noch ohnmächtig. Im nächsten Augenblick glaubte sie schon, dass ihr der Atem wegblieb. Das musste von dem fiesen Geruch kommen, den der *Allievo* beschrieben hatte. Sie machte einen Schritt rückwärts, wobei sie den Oberkörper zusätzlich noch nach hinten lehnte, um ganz sicherzugehen, dass sie einem ekelhaften Gestank genügend ausweichen konnte. Dann saugte sie ihre Lungen voller Luft, um sich nicht übergeben zu müssen, und wagte sich erneut vor. Gerade als Claretta wieder den Rückzug antreten wollte, kam ihr Emilio zur Hilfe. *Du musst durch den Mund atmen*, hörte sie ihn sagen. Dieses Mal gehorchte sie und schaffte es auf diese Weise tatsächlich, ins Haus zu kommen. Manchmal hatte eben sogar ihr Emilio seine guten Momente. Sie stand in einer Küche, die nicht viel anders aussah als die, die sie von zu Hause kannte, nur dass hier alles noch bescheidener war. Ein Holzofen, eine von der Wand baumelnde Pfanne, ein Regal mit Steingutgeschirr, zwei abgenutzte Stühle und ein kleiner Tisch, den jemand bereits spärlich zum Essen gedeckt hatte. Offenbar schien dieser Jemand jedoch nicht mehr dazu gekommen zu sein, das abgerissene Weißbrot auf das dafür vorhandene Schneidebrett zu legen. Claretta trat an den Herd heran und äugte neugierig in den darauf stehenden großen Topf, dessen Deckel daneben lag. Er war fast randvoll mit Wasser gefüllt. Behutsam öffnete sie die Ofenklappe. Darin befand sich frisches Anmachholz. Sie verriegelte die Klappe wieder, denn schließlich musste alles seine Ordnung haben, auch wenn darauf hier in der nächsten Zeit sicherlich niemand mehr viel gab. Unsicher ging sie weiter. Von dem Raum ging lediglich eine Tür ab, die zum Schlafzimmer führen musste. Sie erschauderte. »Ich bin nicht zimperlich. Immerhin habe ich vier Söhne«, sprach sie sich laut Mut zu und machte entschlossen einen weiteren Schritt, was die Holzdiele unter ihren Füßen knarren und zugleich auch etwas wackeln ließ. Ohne darüber nachzudenken, setzte sie einen Fuß zurück, zog ihn sogleich wieder vor und testete die Trittsicherheit. Gleich drei nebeneinanderliegende Dielen schienen auf einen Meter lose zu sein. Rundherum war jedoch alles in Ordnung. Seltsam. Claretta bückte sich, um den darauf liegenden abgewetzten Läufer beiseitezulegen. Darunter verbarg sich eine Bodenklappe, die nur mithilfe eines Schlüssels geöffnet werden konnte. Unschlüssig blieb sie stehen und ließ ihre Blicke umherschweifen.

Das geht dich nichts an. Schnüfflerin!, meckerte Emilio in ihrem Kopf.

Sie war anderer Meinung, aber behielt das lieber für sich. Seinem Ehemann zu oft zu widersprechen, gereichte einer Frau nicht zu einer glücklichen Ehe. Abgesehen davon stand ihr der Sinn gerade nicht nach einer Unterhaltung mit Emilio. Sie musste den Schlüssel finden. Angestrengt dachte sie nach. Jede Frau hatte ein Geheimversteck. Bei Großmutter Nunzia war es das Glas mit dem Reis, in dem sie die ein oder andere Lira verschwinden ließ, die sie ihr dann, wenn es wieder einmal nottat, heimlich zusteckte. Claretta hatte Nunzias Notgroschen nur zufällig mitbekommen, aber sie würde sich hüten, der Nonna ihr Wissen mitzuteilen. Jeder sollte sein Geheimnis haben. Fast schon automatisch kam ein schmales Wandbrett in ihr Blickfeld, auf dem lediglich eine Kaffeemühle stand, nichts Ungewöhnliches also. Immerhin war dieser Haushalt alles andere als üppig ausgestattet. Allerdings machte Claretta die Höhe stutzig, in der das Regal angebracht war. Die Leute mussten Riesen gewesen sein, wenn sie da hinauflangen konnten. Beherzt griff sie sich einen der Stühle und stieg hinauf. Die Mühle gehörte zu den Haushaltsgegenständen, die man an jeder Ecke bekam, und war nichts Besonderes. Behutsam, denn immerhin handelte es sich um fremdes Eigentum, zog Claretta das kleine Schubfach auf, in dem sich der gemahlene Kaffee sammelte. Von dunkelbraunem Pulver war nichts zu sehen, stattdessen funkelte sie ein messingfarbener Bartschlüssel an. »Na also«, konstatierte sie zufrieden. Kurz darauf stieg sie hinunter in einen kleinen Kellerraum, in dem sie nicht einmal aufrecht stehen konnte und in dem keine zwei Personen Platz gehabt hätten. Ihre Augen benötigten kurz, um sich an die Dunkelheit zu gewöhnen, aber was sich ihr dann offenbarte, musste so etwas wie ein kleines Paradies sein. In grobkantigen selbstgezimmerten Holzregalen gab es alles, was man sich nur wünschen konnte. Dutzende Rotweinflaschen, Schnaps, prall gefüllte Einkochgläser mit Obst und Gemüse, Marmeladen, dicke Schinkenbeine, ein Speckstreifen von der Größe eines Brotes und anderes Gepökeltes. Und was war das? »Champagner«, las sie auf einem goldenen Etikett. Verzückt schlug sie sich die Hände vor den Mund und vergaß dabei doch glattweg ihre umständliche Atmung. Das war nicht weiter schlimm, denn jeder Duft, der ihr hier in die Nase kroch, war einfach nur himmlisch. Und überhaupt, so ekelerregend, wie der *Allievo* es geschildert hatte, roch es in dem Rest des Hauses auch nicht. Da hatte ihr ihre Einbildungskraft wohl mal wieder einen Streich gespielt. »So eine Speisekammer habe ich meinen Lebtag noch nicht gesehen!«, jauchzte sie, um im nächsten Moment komplett zu versteifen.

Pack etwas für die Jungs ein. Und für deinen Vater. Speck ölt die Gelenke.

»Nein, Emilio, das werde ich nicht tun!«, keifte sie. »Das ist Unrecht! Basta!« Daraufhin beschloss sie, die Kommunikation mit ihrem Mann für den Rest des Tages einzustellen. So weit kam es noch, dass sie für ihn zu einer dreisten Diebin wurde. Schleunigst verließ sie die Kammer und richtete alles wieder so her, wie sie es vorgefunden hatte. Nachdem sie das erledigt hatte, strich sie sich entschieden über ihre Hüften, streckte das Kinn und ging mit festem Schritt auf die verbliebene zweite Tür zu. Dahinter musste das Schlafzimmer liegen.

Es war einfach nur grauenvoll, aber schlussendlich nicht ganz so schrecklich, wie Claretta es sich ausgemalt hatte. Immerhin war das breite Holzbett leer, sodass nur noch die Form des zu einer dunkelbraunen Kruste geronnenen Blutes an zwei vormals dort liegende menschliche Körper erinnerte. Ein nicht unwesentlicher Teil davon hatte sich seinen Weg vom Kopfkissen abwärts gesucht und sich auf den Dielenbrettern ausgebreitet. Die Decken aus grobem Leinenstoff hingen über dem Fußteil des Bettes und sahen so akkurat und frisch aus, dass es einem schwerfiel zu glauben, welch schreckliches Verbrechen sich hier ereignet hatte. Jedenfalls schienen sie nicht einen Spritzer des Blutes abbekommen zu haben. Claretta fragte sich, wie das wohl möglich war, denn ihre Jungs mussten sich Großmama Nunzias Kochtopf nur auf zwei Metern nähern, und man konnte ihnen das Abendessen von den Pullovern ablesen. Noch dazu deutete nichts auf einen Kampf oder ein Gerangel hin. Das hier war einfach nur eine recht karg möblierte, aber dafür ordentliche Schlafstube. Auf Zehenspitzen, denn irgendwie war ihr das Ganze hier doch unheimlich, schlich sie an das Bett heran und nahm eine der Decken genauer in Augenschein. Nicht der kleinste rote Punkt befand sich darauf. Unglaublich. Unschlüssig schaute sie sich um. Über dem Bett musste ein Kruzifix gehangen haben, denn der auf der Tapete verbliebene Schatten war gut zu erkennen. Unwillkürlich fasste sich Claretta an die Kehle und schluckte fest. Die Mordwaffe. Daneben schien noch etwas gewesen zu sein, etwas Rechteckiges, vermutlich ein Bild. Wieder ließ sie ihre Augen umherwandern. Eine vergleichbare Stelle konnte sie jedoch nicht ausmachen. Es hatte hier nur ein einziges Bild gegeben, und das war ganz offenkundig verschwunden. Der Capitano jedoch hatte nichts davon erwähnt, dass die Carabinieri es mitgenommen hatten. »Nur ein einziges Bild«, murmelte sie. »Bestimmt war es von ihrer Hochzeit. Aber wieso lässt denn einer die Fotografie mitgehen?«

Da siehst du mal, wie hässlich die beiden gewesen sein müssen. Emilios Scherze waren noch nie besonders gut gewesen.

Emilio und sie hatten nicht einmal ein Hochzeitsbild, weil er zu geizig für einen Fotografen gewesen war. *Wenn man sich jeden Tag sieht, braucht man kein Bild von anderen*, hatte er immer gesagt.

Claretta schaute skeptisch gen Decke. Ein tiefer Seufzer verließ ihre Brust. Selbst Emilio schienen nun die Worte zu fehlen.

Drei Schritte weiter erschauderte sie. »Also wirklich, Claretta, reiß dich zusammen«, maßregelte sie sich. Direkt neben dem Bett war jemand in das frische Blut getreten, so wie es der Capitano ihr auch diktiert hatte. Der Abdruck war ihr unheimlich. Oder war es eher derjenige, der ihn hinterlassen hatte? Regungslos blieb sie stehen und schaute abwechselnd zwischen der Tür und der Spur hin und her. Wie konnte jemand …?

Du musst gehen. Du bist viel zu spät dran, mischte sich das Gemecker Emilios in ihre Überlegungen. Sie versuchte ihn zu ignorieren, aber bei einem so hartnäckigen Mann wie ihm war das nahezu aussichtslos. *Du hast hier nichts verloren, noch dazu allein. Nachher sagt man noch, du bist gekommen, um die Leichen zu fleddern. Du weißt, wie die Leute reden, zumal jeder in der Gegend weiß, dass du als Witwe kein Auskommen mehr hast. Und morgen früh hast du ohnehin keine Anstellung mehr. Ein Mann wie der Capitano lässt sich nicht hinters Licht führen.*

Claretta biss sich auf die Unterlippe, bis es schmerzte. Irgendetwas war hier nicht koscher, und damit meinte sie nicht Emilios Geschwätz.

***

Die argwöhnischen Blicke der Signora fielen ihr schon von Weitem auf. Sie kam ihr mit kleinen Schritten entgegen, wobei man den Eindruck haben musste, dass sie sich ganz bewusst so langsam fortbewegte. Offenkundig verirrten sich nicht viele Menschen hier auf den Berg, und das plötzliche Auftauchen einer fremden jungen Frau entfachten bei der Signora so einiges an Misstrauen, das war nicht zu übersehen. Die Sache mit dem Mord musste sich schon herumgesprochen haben, das kam noch dazu.

Claretta wiederum verspürte nicht weniger Unsicherheit. Womöglich hatte die Signora sie bereits beim Haus der toten Milchbauern beobachtet und ihr nun hier aufgelauert, um sie zur Rede zu stellen. Oder Schlimmeres. Ihr Herz pochte nun bis zum Hals, und sie wäre am liebsten fortgelaufen. Aber wohin, wenn sie auf dem einzigen Pfad, der zurück ins Städtchen führte, an dieser Fremden vorbeimusste?

Ich habe dich gewarnt. Eine Frau, die arbeitet, lebt ständig in Gefahr.

Emilio, das hilft mir nun auch nicht, dachte Claretta nervös. Dann bedachte sie die Signora mit dem herzlichsten offenen Lächeln, das sie unter der Anspannung hinbekam. Die Menschen vermuteten nichts Böses, wenn man ihnen mit einem freundlichen Gesicht entgegentrat.

Die Mühe hätte sie sich sparen können. »Was haben Sie hier zu suchen?«, blaffte die Frau sie schon aus einiger Entfernung an.

Claretta versuchte das Gehtempo beizubehalten, wobei sie angestrengt darauf achtete, sich ihre Unsicherheit nicht anmerken zu lassen. »Ich wollte zu Signore Russo«, antwortete sie ein wenig zu schnell und angesichts der Leichtigkeit, mit der sie offenkundig unterwegs war, unangemessen kurzatmig.

Die Frau schien über die Antwort so perplex, dass sie wie vom Donner gerührt stehen blieb, ihren Oberkörper leicht nach hinten schob, die Arme in die Hüften stützte und Claretta mit einer Mischung aus Verachtung und eiskaltem Hass musterte. »Der ist nicht zu Hause«, entfuhr es ihr schnippisch.

»Oh! Das habe ich mir fast gedacht«, entgegnete Claretta mit bemüht fester Stimme. »Ich habe ein paar Mal gerufen, aber niemand schien es gehört zu haben.«

Die Arbeit verdirbt den ohnehin schon schwachen Charakter der Frauen noch mehr. Lügen haben kurze Beine, Claretta, vergiss das nicht, wusste Emilio zu vermelden.

Clarettas Höflichkeit verfehlte bei der Fremden augenscheinlich ihre Wirkung. Sie verharrte in ihrer Haltung, und auch ihre Mimik veränderte sich keinen Deut. »Was wollen Sie von Tommaso?«, fragte sie, und die Anklage, die in ihren Worten mitschwang, war unüberhörbar.

Claretta zögerte kurz. »Milch«, entgegnete sie schließlich. »Meine Großmutter sagt, er hätte die beste weit und breit, wegen der frischen Kräuter hier oben auf dem Berg.«

So einen Schwachsinn habe ich ja noch nie gehört. Wie wolltest du die transportieren? In den Taschen deines Kleides vielleicht?

Die Augen der Frau blitzten noch böser auf. »Tommaso verkauft seine Milch nicht an Dahergelaufene«, zischte sie. »Sehen Sie zu, dass Sie verschwinden!«

Claretta dachte nicht daran, stoppte unwillkürlich und fixierte nun ihrerseits die keine zwei Meter mehr von ihr entfernt Stehende mit ihren Blicken. »Woher wollen Sie denn wissen, was Tommaso mit seiner Milch macht?«, entgegnete sie nun ebenso barsch. Im nächsten Moment jedoch tat ihr dieses Verhalten fast schon leid, denn aus der Nähe konnte man den Harm und die Verzweiflung sehen, die das Leben in ihrem Gesicht eingebrannt zu haben schien. Mit ihren kaum vierzig Jahren, älter konnte die Frau nicht sein, schien der liebe Gott sie erheblich auf die Probe gestellt zu haben. Ihre komplett schwarze und auffallend ärmliche Kleidung mit Rock, Bluse und Kopftuch kannte Claretta nur von den greisen Witwen, die sich an den Sonntagen bei der Ausspeisung der Kirche einfanden, um dort eine warme Suppe oder etwas Brot zu ergattern. Womöglich war sie nach dem Krieg auch allein zurückgeblieben und musste nun sehen, wie sie ihre Familie durchbrachte, dachte Claretta bei sich. Nicht jeder hatte so viel Glück wie sie.

»Verschwinden Sie auf der Stelle!«, forderte die Frau noch einmal. »Und lassen Sie sich nie wieder hier blicken.« Und ohne weiter auf sie zu achten, setzte sie sich wieder in Bewegung.

Claretta hingegen rührte sich nicht. Der Frau schien das nicht zu gefallen. Dennoch lief sie direkt auf Claretta zu und ging schließlich so dicht an ihr vorbei, dass sich ihre Arme fast berührten. Der flüchtige Seitenblick, den sie ihr dabei zuwarf, hatte etwas von einem Raubtier, das sein Opfer jeden Moment erlegen wollte.

Claretta erfasste ein Schaudern. Denn durch die Nähe, die sie plötzlich zu dieser Frau hatte, stach ihr ein Detail ins Auge, das sie ansonsten womöglich niemals bemerkt hätte. Die Unbekannte war vom Ohr bis hinunter zum Haaransatz im Nacken mit etwas beschmiert. Es musste angetrocknet sein, aber trotzdem konnte man deutlich genug sehen, um was es sich handelte: Blut. Jedoch unter Garantie nicht ihr eigenes.

***

»Mhm.« Der Capitano saß in seiner gewohnten Haltung und eingehüllt von dickem Zigarrenqualm hinter seinem Schreibtisch und studierte nun schon geschlagene zwanzig Minuten aufmerksam das Protokoll, das ihm Claretta am gestrigen Nachmittag hingelegt hatte. Immer wieder blickte er sie dabei über den Rand des Papiers an, zog seine Stirn in tiefe Falten und gab unverständliche Laute von sich. Dabei machte er einen äußerst mürrischen und unausgeschlafenen Eindruck.

Claretta hingegen saß auf der vorderen Kante ihres Stuhles und traute sich kaum, Luft zu holen. Noch dazu wusste sie nicht so recht, wo sie ihre Augen lassen sollte. Die mittlerweile auf ihrem Tischchen stehende Schreibmaschine wirkte dabei mindestens ebenso furchteinflößend wie der grimmig ausschauende Capitano. Sie entschied sich schließlich für ihre Schuhspitzen. Denn gemäß dem Rat von Großmama Nunzia sollte eine Frau mit halb geschlossenen Lidern gen Boden blicken, um mit der darin liegenden Überheblichkeit die eigene Unsicherheit zu kaschieren.

»Ragazzina«, hob der Capitano irgendwann an. »Ihre Handschrift«, er öffnete und schloss den Mund mehrfach hintereinander, was Schmatzgeräusche verursachte, »die ist, die ist, mhm, irgendwie advokatisch«, sagte er und schaute sie überaus überrascht an.

Claretta behielt konsequent ihre Schuhe im Blick.

»Oh, sie ist verschnupft«, rief er mit freundlicher Empörung aus. »Nicht doch. Nicht doch. Es ist alles sehr schön, wirklich sehr schön. Ich meine, es lässt sich gut entziffern. Wirklich. Mhm.« Er versank erneut in Clarettas Notizen. »Aber was sie da alles aufgeschrieben hat?«, murmelte er ein wenig ratlos noch hinterher.

Denke bloß nicht, dass der dicke Carabiniere dir nicht

dahinterkommt, hörte sie Emilio wettern. *Er ist der Capitano. Es ist seine Aufgabe, Trickser zu enttarnen.* Claretta spürte, wie ihr die Schweißtropfen den Rücken herunterrannen. *Der Russe ist dann gleich mit dran. Urkundenfälschung ist kein Kavaliersdelikt. Was hast du dir nur dabei gedacht?*

»Nun gut, *Ragazzina*«, sagte der Capitano in strengem Tonfall, während er das Blatt langsam auf seinen Schoß gleiten ließ.

Claretta fühlte sich einer Ohnmacht nahe. Was war, wenn Emilio recht hatte? Sie wollte Doktor Solowjow doch keine Schwierigkeiten bereiten. Seit sie allein dastand, war er immer so nett und hilfsbereit zu ihr und den Jungs. Laurenzio, ihrem Jüngsten, hatte er erst kürzlich den letzten Milchzahn gezogen, ohne nur eine Lira dafür zu verlangen. Eigentlich war er schon immer äußerst zuvorkommend gewesen, aber mit Emilios »Umzug« auf den Friedhof hatte der Doktor sich ihrer besonders angenommen. Entsprechend hatte er auch gestern keinen Moment gezögert, ihr in dieser zugegeben etwas ungewöhnlichen Angelegenheit behilflich zu sein. Dabei hatte sie ihm nur das diktiert, was sie von dem Capitano gehört beziehungsweise im Bauernhaus mit eigenen Augen gesehen hatte. Die Begegnung mit dieser unheimlichen Frau jedoch behielt sie vorsichtshalber für sich. Immerhin würde es dem Capitano keineswegs gefallen, wenn herauskäme, dass sie hinter ihm und seinen Leuten hergeschnüffelt hätte. Claretta war mitunter vielleicht ein wenig naiv, aber blöd war sie nicht. Dass Solowjow dabei ihr Vertrauen missbrauchen könnte, war Claretta nicht einen Moment in den Sinn gekommen. Der Doktor war ein durch und durch feiner und anständiger Herr.

Der Kerl hat schon lange ein Auge auf dich geworfen. Nun hat er dich in der Hand. Die Sekretärin des Capitano der hiesigen Carabinieri steht mit Zettel und Stift auf Kriegsfuß. Emilios höhnisches Lachen hallte ihr in den Ohren. *Das sind Staatsgeheimnisse, die du an einen Exilrussen, noch dazu einen Kommunisten, weitergetragen hast. Wer weiß, was er in seiner Heimat getan hat, dass er fliehen musste? Die gesamte italienische Republik schämt sich für dich, Claretta Lépore.*

Eifersucht ist eine äußerst dumme Eigenschaft, vor allem, wenn man lange tot ist, dachte Claretta, angestrengt bemüht, die Lippen fest zusammengepresst zu halten. Sie mochte Solowjow, aber als Emilios Nachfolger kam er wahrlich nicht in Betracht. Noch dazu war sie sich noch immer gänzlich unsicher, ob sie überhaupt jemals wieder den Bund der Ehe eingehen wollte. Was, wenn Großmama Nunzia recht hatte und es sich mit der Ehe wie mit einer Tasse ihres verhassten schwarzen Tees verhielt, sprich der zweite Aufguss noch schlechter schmeckte als der erste?

Ein lautes Gähnen des Capitano riss sie aus ihren Gedanken. »Was Sie da alles aufgeschrieben haben … *piccola Bambina*?«, wiederholte er noch einmal.

»Nur das, was Sie mir diktiert haben, Capitano«, log Claretta, ohne den Blick zu heben.

Er kratzte sich die stoppligen Haare. »Der viele Grappa ist vielleicht doch nicht so gut, wie man immer meint«, murmelte er gedankenversunken und sichtbar unschlüssig darüber, was er davon halten sollte.

»Vielleicht, Capitano«, entgegnete Claretta leise.

»Also gut«, rief er im nächsten Moment enthusiastisch aus. »Wie ich gestern bereits sagte, stehen wir einem äußerst komplizierten Fall gegenüber, der nicht nur einiges an Erfahrung und Fingerspitzengefühl, sondern auch erhebliche Langmut verlangt«, sagte er gewichtig und rieb sich dabei seine unrasierten, vor Schläfrigkeit dunkelrot leuchtenden Wangen. »Die Spurenlage am Tatort ist überaus mysteriös.« Er sah in Richtung Claretta, aber man konnte deutlich ausmachen, dass er sie nicht wahrnahm. »Das ist ein wenig zu kompliziert, um Ihnen das zu erklären, *Ragazzina*«, fügte er noch an.

Claretta schaute ihn so gleichmütig an, wie sie es mit Emilio immer getan hatte, wenn er ihr von den Tintenfischen erzählt hatte, die so groß gewesen waren, dass sie nicht in seine Netze passten. Dabei bemerkte sie erst jetzt, wie derangiert der Capitano heute daherkam, fast so wie ihr Emilio, wenn er einen erfolgreichen Fang in einer der Hafentavernen begießen musste.

»Eine wahrlich verzwickte Angelegenheit«, wiederholte der Capitano, wobei er sich schwerfällig erhob und schlurfenden Schrittes hinaus auf den Balkon trat. Dort stand er bereits eine ganze Weile regungslos mit einem auf die Straße gerichteten Blick, als es an der Tür klopfte.

»Herein!«, brüllte er schließlich in einem Ungemach, dass man annehmen konnte, er würde die halbe Stadt verhaften wollen.

In dem Spalt der sich nur langsam öffnenden Tür

tauchte zunächst ein Espressogedeck auf, das Sergente Gabriele wie zur Abwehr von sich gestreckt in der Hand hielt. »Ihr Morgenkaffee, Capitano«, sagte er, wobei er Claretta einen verschwörerischen Blick zuwarf.

»Hinstellen!«, kommandierte der Capitano, ohne sich umzusehen.

Der Sergente tat, wie ihm geheißen, dann salutierte er nahezu unterwürfig, stoppte jedoch auf dem Rückweg zur Tür auf der Höhe von Clarettas Arbeitsplatz und raunte ihr kaum hörbar zu: »Mittwochabend spielt er immer gegen Bürgermeister Gregorino und Monsignore Marini Karten. Die verlorenen Lire lassen sich nur mit ein paar Schnäpsen verschmerzen.« Er zwinkerte belustigt und eilte hinaus. Ehe er die Tür hinter sich schloss, streckte er noch einmal seinen Kopf herein. »Der Landstreicher Zello sitzt in seiner Zelle und ist bereit für Ihr Verhör, Capitano.«

Der Capitano bedachte ihn mit nicht mehr als einem unzufriedenen Brummen. Der Sergente schien sich daraus nichts zu machen, denn er nickte Claretta noch einmal freundlich zu und verschwand sichtbar erleichtert.

»Gabriele!«, ertönte unerwartet sein markerschütternder Schrei.

Der Name war noch nicht einmal richtig verklungen, da tauchte der Sergente wieder in der geöffneten Tür auf. »Capitano?«

»Sie fahren zum Bauernhaus und durchsuchen es noch einmal gründlich. Im Anschluss konfiszieren Sie alles, was nicht niet- und nagelfest ist. Und wenn ich alles sage, meine ich alles. Jeder noch so kleine Strohhalm könnte ein Hinweis auf unseren Mörder sein.« Er räusperte sich gewichtig. »Nehmen Sie den *Allievo* mit. So etwas braucht Zeugen. Und dann bestellen Sie die Nachbarin, diese Signora ...« Er führte das Protokoll, was er die ganze Zeit in der linken Hand gehalten hatte vor sein Gesicht, »Anna Proietti ein. Das Weibsbild hat mir einiges zu erklären. *Pronto.*«

»Aber ...?« Der Sergente verstand offenbar die Welt nicht mehr.

»Das ist ein Befehl!«, brüllte der Capitano aus Leibeskräften. »Und nehmen Sie mein Auto.«

»Ihr Auto«, hauchte der Sergente Gabriele ungläubig. Dann schlug er die Hacken zusammen und eilte davon. Vor lauter Diensteifer vergaß er dabei sogar, die Tür hinter sich ins Schloss zu ziehen.

Clarettas Herz fing an, in ihrer Brust auf und nieder zu hüpfen. Sie hatte also doch etwas richtig gemacht.

Freu dich bloß nicht zu früh. Das dicke Ende kommt unter Garantie. Man kann diesen Brüdern einfach nicht trauen. Reicht man ihnen den kleinen Finger, reißen sie einem den ganzen Arm ab.

Drei

Die Zelle, in der man den Landstreicher Zello untergebracht hatte, bot in der Länge kaum den Strohsäcken Platz, die am Boden zu einer Art Matratze aneinandergelegt worden waren. Allerdings war das schon weitaus mehr, als sie in der Breite aufzuweisen hatte. Neben der Liegestatt war nicht einmal Raum für eine Sitzmöglichkeit oder einen Eimer für die Notdurft. Entsprechend hatte sich der Capitano auf einem halbschräg vor der Gittertür im Halbdunkel einer von der Decke baumelnden Glühbirne stehenden Stuhl niedergelassen, von dem er nun mit verschränkten Armen und einem gebieterischen Blick seinen ersten Verdächtigen begutachtete. Dazu kaute er genüsslich an einer seiner überaus geschätzten Knoblauchknollen. Der Duft des Lauchgewächses und der Alkohol des gestrigen Abends, den er in einem fort ausdünstete, übertünchte sogar noch die Muffigkeit der Kellerräume. Glücklicherweise hatte er Claretta einen etwas abseits stehenden Schemel zugewiesen, auf dem sie nun mit Schreibblock auf den Knien hockte und voller Anspannung wartete, was passierte.

Du bist mit zwei fremden Männern allein in einem dunklen Keller. Ist dir das klar, Claretta? Das ist nichts, was eine anständige Frau von sich behaupten sollte. Wo wird das nur enden?

Emilio konnte einem wirklich auf die Nerven gehen. Es war doch offensichtlich, dass einer der Männer weggesperrt und der andere ein Carabiniere war. Abgesehen davon gehörte das hier zu ihrer Arbeit. Wieso konnte Emilio eigentlich niemals etwas Nützliches beitragen, ihr eine Hilfe sein? Nicht einmal nach dem Tod schien ihm das zu gelingen.

»So!«, hob der Capitano mit tiefer Stimme an. »Dann erzählen Sie mir mal, guter Mann, was Sie am Dienstag beim Bauernhaus am Fuße des Torre dello Ziro gemacht haben.«

Zello saß breitbeinig und mit angewinkelten Beinen auf dem Boden, den Rücken gegen die hintere Wand gelehnt, und blickte in Richtung Decke. Claretta hatte den großgewachsenen hageren Mann mit den klugen traurigen Augen und den tief eingefallenen Wangen schon einige Wochen nicht mehr gesehen, aber heute schien er ihr im Vergleich zu sonst besonders blass und kränklich. Das Leben auf der Straße hinterließ nun mal seine Spuren. Der schweigsame Mann, den alle nur »Zello« nannten, obwohl niemand sagen konnte, wie er wirklich hieß, war kurz nach Kriegsende das erste Mal in der Gegend aufgetaucht. Er schlief irgendwo in den Bergen, blieb nie lange an einem Ort und bot sich hin und wieder, wenn ihm der Sinn danach stand und ihm die Nase der Leute behagte, für Gelegenheitsarbeiten an. Dabei beschränkte er seine Worte auf ein paar Höflichkeitsfloskeln, sodass man nicht einmal schließen konnte, wo der Mann eigentlich zu Hause gewesen war. Das und auch sein wiederholtes Verschwinden ließ die Gerüchteküche brodeln, die in den meisten Fällen wenig schmeichelhaft war. Vom Bankräuber über einen deutschen Nazi bis zu einem Mitglied der Leibgarde Mussolinis jedenfalls war alles dabei. Claretta hatte den Landstreicher irgendwie immer gemocht, insbesondere auch, weil Nonna Nunzia aufgrund seiner überaus anständigen Umgangsformen nur nette Worte für ihn fand. Dazu kam, dass sie ihn irgendwann einmal dabei beobachtet hatte, wie er ihren Jungs beim Spielen zuschaute. Seine Augen waren voller Liebe und Wärme gewesen. Seitdem stand Clarettas Urteil fest, was auch immer Zello umhertrieb, etwas Böses führte er dabei ganz sicher nicht im Schilde.

Wer weiß, was der Kerl im Kopf hat? Womöglich wollte er sich auch auf diese Art bei dir einschleichen. Über meine Söhne! So ein gemachtes Nest ist doch etwas Feines. Und auch wenn du nicht mehr ganz taufrisch bist, mhm, den Fang von gestern kann man den Leuten getrost auch noch anbieten.

»Emilio!«, entfuhr es Claretta zornig.

»Signora?« Der Capitano drehte seinen stämmigen Oberkörper ein wenig in ihre Richtung und schaute sie mit hochgezogenen Augenbrauen an. »Gibt es etwas zu sagen?«

Claretta spürte, wie ihre Ohren vor Peinlichkeit anfingen zu glühen. »Nein. Entschuldigen Sie bitte, Capitano«, flüsterte sie.

»Diese Räume hier sind nun einmal nichts für ein anständiges Fräulein«, erwiderte der Capitano verständnisvoll und mit gedämpfter Stimme, wobei er sich einen scheelen Seitenblick hinüber zu Zello nicht verkneifen konnte. »Ich verstehe das vollkommen.« Er senkte den Kopf und schaute Claretta von unten an. Im nächsten Augenblick galt seine gesamte Aufmerksamkeit wieder dem Gefangenen. Er klatschte in die Hände und sagte laut: »Das ist die neue Zeit. Schon einige meiner Kollegen haben eine Sekretärin, der Capitano der *Stazione* in Positano zum Beispiel. Aber das Fräulein dort ist schon ein etwas älteres Semester, sie hat ein paar unschöne Flecken im Gesicht.« Er schaute kurz voller Genugtuung zu Claretta rüber. »Dennoch, das wird sich nicht durchsetzen«, polterte er los. »Ganz sicher nicht. Obwohl ich die Anwesenheit einer jungen Frau gar nicht so übel finde, vor allem was die Sauberkeit angeht. Aber ich verplaudere mich.« Er kratzte sich nachdenklich die Stirn. »Nun gut. Signore, das ist eine polizeiliche Befragung«, mahnte er, nachdem Zello noch immer keinen Ton von sich gegeben hatte. »Waren Sie am Dienstagnachmittag bei dem Haus von Tommaso Russo?«

Zello senkte bedächtig das Kinn, und Claretta konnte sehen, wie sie sein flüchtiger Blick streifte. Obwohl er sich nichts anmerken ließ, hatte er sie ohne Zweifel erkannt. »Ja«, antwortete er mit fester Stimme.

Der Capitano nickte zur Bestätigung und wandte sich noch einmal kurz zu Claretta hin, um ihr mit einer energischen Bewegung seines Kopfes zu signalisieren, dass er diese Aussage als Punkt für sich verbuchte. »Haben Sie die beiden Milchbauern umgebracht?«

»Nein«, entgegnete Zello ohne jeglichen Nachdruck. Dabei ließ er den unverwandt kauenden Capitano nicht aus den Augen.

»Aber Sie wollten sie bestehlen?«, hakte der Capitano nach und zwinkerte Claretta dabei wie jemand zu, der im Begriff war, einen Haken zu schlagen, um jemand anderen auszutricksen.

»Nein«, lautete die kurze Antwort des Landstreichers. »Ich stehle nicht.«

»Ha!«, bemerkte der Capitano ungläubig. »Sie wollen also behaupten, dass Sie nicht der Hunger zu diesem abgelegenen Haus getrieben hat? Jeder weiß, dass es gerade bei Bauersleuten immer irgendetwas zu beißen gibt. Und wenn nicht, bekommt jemand wie Sie wenigstens eine Tasse frische Milch angeboten. Darauf haben Sie spekuliert.« Er kratzte sich ausgiebig das vorgereckte Kinn.

»Nein, das will ich nicht«, antwortete Zello.

Der Capitano schien ihn nicht auf Anhieb zu verstehen. Irgendwann brummte er beifällig. »Möglicherweise haben Sie auch gehofft, niemanden anzutreffen, um sich eigenhändig bedienen zu können?« Der Capitano neigte den Kopf und brummelte die folgenden Worte wie ein gutwilliger Freund. »Mir können Sie es doch sagen, Signore Zello.« Er streckte den Zeigefinger seiner rechten Hand in die Zelle hinein. »Bei diesem Vorhaben wurden Sie nämlich überrascht. Der Bauer hat Sie zur Rede gestellt, es führte ein Wort zum anderen, und schließlich lagen die beiden Leutchen tot in ihren Betten.« Er nickte hektisch, als könnte er dem anderen damit das Geständnis leichter machen. »So manch braver Mann ist schon mal über das Ziel hinausgeschossen, vor allem mit einem leeren Bauch.«

»Mit einem Mensch wie Tommaso Rosso konnte man

nicht streiten«, erwiderte Zello gänzlich unbeeindruckt. »Ich hätte auch nicht gewusst, worüber.«

Der Capitano stutzte. »Was soll das heißen? Wollen Sie sagen, Sie waren näher mit ihm bekannt?«

Zello überhörte die Frage geflissentlich. Er streckte seine Beine aus, schloss die Augen und begann ein leises Lied zu summen.

Der Capitano verschränkte die Arme vor seiner Brust. »Ich habe Zeit«, sagte er. »Und ich kann, wenn mir danach ist, aufstehen und zu Pedro rübergehen. Irgendwann bekommt schließlich jeder einmal Hunger.« Er stoppte und hob die rechte Braue. »Auch die, die nicht herumspazieren können.«

Zello veränderte seine Position nicht. Nur die Melodie, die er gerade noch von sich gegeben hatte, endete abrupt. »Es waren nette Leute. Obwohl sie selbst nichts hatten, haben sie geteilt. Mehr weiß ich nicht.«

Claretta betrachtete nun die Sohlen seiner Schuhe. Sie waren durchgelaufen, an einigen Stellen blitzte die nackte Haut durch. War er es, der seinen Abdruck neben dem Bett der Toten hinterlassen hatte? Spuren von Blut jedenfalls suchte sie vergebens. Zellos Füße hatten seit Dienstag ohne Frage unzählige Kilometer über staubige Straßen und Wege zurückgelegt. Selbst wenn es also etwas gegeben hätte, dürfte es heute lange nicht mehr zu sehen sein. Das fehlende Blut jedenfalls würde ihm nicht aus dieser misslichen Lage helfen. Aber dafür vielleicht … Claretta atmete schnell. Seine Füße waren groß, viel zu groß für den zierlichen Abdruck, den sie im Schlafzimmer der Bauern hinterlassen haben sollten.

Die kleine Claretta hatte schon immer eine blühende Phantasie. Und so viel Menschenkenntnis wie ein Thunfisch. Dass der Kerl Dreck am Stecken hat, ist so sicher wie … Claretta ignorierte Emilios Einwurf, sie war neuerdings gut darin, die Ohren vor dem Gerede ihres Mannes zu verschließen. Noch dazu half es ihr, sich zu konzentrieren. Irgendetwas stimmte mit dem Fußabdruck neben dem Bett der Bauern nicht. Wenn sie nur darauf käme, was.

Ich sage es doch. Zeitverschwendung.

»Was wollten Sie bei diesen Leuten? Jetzt reden Sie schon, Mann!«, insistierte der Capitano.

»Nichts«, erwiderte Zello erstaunlich schnell und von dem Zucken seiner Schultern begleitet.

Der Capitano, der seines Zeichens zweifelsohne ein treuherziger Mann war, der es gern sah, wenn seine Angelegenheiten schnell geregelt wurden, um den schönen Dingen des Lebens etwas mehr Raum zu geben, wurde zusehends ungehalten. »Sie besteigen einen Berg ohne ein Ziel vor Augen?«, fragte er. »Einfach so, weil da oben nette Leute wohnen?«

»Der Berg ist das Ziel«, entgegnete Zello ruhig. Dem folgte eine kurze Pause, die den Capitano wohl ein wenig provozieren sollte. »Und der kürzeste Weg zur San Salvatore«, fügte er noch an.

»Zur San Salvatore de'Birecto in Atrani?«, hakte der Capitano nach. »Der Kirche des Heiligen Salvatore? Ist er gläubig?« Die Frage klang, als stünde der Capitano bei einem Landstreicher damit vor einem rätselhaften Widerspruch.

»Ich nicht, aber der dortige Prete«, entgegnete Zello mit einem leichten Zucken um die Mundwinkel.

Immer am Dienstagnachmittag veranstaltete der Prete des Nachbarortes die Armenspeisung für die Kriegsversehrten, dachte Claretta bei sich. Nach allem, was sie gehört hatte, sollten sich dort mindestens zwei Dutzend Menschen satt essen können, so großzügig ging es zu.

»Mag sein«, kommentierte der Capitano und schien nicht recht bei der Sache. Dann durchfuhr es ihn sichtbar. »Ein gottesfürchtiger Mensch würde niemals wagen, das Kreuz unseres Herrn als Waffe einzusetzen. Da haben wir es!«

Das Argument kann man nicht von der Hand weisen.

Zello schaute den Capitano befremdet an. Offenbar hatte er keine Ahnung, wovon die Rede war.

Den Capitano wiederum schien eine unbändige Freude über diese Entdeckung zu erfassen. Entsprechend heiter fuhr er fort. »Sie wollten also über den Berg und sind am Haus von Russo vorbeigekommen«, fasste er zusammen. »Haben Sie die Leute dort oben lebend angetroffen?«

Zello ließ sich mit seiner Antwort etwas Zeit. »Ja.«

»Erstaunlich!« Der Capitano schlug sich mit seinen flachen Händen auf die Schenkel, beugte sich nach vorn, dass seine breite Nase zwischen zwei Gitterstäben in die Zelle hineinragte, und stimmte ein zufriedenes Grunzen an. »Dann erzählt er mir jetzt mal, was er dort so alles gesehen hat«, forderte er.

»*Sie* glauben mir doch ohnehin kein Wort«, antwortete Zello abgeklärt, wobei seine Augen nun unverwandt auf ihr ruhten.

Claretta errötete angesichts von so viel Aufmerksamkeit.

Zellos Schilderungen kamen leise. Seine Formulierungen schienen wohlüberlegt, und seine Sprache hatte etwas Feines und auf eine erstaunliche Art Gebildetes, zuweilen sogar ein wenig Antiquiertes. Claretta hatte ihn noch nie zuvor so viel sagen hören. »Die Signora war im Garten und pflückte Salbei. Ich fragte sie, ob jemand Zahnschmerzen oder Halsweh hatte. Sie verstand nicht, was ich meinte, und wir unterhielten uns eine Weile über die Wirkung von Kräutern …«

»Mhm. Und einer wie er kennt sich damit aus?«, fragte der Capitano dazwischen.

»Soll einer wie ich in die Apotheke gehen und sich Arznei kaufen?«, hielt er dagegen.

Der Capitano wedelte mit seiner rechten Hand umher, was den Landstreicher zum Weiterreden bewegen sollte.

»Sie brauchte tatsächlich etwas Salbei für das Mittagessen«, redete Zello weiter. »Und sie lud mich dazu ein.«

Der Topf mit dem Wasser. Das Anmachholz im Ofen. Der Salbei. Claretta wusste genau, was sie gesehen hatte. Zum Kochen jedoch war die arme Frau nicht mehr gekommen.

»Wieso Mittagessen?«, fragte der Capitano nach. »Wer ist denn am späten Nachmittag noch zu Mittag?«

Zello schaute ihn mit großen Augen an. »Es muss gegen eins gewesen sein. Die Sonne stand fast senkrecht am Himmel«, erklärte er.

Die Armenspeisung begann, nach allem was Claretta wusste, um zwei.

Der Capitano lehnte sich zurück und verschränkte die Arme vor seiner Brust. An der Art, wie er dabei den Mund verzog, konnte man deutlich sehen, dass er dem Mann kein Sterbenswörtchen glaubte.

Der lügt doch, der Hund. Emilio war also der gleichen Meinung.

Zello wartete kurz, offenbar um sicherzugehen, dass er auch gehört wurde, und redete dann weiter. »Sie hat mich eingeladen. Ich habe abgelehnt. Dann hat sie mir ein Glas Wein gebracht.«

»Wein. Und alles andere hat er abgelehnt«, wiederholte der Capitano. »Soso.« Er fuhr immer wieder mit seinem Zeigefinger über den Oberlippenbart. »Jetzt schlagen schon die Vagabunden eine milde Gabe aus. Der Aufschwung ist da. Unsere große Nation marschiert in eine goldene Zukunft.«

Claretta dachte an das benutzte Glas, was vor dem Haus gestanden hatte. Niemand hatte es mehr weggeräumt. Eine umsichtige Bauersfrau hätte es getan, vorausgesetzt, sie wäre nicht vorher tot gewesen. Zello hatte dort oben gesessen und Wein getrunken, ganz so wie man es einem guten Bekannten anbot. Möglicherweise war er das auch. Immerhin war er bestimmt an so einigen Dienstagen vorbeigekommen. Das erklärte natürlich auch, wieso er Carmelas und Tommasos Hilfsbereitschaft rühmen konnte, in deren Genuss er schlichtweg des Öfteren gekommen war. Und trotzdem schien er sie nicht überstrapaziert zu haben. Wenn man ihm glauben konnte, sprach es für Zello, eine Essenseinladung auszuschlagen.

»Die beiden hatten doch selbst kaum etwas zu kauen«,

erklärte Zello weiter. »Und ich …« Er überlegte es sich offenkundig anders und stoppte. »Wenig später bin ich weitergezogen«, fuhr er schließlich fort. »Auf dem Hügel hinunter nach Atrani kam mir Tommaso entgegen. Er hatte die Milch wie jeden Tag zum Markt geschafft und war auf dem Rückweg.«

Pause.

»Woher wissen Sie, dass er jeden Tag zum Markt geht? Das klingt verdammt danach, als hätte er ihn ausspioniert«, bemerkte der Capitano. »Um dann ausgerechnet der Bäuerin einen Besuch abzustatten, wenn ihr Mann nicht im Haus ist? War das sein Ansinnen?« Er zog kritisch beide Augenbrauen hoch.

Zello ließ keine Regung erkennen. »Tommaso hatte zwei Kühe, die jeden früh gemolken werden müssen. Was sollte er mit der vielen Milch machen, die die beiden nicht selbst verwerten konnten? Abgesehen davon brauchte er Geld.«

Claretta konnte das alles einwandfrei nachvollziehen.

Der Capitano offenbar auch. »Weiter! Weiter«, forderte er.

Nur Emilio tat sich schwer. *Zwei Kühe. Wie erbärmlich. Ich hatte ein eigenes Boot, die ›Jungfrau Maria‹*, schwärmte er. *Mit Langusten und Tintenfischen konnte man Geld verdienen, aber doch nicht mit ein bisschen Milch von zwei armseligen Kühen. Was soll das denn bringen? Konnte der Kerl sich nicht eine anständige Arbeit suchen?*

Claretta hasste es, wenn Emilio sich über andere erhob. Abgesehen davon gab es hier an der Küste seit dem

Krieg kaum noch Arbeit, vor allem nicht in der Fischerei. Clarettas Vater hatte nicht einmal sein Boot, das deutlich besser in Schuss war als Emilios, gewinnbringend verkaufen können. Und überhaupt. Dieses ganze Unglück hatte ihre Familie unter Garantie nur ereilt, weil Emilio sein Boot unbedingt nach der Muttergottes benennen musste. So etwas tat man schlichtweg einfach nicht. Aber er hatte wie immer auf seiner Meinung bestanden. Und nicht einmal nach seinem Ableben ließ er sich eines Besseren belehren.

»Wie weiter?«, fragte der Landstreicher. »Weiter gibt es nichts.«

»Soso. Na ja«, bemerkte der Capitano. »Und Ihr Weg zurück hat Sie dann am Bauernhaus vorbeigeführt?«

»Wieso zurück?«, wollte Zello wissen. »Ich kehre niemals am gleichen Tag an einen Ort zurück. Das ist meine Freiheit. Ich schlafe, wo es mir gefällt, und am Dienstag hat es mir auf dem Friedhof von Atrani gefallen.«

»Auf dem Friedhof?«, rief der Capitano verwundert aus. »Ist das denn erlaubt?«

»Wer soll sich denn beschweren?«, entgegnete Zello.

Schweigen.

»Er bleibt, bis ich meine Meinung ändere, hier unten«, beschied der Capitano harsch. Dann erhob er sich, richtete seinen Rock, zog mit einem zweifelnden Blick in Richtung des Landstreichers die Nase hoch und ging davon.

Zello zeigte sich darüber in keiner Weise irritiert. Im Gegenteil. Nachdem er sicher war, dass der Capitano es nicht mitbekam, lächelte er Claretta mild an. »Es ist schön, Sie zu sehen, Signora Claretta«, sagte er. »Es sind gute Zeiten, die nun angebrochen sind. Grüßen Sie Ihre Jungs von mir, bitte. Und Signora Nunzia.«

Claretta traute sich kaum, ihm in die Augen zu sehen. Sie nickte zurückhaltend. »Es tut mir alles sehr leid, Signore Zello«, flüsterte sie, bevor sie dem Capitano nacheilte.

Jetzt entschuldigt sie sich auch noch bei einem Kriminellen!, empörte sich Emilio. *Und was bitte soll daran gut sein, wenn meine Frau sich mit Gesindel einlässt? Außerdem hat mir die Jungfrau Maria immer Glück gebracht, nun gut, mit einer klitzekleinen Ausnahme vielleicht, aber als mich die Kugel traf, war ich an Land. Womöglich wäre ich auf See …*

Claretta jedoch hörte nicht zu. Sie hatte Mühe, dem Capitano zu folgen, der ihr gerade die Zutaten eines Nudelgerichtes seiner längst verstorbenen Großmutter erläuterte. Das konnte nur bedeuten, dass er hungrig war. Wenn Männer über Essen redeten, dann wollten sie welches haben. Genau so verhielt es sich, wenn sie …

Na, na, na!

Claretta schüttelte sich. Sie war durcheinander. Diese Arbeit war womöglich doch etwas zu anstrengend für sie. Mit ihrem Nervenkostüm war es jedenfalls momentan nicht zum Besten bestellt.

Mein Reden.

»Und niemals mit dem Olivenöl geizen«, redete der Capitano überschwänglich weiter, während er vor ihr die schmale Treppe nach oben stieg. »Niemals. Selbst an der Front haben wir förmlich darin gebadet. Olivenöl ist das Zielwasser für einen Italiener, wissen Sie, *Ragazzina*. Deswegen macht uns auf dem Schlachtfeld auch niemand etwas vor.«

Claretta dachte an Emilios durchschossenen Schädel. Sie wusste nicht, ob die Feldküche in der Einheit ihres Mannes Olivenöl gebraucht hatte. Anzunehmen war es jedoch.

***

Der *Allievo* lief nun bestimmt schon zum fünften oder sechsten Mal schwer beladen über den Gehsteig in die *Comando Stazione*. Dabei machte er ein Gesicht, als wäre er auserkoren, zum St. Andrea-Fest das Standbild des Heiligen tragen zu dürfen. Der Sergente Gabriele hingegen stand vor dem Haupteingang und erörterte den staunenden Wachmännern unter ausschweifenden Gesten, was sie alles im Haus der toten Bauern sichergestellt hatten. Seine Umschreibungen der Wurst oder auch des Champagners hätten dabei blumiger nicht sein können. »Da soll nur mal einer behaupten, wir Amalfitani wären arme Schlucker«, rief er immer wieder überschwänglich aus. »Dabei speisen bei uns schon die Bergbauern wie die Fürsten. An allem kann man sparen, aber am guten Essen …«

Die beiden Carabinieri wollten es mit eigenen Augen sehen und stoppten immer wieder den *Allievo* im Vorbeigehen, um sich zeigen zu lassen, was er da so sorgsam vor sich hertrug. Die begeisterten Laute, die sie dabei von sich gaben, schallten nicht nur durch das gesamte Haus, sondern sie weckten zunehmend auch das Interesse der

Passanten, was der Capitano mit Sicherheit nicht gutheißen würde. Der jedoch hatte momentan nur Augen für die Spaghetti, die in einem großen Topf vor sich hin köchelten; Claretta hatte er angewiesen, sie alle zehn Sekunden umzurühren.

Nach ihrer Rückkehr in sein Büro hatte er zu ihrem Erstaunen kurzerhand ihren Schreibtisch zu einer Kochstelle umfunktioniert. Die unliebsame Schreibmaschine war einem Gerät gewichen, das er, so hatte er es stolz berichtet, einst von einem amerikanischen Kommandanten geschenkt bekommen hatte. Die mit Strom betriebene Kochplatte sollte, so hatte sie der Capitano beschworen, in den USA noch immer der letzte Schrei sein, zumal man sie nahezu überall, vorausgesetzt, es gab eine Steckdose, einsetzen konnte. Claretta hingegen mochte den cremefarbenen Keramikfuß des Gerätes, der sich, wenn man mit dem Finger darüberfuhr, ganz glatt und vornehm anfühlte. Noch dazu fand sie die Vorstellung, dass die feinen Leute darauf ihre Nudeln kochten, einfach nur herrlich. Dass das Kabel hingegen wenig fachmännisch aus dem Gehäuse guckte, wunderte sie etwas, aber der Capitano würde schon wissen, was er tat.

»Signora Claretta, Sie rühren wie eine kleine Göttin«, freute er sich, wobei er die Hände vor seiner breiten Brust wie zum Gebet faltete und sie glückselig anstrahlte. »Aber nicht den richtigen Zeitpunkt verpassen, hören Sie!« Er vollzog mit seinem Oberkörper voller Vorfreude kleine Halbdrehungen. »Zu schade, dass wir keine Kräuter haben. Zu schade. Ein wenig lieblich duftender Oregano und ein paar kleine Blättchen Basilikum.

Etwas Zitronenminze. Angedünsteter Knoblauch.« Ein schmachtender Blick in den Kochtopf folgte.

Claretta, die froh war, dass der Schreibkram zunächst erst einmal von ihrem Tisch verschwunden war, lächelte erleichtert. Im nächsten Moment stutzte sie. »Oregano?«, fragte sie, als hätte sie sich verhört. »Ich dachte …«

Der Capitano wirkte geschmeichelt. »Sie sind eine sehr gute Zuhörerin, Signora Claretta. Wirklich wahr. Und Ihr Gedächtnis …« Ein anerkennender Seufzer folgte. »Es verhält sich so, dass ich Oregano durchaus zu schätzen weiß, aber dieser Pedro …« Er verzog angewidert das Gesicht. »Man könnte meinen, er hat das Kraut von einem deutschen Acker. Zäh und herb wie dieses ganze barbarische Volk.« Sogleich hielt er inne und wedelte mit der Hand vor seinem Mund herum, als hätte er sich an etwas Heißem die Zunge verbrannt. »Vergessen Sie meine harten Worte. Heutzutage ist alles anders. Wir wollen nach vorn schauen.« Im nächsten Augenblick schien ihm etwas einzufallen, denn er marschierte aus dem Büro und ließ sie allein zurück.

Selbst wenn deine Nudeln ihm schmecken, wird er das Verhörprotokoll nicht vergessen. Wenigstens ist der Schuldige nun im Gewahrsam, auch wenn du dazu nichts beitragen konntest. Das hier ist nun mal Männerarbeit.

Claretta betrachtete versonnen die noch immer kochenden Nudeln. »Zello hat nichts getan«, sagte sie irgendwann und spracht damit ihre Gedanken laut aus. »Sie verdächtigen ihn, weil er ein Landstreicher ist. Offenkundig ist die Nachbarin, die ihm so etwas Böses nachsagt, kein guter Mensch.«

Emilio schnaufte. *Das kannst du kaum beurteilen. Misch dich nicht in Dinge ein, die dich nichts angehen. Hörst du!*

Claretta hörte gar nicht hin, sondern eilte mit dem Topf hinaus zum Waschbecken auf dem Flur. Die Nudeln mussten schleunigst aus dem Wasser, wenn der Capitano sie jemals wieder kochen lassen sollte. Danach verfeinerte sie alles mit Olivenöl in einer Menge, mit der ihre Familie eine halbe Woche auskäme, und richtete ihm Teller und Besteck auf seinem Schreibtisch an.

Der Capitano war zurück. In seiner ein wenig von sich gestreckten Hand hatte er ein aufgeschlagenes weißes Stofftaschentuch, in dem er ein Stück Speck hielt. Überdies klemmte unter seiner Achsel eine Flasche Wein. Claretta brauchte nicht zu überlegen, wo er die Sachen herhatte. Die Bauersleute jedenfalls würden es nicht mehr brauchen, und ewig waren die guten Sachen auch nicht haltbar. Da war es schon besser, alles würde schleunigst verzehrt. Das hatte seine Richtigkeit, ganz gewiss. Immerhin hatte der Capitano es entschieden.

»Wie weit sind wir, meine Liebe?«, fragte der Capitano, nachdem er das, was er in seinem Mund zu haben schien, heruntergeschluckt hatte.

Claretta kam nicht einmal dazu, ihm zu antworten. Er hatte das Essen schon entdeckt und hastete zum Schreibtisch. Ehe sie sich versah, war die Flasche entkorkt, der Speck neben den Nudeln platziert und sein Taschentuch zu einer in seinem Knopfloch steckenden Serviette umfunktioniert. Im nächsten Moment schob er sich auch schon den ersten Bissen seines Mittagessens in den Mund.

Claretta stellte das Atmen ein. Wenn es ihm nicht schmeckte, wäre sie ihren Posten mit Sicherheit sehr schnell wieder los. Zwischen ihren Eltern hatte es auch immer Streit gegeben, wenn ihre Mutter sich beim Salz vergriffen oder die Tomaten nicht richtig geschält hatte. Und wenn sie erst an die Mäkeleien von Emilio dachte …

Meine Güte, du willst ihn ja nicht heiraten. Pause. *Oder spielst du etwa mit dem Gedanken? Ist das womöglich der Grund, wieso du das hier machst? Ein Capitano ist eine gute Partie. Claretta? Claretta!*

»Ich weiß nicht einmal, ob er verheiratet ist«, antwortete Claretta mürrisch.

Der Capitano kaute mit geschlossenen Lidern und seufzte immer wieder wohlig. »Ausgezeichnet, Signora Claretta. Ausgezeichnet. Die Spaghetti sind auf den Punkt.« Er schlug die Augen wieder auf und griff nach dem Wein. »Und der Speck rundet das Ganze noch ab. Alles zu Ermittlungszwecken«, erklärte er und kippte ein halbes Glas hinunter. »Und nein, ich bin nicht verheiratet, aber nett, dass Sie fragen.«

Der ein wenig verklärte Blick, mit dem er das sagte, verursachte bei Claretta Bauchgrummeln. Noch dazu hätte sie sich ohrfeigen können. Wieso ließ sie sich auch immer wieder auf eine Diskussion mit Emilio ein? Sie wurde aber auch nicht klug.

Es klopfte an der Tür, worauf der Capitano – sichtlich überschwänglich ob der Gaumenfreude und damit etwas zu eilig für Clarettas Empfinden – darum bat, man möge eintreten. Es war der *Allievo*, den die anderen zweifelsohne vorgeschickt hatten.

»Capitano«, vermeldete er erhobenen Hauptes, »die Zeugin Anna Proietti wäre nun da.« Während er das von sich gab, stierte er unentwegt auf den vor dem Capitano stehenden Nudelberg. Vor allem der Speckstreifen schien es ihm angetan zu haben.

Der Capitano nickte selbstzufrieden. »Sie soll warten«, entgegnete er kauend. »Ich muss mich erst stärken.«

Begleitet von den knallenden Hacken des *Allievo*, ging die Tür wieder zu. Claretta für ihren Teil machte sich daran, ihren Arbeitsplatz aufzuräumen. Liebevoll reinigte sie die »Kochmaschine«, um sie dann vorsichtig zurück in den Schrank zu stellen. Als sie sich irgendwann wieder zu dem Capitano umwandte, war er eingenickt. Auf Zehenspitzen ging sie zu ihm herüber und griff sich seinen leeren Teller. Wenig später befand sie sich mit der letzten Portion Spaghetti auf dem Weg hinunter zu den Zellen. Das Leben bot den Menschen meist nicht das, was sie von ihm verlangten, aber trotzdem mussten sie etwas essen.

***

Die Mittagsruhe des Capitano dauerte nun schon fast die zweite Stunde an; Doktor Solowjow hatte dagegen nicht einmal dreißig Minuten gebraucht, um die Aussage des Landstreichers zu Papier zu bringen. Dass darüber seine Fischsuppe kalt geworden war, hatte er mit keinem Wort kommentiert. Dafür hatte er den Eindruck gemacht, dass Clarettas tägliche Besuche ihn aufrichtig freuten. Ganz im Gegensatz zu seiner Haushälterin, die ihren Blicken nach zu urteilen die Störung äußerst unangemessen fand.

Du beschwörst das Gerede der Leute mit deinem luderhaften Verhalten noch herauf. Zwei Tage in Folge im Hause Solowjow, und das ganz ohne Zahnweh. Geh nach Hause und kümmere dich um die Jungs! Das ist die Aufgabe einer Frau. Und nicht das Herumscharwenzeln um einen halbseidenen Bolschewikenzahnarzt.

»Andrej entstammt einer angesehenen russischen Familie. Sein Vater hat sogar die Mitglieder der Zarenfamilie behandelt. Er musste nach der Revolution fliehen«, verteidigte sich Claretta. Sie saß an ihrem Tisch, die leeren Blätter akkurat vor sich liegend, und wartete darauf, dass der Capitano erwachte.

Ach du nennst ihn schon beim Vornamen?, empörte sich Emilio. *Gehörte der Stallknecht auch zu den Zaren? Wie kann man nur immer so leichtgläubig sein. Geh endlich nach Hause! Zwei Tage sollten doch genügen, um dich von diesem Flitz zu kurieren. Außerdem, was weißt du schon von dieser Revolution? Schon schlimm genug, dass solche Männer wie der Duce tot sind. Nun macht auch noch dieser Sowjet meiner Frau den Hof!*

Claretta wusste in der Tat nichts von den Ereignissen in Russland. Sie hatte ja kaum eine Vorstellung darüber, wo dieses fremde Land zu finden war. Angesichts dessen, was der liebe Gott ihr aufgetragen hatte, schien ihr das auch nicht so wichtig.

Die Mundwinkel des Capitano fingen an zu zucken. Die Bewegungen steigerten sich zu einem lauten Schmatzen, er verschluckte sich und endete in einem ausgiebigen Hustenanfall. Schließlich öffnete er seine Augen und schaute Claretta verschlafen an. »Wo waren wir stehen geblieben, meine Liebe?«, fragte er, als wäre nichts gewesen, während er sich mit einer schnellen Handbewegung der noch immer an seiner Uniformjacke haftenden Serviette entledigte.

»Die Befragung der Nachbarin«, entgegnete Claretta zögerlich. Womöglich würde der Capitano ungehalten darüber sein, dass sie ihn nicht geweckt hatte und infolgedessen die Signora, die zweifelsohne genug zu tun hatte, hier tatenlos herumsitzen musste. Der Sergente Gabriele jedoch hatte ihr geraten, den Capitano keinesfalls zu stören, wenn sie nicht für sich und den Rest der Truppe ein himmelschreiendes Donnerwetter heraufbeschwören wollte.

»Ach«, entgegnete der Capitano überrascht. Dann blies er die Wangen auf. »Eine Mordermittlung ist anstrengend. Ich habe Sie gewarnt.« Er grinste. »Wenn Ihnen das zu viel ist, machen wir morgen weiter.« Er nickte ihr auffordernd zu. »Ich bin die harte Arbeit gewöhnt, aber Sie …« Während er das sagte, entdeckte er die vor ihm liegende Aussage des Landstreichers. Mit großen Augen nahm er sie auf und las. Nachdem er fertig war, machte sich ein seltsamer Ausdruck von Erleichterung auf seinem Gesicht breit.

Im Protokoll stand all das, was er mit dem Landstreicher besprochen hatte, nicht mehr und nicht weniger. Nun gut, einen kleinen Hinweis auf seine großen Füße hatte Claretta noch eingebaut, aber das war wirklich auch alles. Und das auch nur, weil Doktor Solowjow ebenfalls der Ansicht gewesen war, dass dieses Detail womöglich noch von Bedeutung sein könnte, vor allem für den armen Zello.

Der Capitano rekelte sich sichtbar zufrieden. »Eine wirklich vornehme Handschrift«, lobte er erneut. »Aber wieso hat sie denn das Ganze nicht auf der Schreibmaschine getippt?«

Claretta schluckte.

Ja, wieso denn nicht, Claretta?

»Das wäre zu laut gewesen, und ich wollte Sie nicht beim Nachdenken stören, Signore Capitano«, schwindelte Claretta.

Ach wie reizend! Die Wahrheit klingt aber doch ein bisschen anders. Meinst du nicht? Der Fettsack schläft, und du hältst ein Schäferstündchen mit einem dahergelaufenen Sowjet.

Der Capitano schenkte ihr ein dankbares Nicken, dann verlangte er, die Nachbarin zu sprechen. Während sie geholt wurde, genehmigte er sich eilig etwas Wein, bevor Claretta – gerade noch rechtzeitig – Glas und Flasche verstecken konnte. Ein in seinem Büro trinkender Capitano machte sich keine Ehre, und die Menschen redeten manchmal mehr, als sie verstanden. Der Capitano jedenfalls amüsierte sich köstlich über Clarettas Umsicht und lobte sie ausgiebig. Claretta ihrerseits war ein wenig aufgeregt, was die Frau zu berichten hatte. Dass sie Zello zu Unrecht beschuldigt hatte, daran bestand für sie kein Zweifel. Die Frage war nur, warum sie so etwas Gemeines tat? Mit dem Eintreten der Signora Anna Proietti wich ihr Fürwitz jedoch einer furchtbaren Beklommenheit. Bei der Frau handelte es sich um keine andere als die, die sie gestern in der Nähe des Hauses der Bauern getroffen hatte. Ihr Blick hätte eisiger nicht sein können.

***

»Mein Mann sieht es nicht gern, dass ich auf die *Stazione* bestellt werde«, fauchte Signora Proietti noch während des Eintretens und unter Verzicht auf jegliche Grußformel. »Noch dazu, da ich stundenlang verschwunden bin. Er könnte auch meinen, dass mir etwas zugestoßen ist. Das wird ihn noch wütender werden lassen.« Die Widerborstigkeit stand ihr ins Gesicht geschrieben. »Wenn es um mich geht, ist mit meinem Luigi nicht zu spaßen. Das sollten Sie wissen.«

Sergente Gabriele, der die Frau hereingebracht hatte, war ohne gesonderte Aufforderung im Zimmer verblieben, was Claretta doch sehr wunderte. Er hatte sich mit durchgedrücktem Rücken und starrem Blick neben der Tür postiert, als gelte es, diese unter Einsatz seines Lebens zu verteidigen.

»So ist es recht«, kommentierte der Capitano. »Ein Mann sollte auf seine Gattin achtgeben.« Claretta traf ein schneller mitleidiger Blick, doch der Sergente grinste kaum merklich.

»Es handelt sich hier jedoch um eine Befragung von äußerster Wichtigkeit. Sie sind womöglich eine wertvolle Zeugin in einem Mordfall, und ich werde Ihre Zeit nicht über Gebühr beanspruchen.« Der Capitano behandelte die Sache mit der gebotenen Ernsthaftigkeit. »Richten Sie

Ihrem Mann schon jetzt meinen Dank für sein Verständnis aus …«

»Gibt es Geld für so etwas?«, platzte es äußerst unhöflich aus der Signora heraus. »Immerhin hatte ich Aufwendungen, um hierherzukommen. Noch dazu kann jemand, der sich den Hintern in einer Rumpelkammer breit sitzt, nicht seinem Tagwerk nachkommen. Mein Luigi besteht auf sein pünktliches Mittagessen, das er heute nicht bekommen hat.«

Den Capitano schien die Dreistigkeit der Frau in keiner Weise zu provozieren, ja nicht einmal zu verwundern. Im Gegenteil. Er betrachtete sie mit der gleichen Langmut wie zuvor, wobei er sich mit verschränkten Armen gelassen auf seinem Stuhl zurücklehnte. »Das hier ist Ihre Pflicht als brave Bürgerin der Republik Italien«, sagte er mit Pathos. »Es kann Sie mit Stolz erfüllen.«

»Von Stolz wird niemand satt«, entgegnete sie abfällig.

»Der werte Gatte sitzt ohnehin gerade in der schäbigsten Taverne am Hafen«, entfleuchte es dem Sergente in einem Anflug von Übermut. »Er wird Ihre Abwesenheit nicht einmal bemerkt haben, geschweige denn, dass er Hunger hat. Beim Durst sieht das schon anders aus.«

Die Mimik des Capitano drückte Unverständnis aus.

»Luigi Proietti übernachtet einmal in der Woche zur Ausnüchterung bei uns. Da er in den letzten Tagen nicht da war, wird wohl noch mit ihm zu rechnen sein«, erklärte der Sergente. »Dann können Sie sich bei ihm persönlich für die Kooperation seiner Ehefrau bedanken, Capitano.«

»Du Sohn einer Schlange. Wage es, so über meinen

Luigi zu reden!«, keifte die Signora fuchsteufelswild, wobei sie so zackig herumfuhr, dass man meinen konnte, sie würde dem Sergente jeden Moment an die Kehle springen. Er schien durchaus mit so etwas gerechnet zu haben, denn er nahm schlagartig eine Abwehrstellung ein. Seine Reaktion wiederum löste bei der Signora ein schallendes, fast schon frivoles Lachen aus, unter dem sich ihr gesamter Körper bog.

Das sind also die Menschen, mit denen meine Frau neuerdings verkehrt. Emilio meldete sich immer dann, wenn man ihn nicht gebrauchen konnte.

Mit dem Donnerschlag einer auf eine Tischplatte herunterrasenden Faust endete diese Szene. Der Capitano hatte genug. Wutentbrannt erhob er sich von seinem Platz. »Ruhe! Weib!«, brüllte er, was die Signora nicht zu beeindrucken schien, die ihn selbstbewusst und unter einer auffallend zur Schau gestellten Geringschätzung musterte. »Wir reden jetzt nicht über den Säufer Proietti!«, befahl er. »Sie erzählen mir jetzt noch einmal, was sich am Dienstagnachmittag beim Haus der Milchbauern zugetragen hat!«

»Das habe ich doch schon getan«, entgegnete Signora Proietti unwillig.

Der Capitano hob seinen rechten Zeigefinger zur Warnung. »Noch einmal und in allen Einzelheiten, sonst warten Sie in einer unserer Zellen auf Ihren Mann.« Nachdem der Capitano seiner Genugtuung über diese Androhung freien Lauf ließ, gab es auch beim Sergente kein Halten mehr. Beide grinsten breit.

»Dieser Landstreicher hat die armen Leute abgemurkst«, empörte sich die Signora, die offenkundig die Sinnlosigkeit ihrer Gegenwehr erkannt hatte. »Erst hat er sich am Wein bedient und dann …« Sie bedeutete mit der an ihrer Kehle entlangfahrenden Handkante, was sie meinte. »So sieht die Dankbarkeit dieses Gesindels aus. Keinen Meter darf man die an sein Hab und Gut heranlassen, keinen Meter.« Sie stoppte, offenbar um ihre unbändige Wut ein wenig in Zaum zu bekommen. Es gelang ihr nicht. Mit gesenktem Kopf und messerscharfen Worten fuhr sie fort. »Der Kerl lungerte hin und wieder auch mal bei uns rum, vor allem in der Nähe des Hühnerstalls. Die Eier wollte er stehlen, vielleicht noch einem unserer Hühner den Hals umdrehen. Aber ich habe ihn jedes Mal verjagt. Und der liebe Gott hat mir recht gegeben.« Sie bekreuzigte sich. »Man muss schon selbst das bisschen, was man hat, verteidigen. Womöglich hätte es sonst uns getroffen, meinen Luigi und mich und die arme Nonna Sebastiana.« Sie hob langsam den Kopf und schaute mit schmalen, funkelnden Augen in die Runde. »Zu unsereinem kommen die Carabinieri ja nicht«, formulierte sie die Worte langsam und voller Ekel. »Wir sind nicht wichtig genug, als dass man sich kümmern müsste. Das war früher schon so, und es wird sich auch niemals etwas daran ändern. Aber eine Anna Proietti braucht niemanden. Überhaupt niemanden.«

»Was wollten Sie dann bei den Milchbauern?«, sagte der Capitano in einem Tonfall, mit dem er auch jeden Passanten auf der Straße nach dem Wetter fragen könnte.

Die Signora stockte. Offenbar wähnte sie sich in einer Falle, die sie jedoch nicht einzuschätzen vermochte. »Wir waren Nachbarn. Da besucht man sich eben mal«, entgegnete sie schließlich, ohne dabei so recht überzeugend zu klingen.

»Am Dienstag haben Sie gesagt, Sie hätten Milch holen wollen«, warf der Capitano ein. Noch im Reden begriffen, bedachte er Claretta mit einer wissenden Kopfbewegung.

»Ja und?«, entgegnete die Signora fuchsig.

»Signore Russo schafft seine Milch jeden Vormittag zum Markt nach Atrani. Dabei muss er an ihrem Haus vorbei. Er hätte sie Ihnen also problemlos mitbringen können.« Der Capitano klang nun bei Weitem nicht mehr so freundlich.

Claretta war ehrlich beeindruckt.

Die Signora reagierte mit einem unwirschen Zucken ihrer Schultern. »Ich wollte mit Carmela plaudern.«

»War das, bevor Ihr Mann sein Mittagessen bekommen hatte, oder danach?«, hakte der Capitano ein.

»Wieso ist das wichtig?«, fragte sie misstrauisch.

»Weil der Landstreicher zugegeben hat, gegen Mittag beim Haus der Bauern gewesen zu sein, wobei er beide lebend angetroffen haben will. Sie wiederum haben erst nach fünf Uhr den Mord gemeldet«, entgegnete der Capitano.

»Dann lügt er eben. Das liegt solchen Leuten doch im Blut«, erwiderte sie.

Claretta hielt die Luft an. Die Bauersleute hatten kein Mittagessen mehr gehabt. Der Topf, das Anmachholz und vor allem der frische Salbei. Sie müssen gestorben sein, bevor die Signora das Essen zubereiten konnte.

»Wann haben Sie diesen Zello nun gesehen, reden Sie, Frau!«, forderte der Capitano.

»Gegen fünf«, fauchte die Signora unbeeindruckt. »Und dann waren die beiden tot.«

Der Capitano winkte den Sergente zu sich heran, bedeutete ihm, dass er sich auf seine Höhe herunterbücken sollte, und flüsterte ihm etwas ins Ohr. Wenig später verschwand Gabriele eiligst aus dem Zimmer.

Zello war um diese Zeit nicht dort, dachte Claretta. Der Prete von San Salvatore würde das wissen und könnte ihm helfen. Warum sollte er von der Armenspeisung noch einmal zurückkommen? Dann hätte er die Sache gleich am Mittag erledigen können.

»Das ergibt keinen Sinn«, sagte Claretta geistesabwesend. Die Speisekammer war voll. Sogar das Brot hatte noch auf dem Tisch gelegen. Wenn er die beiden ermordet hätte, dann hätte er sich etwas eingesteckt, für schlechte Zeiten. Ein Mann, der am Morgen nicht wusste, was er am Abend zu kauen hatte, ließ Brot nicht achtlos irgendwo liegen.

Der Capitano horchte sichtbar überrumpelt auf, fing sich aber umgehend wieder. »Wie recht sie hat. Das ergibt keinen Sinn«, wiederholte er.

Clarettas Gesichtshaut wechselte die Farbe.

Signora Proietti, die sie bislang konsequent übersehen hatte, drehte ihren Kopf langsam in Clarettas Richtung und fluchte leise.

»Um fünf gibt es keine frische Milch mehr. Sie sagt die Unwahrheit!«, schimpfte der Capitano. »Was hat sie auf dem Berg gewollt?«

»Sicherlich das Gleiche wie die da«, entgegnete die Signora mit einer abfälligen Kopfbewegung zu Claretta hinüber. »Warum wird die nicht zuerst verhört? Die ist doch auch eine von denen, die Tommaso schöne Augen gemacht haben.«

»Unsinn!« Der Capitano tat die Bemerkung, die er offenbar für ein blödsinniges Weibergeschwätz hielt, schroff ab. »Ich frage zum letzten Mal«, drohte er. »Was haben Sie bei den Bauern gemacht?«

Claretta war starr vor Angst. Es fehlte nicht mehr viel, und die Signora hätte sie verraten. Am zweiten Tag würde sie schon ihre Anstellung verlieren. Sie hätte heulen können, vor allem weil Emilio dann mit allem recht behalten hätte. Mühevoll versuchte sie das Zittern ihrer Hände zu unterdrücken, sodass sie Emilios Hinweis fast überhört hätte.

Schau dir die Schuhe an. Die Schuhe, Claretta.

Was soll damit …? Claretta kniff die Augen zusammen und wagte einen genauen Blick. Die Füße der Signora waren klein und schmal. In der Tat, sie könnte es gewesen sein, die den Abdruck neben dem Bett der Ermordeten hinterlassen hatte.

»Ich weiß es nicht mehr. Wer weiß schon immer so genau, was er bei seinen Nachbarn will«, sagte die Signora irgendwann. »Es ist ja auch egal, weil ich die beiden nicht umgebracht habe.«

Claretta starrte noch immer auf das Schuhwerk der Frau, was sie zu bemerken schien, denn sie begann, ihre Füße unruhig über den Holzfußboden zu schieben.

»Da wäre ich mir nicht so sicher. So ein Streit unter

Nachbarn kann schon mal ein bisschen aus dem Ruder geraten, vor allem bei dem Temperament, das Ihnen der Herrgott mitgegeben hat, nicht wahr?« Der Capitano schaute wie nebenbei auf Claretta, die ihre weit aufgerissenen Augen immer wieder zwischen ihm und den Schuhen der Signora hin und her wandern ließ. Der Capitano brauchte eine Weile, um diesen Hinweis zu verstehen, aber schließlich lächelte er Claretta verstohlen an.

»Bitte ziehen Sie einmal Ihren rechten Schuh aus, Signora Proietti«, bat er höflich.

Die Signora sah ihn entgeistert an.

»Ihren Schuh, bitte«, wiederholte der Capitano.

»Also das ist doch ...«, echauffierte sich die Signora. »Wenn mein Luigi wüsste, dass man mich hier wie eine dahergelaufene Straßendirne behandelt! Jetzt soll ich mich auch noch ausziehen! Das könnte Ihnen so passen! Das bringe ich zur Anzeige. Unzucht nennt man das, Signore Capitano. Unzucht!« Sie drückte die Knie fest zusammen, verschränkte die Arme vor ihrer schmalen Brust und brummelte allerlei Boshaftes.

Der Oberkörper des Capitano schnellte nach vorn. »Ich verlange Ihren Schuh«, schrie er wie von Sinnen. »Auf der Stelle!«

Die Gesichtszüge der Signora verhärteten sich schlagartig noch mehr. Mit einer ausladenden und überaus flinken Handbewegung fasste sie nach unten, zog sich ihren Schuh vom Fuß und warf ihn dem Capitano mit Schwung gegen den Kopf. Der schrie vor Schmerz auf, was bei ihr wiederum ein hämisches Lachen auslöste. Just im gleichen Moment betraten Sergente Gabriele und der

Allievo das Büro. In ihrer Mitte führten sie einen kleinen, ein wenig krumm gewachsenen Mann, der sichtbar Mühe hatte, sich eigenständig auf den Beinen zu halten. Dafür schien ihn der Anblick des uniformierten Capitano jedoch zu erfreuen, wobei er ihn ganz offenkundig mit jemandem verwechselte.

»Duce a noi«, salutierte der Mann mit schwerer Zunge. »Grenadier Proietti stets zu Ihren Diensten.« Sein Versuch, die Hacken zusammenzuschlagen, endete fast damit, dass er der Länge nach hinschlug, worauf ihn nur das beherzte Eingreifen des *Allievo* vor einem Sturz bewahrte.

Der Capitano fühlte sich, das war unübersehbar, ein wenig geschmeichelt und bot dem Mann einen Platz an. Währenddessen rieb er sich ununterbrochen den Teil seiner Stirn, gegen den der Schuh geprallt war.

Der Duce ist tot. Das hat so manchen von uns in eine tiefe Verzweiflung gestürzt, kommentierte Emilio mitleidsvoll.

Anna Proietti empfand zweifelsohne nicht so. »Halt die Klappe, du Tölpel. Mit deinem versoffenen Kopf stürzt du uns alle noch mehr ins Unglück«, keifte sie. »Heutzutage gibt es Leute, die den Duce nicht mögen.«

»Schlechtere Zeiten wie diese hat unser stolzes Italien niemals erlebt«, lallte ihr Mann, während er sich von den beiden Carabinieri auf einen Stuhl neben sie hieven ließ. »Den Duce nicht mögen?« Er hickste. »Niemals!«

»Mhm.« Der Capitano schaute etwas betreten, verkniff sich jedoch eine Reaktion und sagte stattdessen: »Signore Proietti, Ihre Nachbarn sind gewaltsam zu Tode gekommen, und wir suchen den Mörder. Kann die Republik Italien auf Ihre Kooperation zählen?«

Der Signore versuchte sich schlagartig in einer aufrechten Haltung. »Selbstverständlich, mein Führer!«

Interessiert betrachtete der Capitano den Schuh der Signora. Er drehte und wendete ihn, befühlte die Innenseiten und fuhr schließlich mit dem Finger über den flachen Absatz. Unter sichtbarem Erstaunen bemerkte er, dass er nicht ganz fest zu sitzen schien.

»Solche ausgelatschten Botten hat meine Alte auch«, bemerkte Signore Proietti erheitert. »Darin hatscht sie wie eine Ente.« Er grinste breit, was nur durch ein lautes Aufstoßen unterbrochen wurde. »Ja, in Salò, da hatten die Weiber Schuhe.« Er blies die Wangen auf. »Und die Beine erst, die da drinsteckten.« Sein gieriges Schmatzen war widerwärtig. »Der Duce hat eben bis zum Schluss darauf geachtet, dass es seinen Leuten an nichts fehlte.« Seine Zunge hing ihm nun fast bis auf das Kinn.

»Du Schwein!«, schimpfte seine Frau und versetzte ihm zeitgleich einen Hieb mitten auf die Nase. Er strauchelte kurz, wurde aber von dem noch immer neben ihm stehenden *Allievo* gehalten und holte dann seinerseits aus, um seiner Frau eine zu verpassen. Sie wich ihm aus, was ihn noch wütender werden ließ.

»Schluss jetzt!«, schrie der Capitano, der nun erneut aufgesprungen war. Die Carabinieri trennten die beiden Eheleute gewaltsam, worauf wieder Ruhe einkehrte.

Der Capitano wiederum kam hinter seinem Schreibtisch hervor, nahm den daraufliegenden Schuh auf und trat an Signora Proietti heran. Direkt auf der Höhe ihres

Gesichtes fasste er nach dem Absatz und klappte ihn, soweit es möglich war, nach unten. »Was sehen Sie?«, fragte er bestimmt.

Sie schaute nicht einmal hin.

»Ich warne Sie, Signora!«, drohte der Capitano.

Claretta konnte bei aller Mühe nichts erkennen, denn der Sergente verdeckte ihr die Sicht. Anna Proietti reagierte noch immer nicht.

»Dann will ich es Ihnen sagen«, hob der Capitano an. »Sie waren es, die neben dem Bett der toten Bauern gestanden hat. Es ist Ihr Abdruck, den man in dem angetrockneten Blut hervorragend sehen konnte, zumal an Ihrem kaputten Schuh noch so einiges davon klebt. Und es wird keinerlei Mühe machen, das zu beweisen.«

Signore Proietti warf seiner Frau einen abschätzigen Blick zu. »Ich habe es dir gleich gesagt, du blödes Frauenzimmer!«, krakeelte er nun deutlich klarer als vorhin. Offenbar hatte der Hieb seiner Frau seine Sinne wieder etwas geschärft. »Bei so etwas verzieht man sich. Aber nein, diese dumme Pute muss sogar noch bis auf die Nasenspitze in jede Ecke dieser Unglückshütte kriechen.« Er ließ sich gegen die Lehne des Stuhles fallen und schaute genervt zur Zimmerdecke. »Wenn man so etwas schon macht, hinterlässt man wenigstens keine Spuren.«

»Was *macht*?«, wollte der Capitano wissen, wobei er sich von der Signora entfernte und siegessicher zurück zu seinem Platz marschierte.

Signore Proietti fuchtelte ergeben mit seinen Händen in der Luft herum. »Wir sind arme Leute«, erklärte er in einem unangenehmen Singsang. »Und was wollen zwei Tote schon noch, außer ihren Seelenfrieden?«

Die Signora wiederum hielt ihren Kopf tief gesenkt und tupfte sich mit einem Zipfel ihrer Schürze die Tränen aus den Augen. »Irgendjemand musste sich doch um die Kühe kümmern.«

Sie hat sich genommen, was sie gebraucht hat, dachte Claretta. Aber nach allem, was sie im Haus der Eheleute gesehen hatte, konnte das nicht viel gewesen sein, zumal Signora Proietti ganz offenkundig die geheime Kammer nicht entdeckt hatte. Wenn das so gewesen wäre, davon war Claretta überzeugt, hätte sie alles bis auf den letzten Krümel beiseitegeschafft.

Wie erbärmlich.

»Das hätten ja auch die Anverwandten der Eheleute tun können«, warf der Capitano berechtigterweise ein. »Wenn jemand bei uns stirbt, dann kommt doch die Familie zusammen, oder etwa nicht?« Der Capitano deutete gegenüber dem Sergente ein Kopfnicken an. Der erwiderte die Geste mit einem anerkennenden Blick.

»Carmela und Tommaso hatten keine Verwandten«, erklärte Signora Proietti. »Deswegen wollte ich helfen.«

Die Stirn des Capitano legte sich in Falten. »Wie? Jeder Süditaliener hat eine Familie!«

»Die beiden nicht. Carmelas Eltern sind lange tot, ihre beiden Brüder hat der Krieg genommen«, entgegnete Signora Proietti. »Und Tommaso hat niemals über seine Leute gesprochen. Ich denke, es wird ebenfalls niemanden geben. Besuch jedenfalls hatten die beiden nie, also nicht, dass ich jemanden gesehen hätte.« Sie hielt inne, und ihr Blick wurde auf eine seltsame Art verklärt. »Nur einmal«, redete sie leise vor sich hin, »letzte Woche. Genau letzte Woche musste das gewesen sein. Am Samstag. Es war Samstag. Vielleicht auch Sonntag.« Ihre Stimme wurde nach und nach immer lauter. »Da war ein Mann da, ein richtig adretter mit Anzug und hellbraunen Wildlederschuhen.« Sie rollte verträumt die Augen. »Und stattlich war er, groß, mit breiten Schultern, und seine Haare haben in der Sonne geglänzt wie Gold ...« Sie schnaufte unwirsch aus. »Leider habe ich ihn nie wiedergesehen.«

»Und dieser Mann war bei Ihren Nachbarn?«, hakte der Capitano nach.

Sie zuckte mit den Schultern. »Was weiß ich denn? Sicherlich, wenn er auf der Wiese vor deren Haus herumlungert.« Sie zog einen Flunsch. »Ich halte die Leute ja nicht an, um sie zu fragen.« Sie bedachte Claretta mit einem schellen Seitenblick.

»Und Sie haben ihn nie zuvor gesehen?«, wollte er weiter wissen.

»Nein, verdammt noch mal! Der wäre mir ganz sicher aufgefallen. Noch dazu, da sich zu uns da oben selten jemand verirrt. Warum auch?« Sie stieß die Luft geräuschvoll aus. »Außer natürlich dieser Landstreicher. Den scheint es ja förmlich in die Einöde zu ziehen. Deswegen hat er Tommaso auch umgebracht!« Der letzte Satz klang wie eine Kampfansage.

»Womöglich war es auch die Erscheinung?«, frotzelte ihr Mann.

»Welche Erscheinung?«, fragte sie barsch.

»Na, der reiche Schönling, den du gesehen haben willst«, gab er zurück.

»Er war da, aber was weißt du schon!«, keifte sie. »Was mischst du dich überhaupt ein? Du hast hier überhaupt nichts zu melden. Immerhin war ich es, die die beiden gefunden hat, abgestochen wie ein Schwein.«

Signore Proietti lehnte sich zu dem Capitano herüber, wie man es bei einem langjährigen Freund tat, und raunte ihm zu: »Vor dem Krieg war ich einmal mit ihr im Lichtspielhaus, in irgendeinem dieser neumodischen amerikanischen Filme. Seitdem schwärmt sie für diese langen, schlaksigen Yankees. Wenn Sie mich fragen, hat sie sich diesen Kerl auf dem Berg nur eingebildet.« Signore Proietti zwinkerte. »Meine Alte greift auch hin und wieder zur Flasche, aber ich bekomme dafür die Prügel.« Er lehnte sich mit einem zufriedenen Lächeln zurück.

Im nächsten Moment verpasste die Signora ihm einen kräftigen Tritt gegen das Schienbein. Er jaulte auf und beschimpfte sie auf unflätige Weise.

»Was auch immer sie gesehen hat. Das ändert nichts. Raubmord ist Raubmord«, konstatierte der Capitano. »Klassischer Fall.«

In den Augen der Signora stand nun die nackte Panik. »Ich habe Carmela und Tommaso nichts getan!«, ereiferte sie sich. »Sie waren schon tot, als ich sie gefunden habe.« Sie schniefte. »Es war dieser Landstreicher. Ganz sicher.«

»Oder Goldlocke«, warf ihr Mann vorlaut ein.

Der Capitano bedachte ihren Ehemann mit einem tadelnden Blick. Der hob und senkte wiederum nur seine Schultern.

»Ich habe sogar das Bettzeug wieder zurückgebracht«, ergänzte die Signora kleinlaut, als könnte das ihre Unschuld untermauern. »Man will sich ja an dem Unglück der anderen nicht bereichern.«

»Das Zeug war voller Blut«, sagte ihr Mann angeekelt. »Also ich wollte das nicht haben. Dann friere ich lieber.«

Sie hat die Sachen neu zusammengelegt, dachte Claretta bei sich. Die saubere Seite hat oben gelegen. Deswegen habe ich nichts von dem Blut entdeckt. Die Chuzpe, die die Frau haben musste, war ihr unheimlich.

»Signora!«, sagte der Capitano streng. »Warum mussten die beiden Bauersleute sterben? Wegen ein bisschen Kram, den Sie sich nicht selbst kaufen können, nur weil Ihr Mann ein Taugenichts ist?«

Signore Proietti lächelte genüsslich, was nur bedeuten konnte, dass er die Frage nicht mitbekommen hatte.

»Sie waren tot«, beharrte die Signora.

»Aber nicht lange, denn das Blut war noch nicht getrocknet, als sie neben dem bedauernswerten Tommaso Rosso gestanden haben«, ergänzte der Capitano. »Sie wollten, nachdem Sie ihn erstochen haben, zweifelsohne sichergehen, dass er wirklich tot ist. Aber wieso Sie dazu so lange gewartet haben, bis er nahezu blutleer ist, begreife ich nicht.« Der Capitano wirkte ehrlich entrüstet. »Das dauert doch und grenzt, wenn Sie mich fragen, an Leichtsinn und …« Der Capitano verkniff sich das letzte Wort. Man konnte ihm jedoch ansehen, was er sagen wollte.

Claretta sah, wie der *Allievo* vor Bewunderung zusammenfuhr.

»Ich war das nicht!«, kreischte die Signora. »Ich meine, das mit dem Totmachen«, ergänzte sie etwas weniger aufgebracht.

»Ich frage mich, wieso Sie dann neben dem Bett gestanden haben?«, fuhr er fort. »Wenn man zwei so schrecklich zugerichtete Leichen findet, erschreckt man sich doch, vor allem als Frau.« Er zwirbelte an seinem Bart. »Wir Männer haben da im Krieg ganz andere Dinge zu sehen bekommen, aber für Sie … Mhm. Das ist schon ungewöhnlich. Und bitte sagen Sie mir jetzt nicht, dass Sie nachsehen wollten, ob beide wirklich tot sind. Das hätten Sie auch bei der Frau tun können. Immerhin lag die deutlich näher an der Tür. Sie wiederum sind zu dem Mann gegangen, was bedeutete, sie mussten das Bett fast einmal umrunden.« Der Capitano wackelte mit dem Kopf hin und her. »Ein Zivilist sieht bei so etwas zu, dass er das Weite gewinnt, und begibt sich nicht direkt in die Höhle des Löwen. Abgesehen davon konnten Sie nicht wissen, ob der Mörder nicht noch irgendwo in der Nähe herumschleicht, also wenn Sie es nicht selbst waren.«

»Ich habe mich so erschreckt«, jammerte Signora Proietti.

Ihren Mann erfasste daraufhin ein schallendes Lachen. »Sie wollte den guten Tommaso noch einmal sehen«, flötete er unter länger anhaltendem Zwinkern. »Nach Carmela hat sie unter Garantie nicht geguckt. Die konnte sie nicht ausstehen. Aber Tommaso …« Er formte seine Lippen zu einem Kussmund und schmatzte hemmungslos in die Luft.

Sodom und Gomorrha!

Ihr blutverschmierter Hals, fiel es Claretta ein. Womöglich hatte sie ihn liebkost. Deswegen hatte sie sich sogar in das Blut gewagt. Eine verliebte Frau dachte nicht an die Konsequenzen ihres Tuns. Vermutlich war es auch sie gewesen, die das Bild an sich genommen hatte, als Erinnerung an den Geliebten.

Der Mann war verheiratet!, empörte sich Emilio. *Und er war tot, was irgendwie, wenn ich es mir recht überlege, aufs Gleiche herauskommt.* Er kicherte.

Wie du! Claretta entfuhr ein tiefer Seufzer.

Der Capitano registrierte das, denn er schaute sie einen Moment zu lange an. »Mord aus Eifersucht«, konstatierte er kurz darauf. »Mit ein bisschen Diebstahl quasi als Beifang.« Wieder traf Claretta ein Blick, den sie sich nicht erklären konnte. Er neigte den Kopf. »Dann hätten Sie jedoch Signore Tommaso am Leben lassen sollen, oder wollte er sie nicht?«

»Was sollte der mit so einer?«, mischte sich der Ehemann gehässig ein. »Tommaso war jung, und nach allem, was die Frauen sagen, machte er was her.« Der Seitenblick, den er seiner Frau nun schenkte, war wenig schmeichelhaft. »Schauen Sie sich die doch an!«

Signora Proiettis Schluchzen erfüllte nun den Raum. »Ich hätte Tommaso niemals auch nur ein Haar gekrümmt«, hauchte sie nahezu stimmlos. »Er war ein ganz besonderer Mann.«

»Na ja, beklaut haben Sie ihn, obwohl er noch nicht einmal kalt war«, warf der Capitano ein. »Ich frage mich nur, ob Sie uns, was die Uhrzeit angeht, nicht auch angelogen hat?«

Anna Proietti riss die Augen weit auf. »Es war gegen fünf. Ich schwöre es beim Leben meiner Mutter.«

»Die Alte ist lange von Maden zerfressen. Dem Himmel sei Dank«, kommentierte ihr Mann.

»Ich bin sofort zu Ihnen gekommen. Sofort. Man braucht etwa eine halbe Stunde von uns bis zur *Stazione*. Das können Sie nachprüfen.« Die Signora schwankte zwischen Unsicherheit und Wut, wobei Letzteres augenscheinlich überwog.

Claretta zog die Stirn kraus. Wieso hat die arme Bäuerin dann aber kein Mittagessen machen können? Wenn sie gegen eins, so wie Zello es ausgesagt hatte, mit den Vorbereitungen beschäftigt gewesen war, hätte sie alles bis zu ihrer Ermordung lange erledigt haben können. Immerhin lagen vier Stunden dazwischen. Anna Proietti wiederum konnte jedenfalls nur kurz nach der Tat in das Haus gekommen sein. Bei der Hitze wäre das Blut ruckzuck trocken gewesen, und ihre Fußspuren hätten anders ausgesehen. Irgendetwas passte hier nicht zusammen.

Das sind Dinge, von denen du nichts verstehst.

Der Capitano musterte Claretta, als wäre er bemüht, ihre Gedanken zu lesen. Dann wandte er sich an die beiden Carabinieri. »Die beiden kommen in Arrest, getrennt voneinander. Damit sie sich nicht die Köpfe einschlagen können. Bis auf Weiteres. Bei drei möglichen Verdächtigen wird es schon einer gewesen sein. Zudem können die Leute nicht sagen, dass wir unsere Sache nicht konsequent verfolgen. Drei Arrestanten in zwei Tagen ist keine üble Quote.« Er rieb sich die Hände.

Die erstaunlich einmütigen Ausfälligkeiten der beiden

Proiettis konnte man noch lange, nachdem sie herausgeschafft worden waren, durch die *Stazione* schallen hören.

Kurz darauf verschwand auch der Capitano in Richtung Pedros Taverne, aber nicht, ohne Claretta vorher ein dick in Zeitungspapier eingewickeltes Paket zu übergeben. Manche Beweismittel bewiesen nun einmal lediglich, dass die Dinge anders waren, als sie schienen. Wenn sie ihren Zweck erfüllt hatten, konnten sie getrost vernichtet werden.

Vier

Man hat dich dieser Tage schon zwei Mal aus der Praxis von Doktor Solowjow kommen sehen. Und vor einer Stunde wieder. Entweder hast du auf einen Schlag faule Zähne, oder es gibt etwas, was wir als deine Familie wissen sollten, bevor sich die halbe Stadt darüber das Maul zerreißt.« Giovanni, Clarettas Bruder, hockte mit aufgestellten Ellenbogen am Tisch und kaute in seiner üblichen Selbstgefälligkeit an einem Stück Salami. Er trug seine Arbeitssachen, eine abgewetzte Baumwollhose sowie einen löchrigen Pullover, und setzte auch sonst alles daran, wie jemand zu wirken, der ein anstrengendes Tagwerk hinter sich gebracht hatte. Sein restliches Äußeres sprach jedoch eine andere Sprache. An den Händen hatte er keinerlei Schwielen, ja nicht einmal den kleinsten Kratzer oder die für eine körperlich schwere Arbeit auch üblichen dunklen Nagelränder. Die schwarz gelockten Haare glänzten von der Pomade, die er darin ausgiebig verteilt hatte. Deren seifiger Geruch war eine unschöne Verbindung mit seinem herben Rasierwasser und den Resten von kaltem Zigarettenrauch eingegangen. Irgendwo dazwischen gab es auch noch einen leichten Anflug von billigem Landwein. Giovanni hatte seinen Tag zweifelsohne eher nicht als Entlader am Hafen oder als Aushilfsarbeiter bei einem der Handwerker verbracht.

Meistens hockte er stundenlang in einer Bar im Stadtzentrum, sprach Touristen an, flirtete, was das Zeug hielt, und schwang Reden über das großartige Leben, was ihm mit seinem eigenen Restaurante in Amerika bevorstand. Angeblich spekulierte er darauf, einen reichen Ausländer zu treffen, der ihm seine Träume finanzierte und ihn idealerweise gleich auch noch mitnahm, vorausgesetzt natürlich, er stammte aus den Vereinigten Staaten.

Giovanni wartete quasi auf seine Entdeckung, was man mit einem anderen Wort, so zumindest drückte sich Großmama Nunzia aus, auch Faulheit nennen konnte. Sie war es auch, die diese Eigenschaft auf seine Erfahrungen aus dem Krieg zurückführte. Ein zu enger Kontakt zu den Amerikanern, die nach ihrer Vorstellung alle ohne eigenes Zutun reich geworden waren, sollte Giovannis Charakter verdorben haben. Claretta wollte darüber nicht urteilen, aber eines wusste sie mit Sicherheit: Ihr Bruder hatte keinen Krieg gebraucht, um sich vor allem Unliebsamen zu drücken. »Du weißt, du kannst uns alles sagen, vor allem seit Emilio tot ist«, redete er weiter, nachdem Claretta nicht reagierte. Dabei ruhte sein Blick auf ihr, und in ihm lag neben der Fürsorge eines Bruders auch eine gehörige Portion Misstrauen. Giovanni mimte nun mal gern das Familienoberhaupt, für das Papa Michele schon seit Längerem nicht mehr die Kraft aufbringen konnte. »Im zweiten Fall bitte ich dich, es sein zu lassen. Emilio ist kaum acht Jahre unter der Erde. Da schmeißt man sich nicht dem Erstbesten an den Hals. Denk an deine Söhne.«

Ich hätte es nicht besser sagen können. Bravo Giovanni.

Bravo! Mein Weib braucht sowieso keinen neuen Mann, ist doch alles prima, so wie es ist.

Claretta tat, als hätte sie Emilios Einwand nicht vernommen. Er und Giovanni hatten ohnehin immer, vor allem in Bezug auf sie, mit einer Zunge gesprochen. Wieso sollte das jetzt anders sein?

»Andrej Solowjow?« Papa Michele hob bedächtig den Kopf und schaute sie mit seinen traurigen Augen fragend an. Seine Gesichtshaut leuchtete rot, und auf der Stirn sowie auf der Nase hatten sich schon kleine Bläschen gebildet. Papa Michele hatte seinen Tag am Meer verbracht, allein und voller Selbstmitleid. »Nun, er ist ein wirklich anständiger Mann, wohlhabend, gebildet, aber ist er nicht etwas zu alt für dich?« Nachdem niemand auf ihn reagierte, fuhr er kopfschüttelnd fort. »Das gibt nichts, meine Kleine. Du wirst sehen, der stirbt dir im Nu auch wieder weg. Und eine zweifache Witwe nimmt dann keiner mehr. Die Leute werden sagen, du bringst deinen Männern den Tod.«

Nonna Nunzia sprang vom Tisch auf, schnappte sich mit einer schnellen Bewegung das Messer und säbelte kraftvoll noch ein paar weitere Scheiben von der Wurst ab, die sie auf den Teller von Claretta und ihren eigenen packte. Nebenbei murmelte sie unverständliche Dinge, aber selbst wenn niemand ein Wort verstand, konnte man ihr mühelos anmerken, dass sie vor Wut schäumte.

»Er ist Kommunist. Das ist viel schlimmer«, warf Giovanni ein. »Und damit erübrigt sich schon mal deine Einschätzung, Papa.«

»Nicht jeder Russe ist gleich ein Kommunist«, widersprach Papa Michele. »Wenn dem so wäre, hätte er in seinem Land bleiben können.«

»Er ist hergekommen, um uns zu bekehren«, entgegnete Giovanni. »Und um meine Schwester zu umgarnen.« Er musterte Claretta mit hochgezogener Augenbraue. »Beides wird nicht passieren.«

»Na ja, Claretta, es ist deine Entscheidung, aber so alt bist du nun auch noch nicht, dass sich nicht jemand anderes findet«, sagte Papa Michele in seinem üblichen sanftmütigen Ton.

»Wo sollte sie den finden? Hier bei der Hausarbeit oder sonntags in der Kirche?« Nunzia bedachte Claretta mit einem langen, bedeutungsschwangeren Blick.

Sie verstand und schwieg. Eigentlich hatte sie ihrer Familie heute Abend von ihrer Arbeit erzählen wollen. Immerhin war sie nun schon bereits ganze zwei Tage die Sekretärin des Capitano, was sie mit so viel Stolz erfüllte, dass sie diesen gern mit allen teilen wollte. Der Capitano war zufrieden mit ihr, ja er hatte sie sogar beschenkt, auch wenn es sich dabei quasi um Beweismittel in einem Mordfall handelte, aber großzügig fand sie es trotzdem.

Großzügig? Das waren ja wohl kaum seine Würste, oder? Wenn du mich fragst, hättest du das niemals annehmen dürfen. Immerhin handelt es sich um Beschlagnahmungen. Du machst dich womöglich sogar strafbar.

»Ich wollte, dass sich alle mit mir freuen«, antwortete Claretta leise, an Emilio gerichtet. Außerdem hatte sie gedacht, dass diese Leckereien ihren Bruder und ihren Vater in der Frage besänftigen könnten, dass sie ein neues Auskommen hatte. Aber Nunzia hatte die Dinge wieder einmal vorausgesehen und darauf bestanden, alles bis auf diese eine Wurst zu verstecken. »Wer durch eine Salami nicht klüger wird, wird es durch eine zweite auch nicht«, hatte sie gesagt und zweifelsohne mal wieder recht behalten.

Giovanni schien der letzte Bissen im Hals stecken geblieben zu sein. Er lief knallrot an und begann angestrengt zu husten. Als er wieder reden konnte, sagte er entgeistert: »Über diesen ältlichen Zahndoktor? Darüber soll ich mich freuen? Meine Schwester verschenkt sich an einen Sowjet?«

Bevor Claretta die Sache richtigstellen konnte, immerhin galt ihre Rede Emilio und nicht den Anwesenden, mischte sich Nonna Nunzia ein. »Kümmert euch um eure eigenen Angelegenheiten«, herrschte sie die beiden Männer an. »Ihr seht doch, das Claretta Zahnschmerzen hat.« Sie zwinkerte ihr verschwörerisch zu. »Und dass sie die Betäubung nicht ganz vertragen hat. So ein gezogener Weisheitszahn ist nun mal nicht von Pappe.« Sie hob belehrend den Zeigefinger. »Und vor allem, wenn noch drei weitere folgen. Nicht wahr, Mädchen!«

Meine Güte bin ich froh, nicht mehr im Dunstkreis dieses Drachens zu sein. Die wartet doch nur darauf, mich hier oben im Himmel traktieren zu können.

Nunzia lächelte leise vor sich hin.

Claretta senkte dankbar den Kopf. Wenn die Nonna das so sagte, würde sie nicht widersprechen wollen. Ganz sicher lag sie damit richtig, und die Männer in ihrer Familie waren noch nicht reif für eine Frau in Lohn und Brot. Dass Giovanni sie gesehen hatte, bedeutete jedoch, dass sie künftig besser aufpassen musste. Wenn ein Besuch beim Zahnarzt schon seinen Unmut erregte, was würde er dann erst sagen, wenn er sie bei den Carabinieri sah?

Ich warne dich Claretta, tönte Emilio. *Diese Albernheiten haben ein Ende, aber umgehend! Eine Frau gehört ins Haus! Basta! Giovanni wird ganz groß herauskommen und dich und die Jungs ernähren. Ich glaube an ihn.*

Claretta war zu gut erzogen, um ihm ihre Zweifel mitzuteilen.

»Aus Giovanni wird niemals etwas Anständiges«, brummelte Großmama Nunzia mit vollem Mund vor sich hin, während sie die Krümel des Brotes von ihrer schwarzen Schürze wischte. »Wer das behauptet, ist nichts mehr als ein einfältiger Schwätzer.«

Claretta fuhr zusammen. Die Nonna konnte ihren Emilio doch nicht ebenfalls …?

Nunzia legt ihr die Hand auf den Unterarm und bedachte sie mit einem wissenden Blick. »Es ist alles gut so, wie es ist. Und das Übrige findet sich.« Sie nickte energisch, um ihre Worte zu unterstreichen, lehnte sich dicht an Claretta und flüsterte ihr kaum hörbar ins Ohr: »Du bist eine außergewöhnliche junge Frau, und du wirst deinen Weg machen, ob die Dummköpfe das begreifen oder nicht. Nur einen Gefallen musst du mir tun«, sie hielt inne und schaute Claretta tief in die Augen, »such dir beim nächsten Mal einen brauchbaren Mann aus. Gern auch einen Zahnarzt.« Sie schnalzte mit der Zunge.

Der Teufel soll dieses Weib holen.

»Aber …?«, hob Claretta an.

»Und jetzt hole ich mal die Kinder von der Straße. Es

wird Zeit, dass sie von der hervorragenden Wurst probieren.« Sie erhob sich langsam und wackelte davon. »Die sollen schließlich auch etwas von ihrer klugen, mutigen Mutter haben.«

***

In der *Comando Stazione* herrschte helle Aufregung, eilige Schritte dröhnten auf den Fluren, Türen wurden zugeschlagen, das Telefon klingelte in einem fort. Sogar der Capitano war entgegen seiner sonstigen Gewohnheit bereits im Haus und erteilte hinter seinem Schreibtisch thronend lauthals Anweisungen, die, sobald sie das Innere seines Büros verließen, noch mehr Hektik hervorriefen.

»Signora Claretta, guten Morgen«, begrüßte sie der Sergente Gabriele freundlich vom oberen Treppenabsatz, wobei das an seinem Hosenbund hängende dicke Schlüsselbund bei jeder seiner hastigen Atemzüge rasselnd gegen die mit Wasser gefüllte Emailleschüssel schlug, die er vor sich hertrug. Zudem wirkte er heute im Vergleich zu allen anderen Tagen erstaunlich akkurat rasiert, zumindest ließen die beiden Pflaster an seinem Kinn und dem Hals die akribische Absicht erkennen, die er darauf verwendet haben musste. »Der Capitano wartet bereits auf Sie.« Während er das sagte, hatte er Claretta auch schon passiert und sie damit in einen Dufthauch von Kernseife und Lavendelsäckchen eingehüllt. »Sie sollen den Gefangenen Kaffee bringen«, rief er ihr noch von unten zu, um dann in Richtung Keller zu verschwinden.

Claretta schaute ihm etwas erstaunt über seine Verwandlung nach, dachte sich dann aber nichts weiter dabei und stieg eilig die letzten Stufen zum Büro des Capitano hinauf. Dass er an die armen Seelen im Zellentrakt Kaffee verteilen lassen wollte, war eine Geste, die sie aufrichtig freute. Unter der zuweilen rauen Schale des Capitano schlug ein gutes Herz.

Die Bohnen wird er auch aus dem Nachlass der toten Milchbauern haben, oder meinst du im Ernst, dass Männer wie der Capitano etwas zu verschenken haben, noch dazu an Banditen?

Emilio war also auch schon wach. Wie schön.

Im nächsten Moment kam der *Allievo* mit polternden Schritten die Treppe heruntergehastet. »Guten Morgen, Signora«, rief er, der im Gegensatz zu einem älteren Kollegen immer fröhlich war. Nur seine Mundpartie glänzte unnatürlich fettig. Ganz offenbar musste er vergessen haben, die Spuren seines Frühstückes zu beseitigen.

Claretta gab ihm durch ein Handzeichen zu verstehen, dass es in seinem Gesicht etwas gab, das da nicht hingehörte. Er wich ihrem Blick aus, lief knallrot an und zog dann den Unterarm seiner Uniform in voller Länge einmal darüber.

Claretta dachte an ihre Jungs und an die vielen Dinge, die sie ihnen noch beibringen musste. Dann stand sie schon vor der weit offen stehenden Bürotür des Capitano.

»Die kleine Signora«, rief der Capitano voller Freude, als er Claretta im Türrahmen seines Büros erblickte.

»Kommen Sie! Kommen Sie!« Er winkte ihr so auffordernd zu, dass man meinen konnte, er hätte schon eine ganze Weile sehnsüchtig auf sie gewartet.

Claretta stellte ihre Handtasche in den Schrank, richtete eilig ihr Kleid und trat dann vor seinen Schreibtisch. »Capitano?«

»Schließen Sie bitte die Tür, *Ragazzina*«, sagte er mit gedämpfter Stimme und einer betont geheimnisvollen Mimik. »Die Ohren in einer Polizeistation sind größer als die meiner Mutter, der Herr habe sie selig.«

Claretta folgte dieser Anweisung umgehend.

Er will ungestört sein. Mit dir. Am dritten Tag bereits. Claretta, ich warne dich! Die Treue, die wir uns versprochen haben, gilt auch über den Tod hinaus.

Wenn du daran mal zu Lebzeiten gedacht hättest, vor allem beim Anblick dieser Rosalia ... Claretta spürte, wie die alte Kränkung wieder in ihr hochkam.

Rosalia? Wer soll das sein? Ich kenne keine Rosalia. Emilio war schon immer ein schlechter Lügner gewesen.

»Wie schauen Sie denn, *piccola Bambina*?«, fragte der Capitano mit zur Seite geneigtem Kopf. »Nein, nein, diese Falten um die Nase stehen Ihnen gar nicht gut zu Gesicht. Sie sollten lächeln, vor allem weil gleich Signore Marino hier sein wird. Maggiore Romano, um die richtige Form zu wahren. Er ist der Provinzinspektor aus Salerno und quasi mein Vorgesetzter, also auf dem Papier. Hier in Amalfi steht natürlich niemand über mir, also vielleicht noch der Monsignore, aber der hat ja einen anderen Zuständigkeitsbereich ...« Er stutzte offenbar über seine eigenen Worte. »Was wollte ich denn sagen?« Die

Nervosität stand ihm ins Gesicht geschrieben. »Ach so, der Inspektor kommt, da es im Fall der toten Milchbauern eine erstaunliche Entdeckung gegeben hat. Womöglich sind wir aber auch einem zweiten großen Verbrechen auf der Spur. Ich habe mir dazu abschließend noch keine Meinung bilden können.«

Claretta war ganz Ohr.

»Auf meine Anweisung hat im Haus der Eheleute Proietti am gestrigen Abend eine Durchsuchung stattgefunden.« Er zwirbelte sich den Bart und schmunzelte. »Die aufmüpfigen Gauner haben es ja nicht mitbekommen. Nun ja, jedenfalls ist neben diesem Foto hier«, er nahm einen auf seinem Schreibtisch liegenden Bilderrahmen auf und reichte ihn Claretta, »das eindeutig nicht die Proiettis, sondern unsere beiden Opfer zeigt, auch eine beachtliche Summe Geld gefunden worden.« Er neigte seinen Kopf leicht schräg nach vorn und wartete offenbar auf eine Reaktion.

Claretta hatte jedoch nur Augen für dieses glücklich verliebte Paar, das sie von dem Lichtbild anlächelte. Wie schön die beiden waren, ein richtiges Traumpaar. Und noch so jung, höchstens in ihrem Alter. Das ganze Leben hatte noch vor ihnen gelegen. Sie hätten Kinder haben können, eine gemeinsame Zukunft. Über ihnen lag nicht der lange Schatten, den der so furchtbare Krieg immer noch warf. Ganz gewiss nicht. Immerhin war Tommaso zurückgekehrt, sichtbar gesund und kräftig. Allein die Verwegenheit, mit der er in die Kamera blickte, voller Stolz und Tatendrang. Ihre Träume wären sicherlich in Erfüllung gegangen. Die Zeiten waren gut, also zumindest besser als damals bei ihr und Emilio. Bestimmt hätten sie es leichter gehabt.

»Signora? *Ragazzina?* Hören Sie mir überhaupt zu?«, fragte der Capitano in einem Tonfall, der die Bedeutsamkeit seiner Ausführungen unterstreichen sollte. »Wie sie das Bild anlächelt, so voller Glückseligkeit«, lamentierte er mit weicher Stimme. »Ach, so sind sie die Frauen. Und wer will denn heute noch an diesen schrecklichen Krieg denken? Schauen Sie nach vorn!« Er neigte den Kopf. »In welchen Reihen stand er eigentlich, ihr Emilio?«, fragte er neugierig.

»In den eigenen«, gab Claretta immer noch in die Fotoaufnahme vertieft zurück. »Emilio hatte nicht viele Veranlagungen, aber in einem war er perfekt …« Sie atmete tief ein.

Ich weiß es, schmunzelte Emilio wichtigtuerisch.

»Er war immer zur falschen Zeit am falschen Ort«, ergänzte Claretta.

Tzz.

Der Capitano schaute sie mit weit aufgerissenen Augen an. »Das kann den tapfersten Männern passieren.«

Ein wahres Wort.

Claretta lächelte dankbar und schob die Wut, die sie in dieser Sache für Emilio empfand, beiseite.

Der Capitano schien kurz über das Gesagte nachzudenken. Im nächsten Augenblick wurde sein Tonfall wieder härter, ein wenig zumindest. »Das ist nun aber Nebensache. Genug, dass dieses törichte Weibsbild sich dadurch selbst belastet. Da ist ja jede Ziege schlauer als diese Signora Proietti! Dann packt die sogar das Bild der

Leute ein, die sie gerade abgeschlachtet hat. Sicherlich als Erinnerung. Womöglich hält sie es auch für eine Trophäe. Noch dazu hat sie nicht einmal warten können, bis wir die Leichen abtransportiert hatten. Nein, die paar Habseligkeiten mussten sofort zusammengerafft werden.« Er kicherte, und eine spitzbübische Freude stand ihm ins Gesicht geschrieben. »Bis in die Speisekammer hat der Verstand dann aber doch nicht gereicht. Nun ja, dabei möchte ich meinen Bart verwetten, wenn der Trinker ihr dabei nicht geholfen hat. Im normalen Leben kann man den nicht gebrauchen, aber bei so etwas läuft so jemand zu Hochform auf. Ich möchte nur wissen, was die beiden sich von ihrer Diebestour versprochen haben?« Er hielt inne und kratzte sich das Kinn. »Nichts davon können sie ins Gefängnis mitnehmen. Die werden doch nicht gemeint haben, dass ich ihnen nicht auf die Schliche komme? Mhm. So einfältig, wie die sind.« Er wiegelte ab. »Das sind zwischenmenschliche Erfahrungen, die Sie nicht brauchen, *Ragazzina*. Absolut nicht.«

»Aber … natürlich … Capitano«, stammelte Claretta. »Sie haben viel Geld sichergestellt, sagten Sie?« Claretta schob die Aufnahme vorsichtig zurück auf seinen Arbeitsplatz.

Ich fresse einen Besen, wenn davon nicht ein paar Scheine in seine eigene Tasche gewandert sind. Hast du mit ihm eigentlich schon über deinen Lohn gesprochen?

»Sehr richtig.« Der Capitano beugte sich weit über seinen Tisch nach vorn und legte die flache Hand schützend vor seinen Mund. »Fast zehn Millionen Lire. *Ragazzina*. Können Sie sich das vorstellen? Zehn Millionen«, flüsterte er. »Ich habe das nur geschätzt, aber das kommt hin, glauben Sie mir.«

Von wegen, geschätzt.

Claretta wäre fast der Mund offen stehen geblieben, wenn sie sich nicht ständig aufgrund ihrer Neigung zu Selbstgesprächen dazu ermahnen würde, ihn geschlossen zu halten.

»Da muss man erst einmal darauf kommen«, redete er weiter. »In der Nachbarschaft werden die Leute ermordet, und bei den Proiettis liegt ein Vermögen. Nicht, dass unser Mörder sich in der Tür geirrt hat. Leute wie die Proiettis sind niemals auf rechtschaffene Weise an dieses Geld gekommen. Dann wäre es auch nicht verwunderlich, wenn der nächste Gauner es ihnen abzunehmen versucht. Wissen Sie, Claretta, Spitzbuben ziehen Spitzbuben an.«

»Ja, Capitano«, erwiderte Claretta, die noch immer von der Summe beeindruckt war. »Und wenn sie das Geld bei den toten Bauern gefunden haben?«

Der Capitano stutzte. »Sie meinen, die hatten zehn Millionen Lire unter dem Kopfkissen und haben trotzdem gehaust wie die armen Schlucker?« Seine Schultern bewegten sich auf und ab. »Warum sollte jemand so etwas tun? Noch dazu waren die Milchbauern nach allem, was wir wissen, rechtschaffene Leute. Wie hätten die an ein Vermögen kommen sollen? Nein, nein, *piccola Bambina*. Wenn jemand krumme Dinger dreht, dann die Piorettis. Da kann ich mich ganz auf meine Erfahrung verlassen.« Er stockte und schaute Claretta mit einem undefinierbaren Blick an. Dann schüttelte er seinen Kopf mit einer solchen Vehemenz, dass sein gesamter massiger Körper in Mitleidenschaft gezogen wurde.

»Ich dachte ja nur«, entschuldigte sich Claretta im Flüsterton.

Er machte eine wegwerfende Handbewegung. »Ich möchte, dass Sie das Geld zählen und danach alles ordentlich zusammenschnüren. Inspektor Romano kommt, um es eigenhändig abzuholen. Er ist ebenfalls ein Mann, der die Fäden lieber selbst in der Hand hält, um sich des rechtmäßigen Ablaufes sicher sein zu können.«

Er ist der Nächste, der sich bedienen wird. Nicht nur der Capitano kennt die Menschen. Ich habe auch genug davon getroffen.

»Ich?« Claretta blieb fast das Herz stehen.

»Sehr wohl!«, entgegnete der Capitano. »Eine so vertrauensvolle Aufgabe kann ich nur einer Frau übertragen.« Er wedelte abwertend mit der Hand. »Die Mannschaft hier kann kaum das kleine Einmaleins.« Er blies die Wangen auf, sodass die Äderchen, die sich ohnehin schon darauf abzeichneten, noch mehr hervortraten. »Noch dazu müssen die nicht wissen, wie viel Geld sie gestern tatsächlich hierhergeschleppt haben. Das halten nur ganz Hartgesottene aus.« Seine Stimme wurde leiser. »Angesichts so einer Summe kann auch der bravste Polizist mal in Versuchung kommen. Die Zeiten sind nun mal bitter.« Er senkte den Kopf. »Leider.«

Und wieder sind ein paar Scheine verlustig gegangen. Womöglich haben die Bauern sogar zwanzig Millionen gehortet gehabt. Warte ab, Claretta, bei so manchem Carabiniere zieht jetzt der Wohlstand ein.

Claretta seufzte.

»Es ist Ihnen doch recht, Signora?«, vergewisserte der Capitano sich. »Sie müssen sich auch keine Sorgen machen. Sie setzen sich damit nicht der geringsten Gefahr aus.« Er schaute sie prüfend an. »Nur die Übergabepapiere müssten Sie vorbereiten. Es muss schließlich alles seine Richtigkeit haben. Man will sich ja nichts nachsagen lassen.«

Und da ist sie schon, die Gefahr, jubilierte Emilio. *Du kannst ja den Zahndoktor holen. Dann kann der das übernehmen.*

»Die Boshaftigkeit lässt einen nie im Stich«, presste Claretta hinter zusammengepressten Lippen hervor und bedachte die Zimmerdecke mit einem unfreundlichen Augenaufschlag.

»Wem sagen Sie das, meine Liebe? Wem sagen Sie das?«, kommentierte der Capitano unter zustimmendem Nicken. »Ich wäre natürlich während Ihrer geschätzten Prüfung zugegen«, ergänzte er noch. »Aber vorher brauchen wir noch eine große Kanne Kaffee. Und wenn Sie einmal dabei sind, machen Sie eine zweite *Caffettiera* für unsere Inhaftierten. Der Maggiore soll nicht schlecht von uns denken.«

***

Bei den Proiettis flogen die Fetzen. Claretta musste nicht einmal einen Fuß auf die Treppe hinunter zum Keller setzen, um das mitzubekommen. Die eine Nacht in Gewahrsam hatte ihnen offenbar schon ziemlich zugesetzt.

Jedenfalls beschuldigten sie sich unter der Verwendung der schlimmsten Schimpfwörter, die Claretta jemals zu Ohren gekommen waren, gegenseitig allerlei Übeltaten. Soweit sie das beurteilen konnte, handelte es sich dabei um nichts weiter als ein dussliges plumpes Gezänk. Erstaunlicherweise schien sich die Missstimmung, die zwischen den beiden lag, mit jedem Schritt, den Claretta näher kam, noch zu steigern. Peinlich berührt versuchte sie die Derbheiten auszublenden und steuerte schnurstracks auf die am Ende des Ganges liegende Zelle des Landstreichers zu.

»Das wurde ja auch Zeit mit dem Kaffee«, kommentierte Signora Proietti lautstark ihr Vorbeigehen. »So wurde ich noch nie behandelt …« Im nächsten Augenblick verstummte sie jedoch wieder, und Claretta konnte aus dem Augenwinkel sehen, wie sie ihr stirnrunzelnd nachschaute.

»Was macht die denn hier?«, fauchte sie. »Die zwielichtige Weibsperson darf ihre Schuld wohl bei dem feinen Herrn Capitano abarbeiten?« Ihre Stimme klang schrill und giftig. »Na ja, wenn man jung ist, hat man so manches zu bieten.« Sie lachte ekelerregend.

»Na, dich wird er nicht haben wollen«, tönte ihr Mann. »Deswegen werden wir hier hocken, bis wir schwarz werden.«

Claretta wurde heiß und kalt zugleich. Wie konnte jemand nur so etwas von ihr denken? Krampfhaft klammerte sie sich an das Tablett mit den Tassen. Sie durfte jetzt bloß nicht flatterig werden. Das war schade um den guten Kaffee. »Gott steh mir bei«, murmelte sie.

Wenn ich diese Hexe in die Finger bekomme, zünde ich sie an. Niemand beleidigt meine Frau ungestraft.

Doch Claretta machte sich nicht viel Hoffnung, dass Emilio hier etwas ausrichten könnte. Im nächsten Moment wechselte auch schon die Adressatin seiner Entrüstung. *Ich habe dich gewarnt! Ein Mensch wird nach denen beurteilt, die einen umgeben. Das geschieht dir recht!*

»Aber ich wollte doch nur …«, sagte Claretta mit brüchiger Stimme.

»… dass ein wenig Menschlichkeit in dieses Verlies Einzug hält«, ergänzte der Landstreicher Zello den Satz, der eigentlich nicht laut ausgesprochen werden sollte. »Dafür danke ich Ihnen herzlich, Signora Claretta.« Während er das sagte, lächelte er sie an und fasste zwischen dem Gitter hindurch nach dem Emaillebecher, den sie ihm reichte. Claretta bemerkte seine über der Stirn liegenden, leicht feuchten Haarspitzen und die glatt rasierten Wangen. Das war also der Zweck des Wassers gewesen, das der Sergente hier heruntergetragen hatte.

»Welch hoher Besuch wird denn erwartet?«, flüsterte er ihr zu, während er seine Lippen bereits an die Emaille legte, so sehr schien ihm das heiße Getränk willkommen zu sein.

Claretta stutzte. »Der Inspektor aus Salerno.« Sie biss sich auf die Zunge. Das war ganz bestimmt eine Information, die niemand wissen durfte. Mit gesenktem Kopf und schon im Begriff zu gehen, wandte sie sich ab.

»Dann haben sie also eine Entdeckung von größerer Tragweite gemacht«, schlussfolgerte Zello leise, wobei sein Gesicht nun fast die Gittertür berührte. »Interessant.« Er schmunzelte, machte eine halbe Drehung von ihr weg und überlegte es sich offenkundig im nächsten Moment noch einmal anders. »Carmela hat übrigens eine Tante. Im Armenviertel«, sagte er fast tonlos. »Wenn man so eng zusammenlebt, erfährt man einiges.« Er deutete mit seinem Kopf in Richtung der Nachbarzelle und zwinkerte mit den Augen.

Claretta wollte gerade den Mund öffnen, um sich zu bedanken, da legte Zello seinen Zeigefinger vor seine geschlossenen Lippen und schüttelte kaum merklich den Kopf.

»Wie sieht es aus mit Hörnchen zum Eintunken?«, fragte er für alle deutlich hörbar und in ungewohnt forschem Timbre. Dann ließ er sich, ohne Claretta weiter zu beachten, auf den Strohsäcken nieder und schlürfte seinen Kaffee.

»Genau!«, krakeelte Signore Proietti nebenan. »Ich habe Hunger! Wenn man uns hier schon wegsperrt, dann muss man auch für uns sorgen.«

Claretta überhörte den Vorwurf, reichte eilig den Kaffee und sah zu, dass sie wieder nach oben kam. Emilio hatte recht, das hier war nichts für eine Frau, noch dazu, da Signora Proietti ihr gerade mit ihrer geballten Faust verdeutlicht hatte, zu was sie sich im Stande sah.

***

Der überwiegende Teil des Geldes war gebündelt, kleine zusammengerollte Papierstreifen, immer fünf an der Zahl, von einer schmalen grauen Kordel zusammengehalten.

Jeder einzelne von ihnen war zehntausend Lire wert, eine Summe, die Claretta nicht einmal monatlich für den Tod ihres Emilio von der Republik bekam. Das Geld war rot, und mit jedem Schein davon, den Claretta aus der großen Kaffeeblechdose nahm, hatte sie das Gefühl, die vor ihr liegende Tischplatte wäre im Blut getränkt, fast so wie das Ehebett der Bauersleute. Es mochte wohl sein, dass ihre Phantasie mal wieder schneller galoppierte, als ihr Verstand hinterherkam, aber wie unterband man solche Hirngespinste, wenn man schon damit geboren war?

Abgesehen davon hatte diese Arbeit hier nichts mit den Alltäglichkeiten gemein, die sonst ihr Leben bestimmt hatten. Dabei war es nicht nur die ihr neue immer noch gänzlich fremde Rolle als arbeitende Frau, sondern es war vor allem die Art und das Umfeld ihres Tuns, was sie überaus nervös und zugegeben auch ein wenig dünnhäutig werden ließ. Jesus! Clarettas Leben war insgesamt so wenig spektakulär verlaufen, dass sie sich seit einiger Zeit sogar angewöhnt hatte, sich Ereignisse auszudenken, die sie dem Prete in ihrer wöchentlichen Beichte erzählen konnte, nur weil sie Sorge hatte, ihn langweilen zu können. Dabei handelte es sich nur um kleine Dinge, Nichtigkeiten wie ein vergessenes Abendgebet oder ein kesser Augenaufschlag gegenüber Nino, dem Gemüsehändler. Nichts von alledem entsprach der Wahrheit, Claretta konnte nicht einschlafen bevor sie nicht an den Herrn gedacht hatte, noch dazu war Nino verheiratet und alles andere als ansehenswert. Claretta fand, ihr Leben brauchte Abwechslung, und da es keine bot, erfand sie welche. Seit drei Tagen jedoch war die Monotonie einer Flut an Eindrücken und Erlebnissen gewichen, dass sie sich selbst nicht mehr auskannte. Jetzt bewegte sie sich nicht nur als einzige Frau zwischen lauter Männern, was an und für sich schon die pure Unanständigkeit war, sondern bekam es auch noch mit vermeintlichen Ehebrechern, Dieben und womöglich sogar Mördern zu tun. Ganz zu schweigen davon, dass man ihr Dinge zutraute, die sie eigentlich, zumindest wäre das Emilios Meinung, weniger gut beherrschte, wie zum Beispiel das selbstständige Denken.

Du liebe Güte, Claretta! Das sind nur schöne rote Scheine. Anständige italienische Banknoten. Musst du aus allem immer so ein Drama machen! Außerdem hat dich niemand gezwungen, hier zu sein … Emilio wirkte abgelenkt. *Diese Lire. Liebend gern hätte ich ein paar davon unter das Volk gebracht. Puh! Was wäre das für ein Spaß gewesen.*

Für Alkohol, Zigaretten und irgendwelche Frauenzimmer, dachte Claretta bei sich.

Und Schokolade, ergänzte Emilio spitzzüngig.

Claretta konnte nicht reden. Sie musste zählen, und das war unter den Argusaugen des Capitano schon nervenaufreibend genug.

»Und, Signora, was haben wir?«, fragte er, nachdem sie kaum die Dose vollständig ausgeräumt hatte. Dabei hatte er sich in seinem Schreibtischstuhl aufgerichtet und sich mit gestrecktem Hals so weit über seinen Tisch nach vorn gebeugt, dass sich ein Teil seines Bauches über die Platte wölbte.

»Zehn Millionen, Capitano«, sagte Claretta immer noch beeindruckt, »und diesen einen Schein.« Sie hielt tausend Lire in die Höhe und begann dann, die Bündel wieder in das Behältnis zurückzulegen. Dabei fielen ihr die auf dem Blech in goldenen Buchstaben aufgedruckten Worte auf. Claretta war zwar im Italienischen nicht ganz sattelfest, aber dass es sich dabei nicht um ihre Muttersprache handelte, konnte sogar sie entziffern. Neugierig betrachtete sie die Beschriftung. *U. S. A.* war zu lesen. Die Bauern mussten also sogar amerikanischen Kaffee getrunken haben, schlussfolgerte sie fasziniert.

Der Capitano sog schwerfällig die Luft ein und stieß sie lang gezogen wieder aus. »Sehr schön. Sehr schön.« Unruhig nestelte er an seinen Uniformknöpfen. »Ein stolzes Sümmchen, was die Proiettis hier zusammengetragen haben. Nicht wahr?«

»Mhm.« Claretta legte die tausend Lire als Letztes zurück in die Dose. Dann drückte sie deren Deckel fest darauf. »Capitano, es gibt da etwas, was Sie wissen sollten …«, hob sie zaghaft an. Sie musste ihm von der Existenz dieser Tante berichten. Dringend.

Der Capitano war so sehr mit seinen eigenen Überlegungen beschäftigt, dass er nicht einmal mitbekam, dass Claretta etwas gesagt hatte. »Ich frage mich nur, wo die beiden Halunken es herhaben?«, brummelte er wiederholt laut vor sich hin. »In der letzten Zeit hatten wir keinen Bankraub, und auch sonst wurden keine größeren Einbrüche gemeldet.« Er wackelte mit seinem runden Kopf hin und her. »Unsere Stadt ist sicher. Na gut, hin und wieder treiben ein paar Taschendiebe ihr Unwesen am Strand oder in den Hotelbars, aber die erbeuten doch keine Millionen. Was um alles in der Welt haben die beiden getrieben, um an so viel Geld zu kommen?« Er hielt kurz inne. »Und dabei habe ich die ganze Zeit gedacht, die beiden wären nicht helle genug, ihren eigenen Namen zu schreiben …« Er schnalzte mit der Zunge. »Womöglich sind sie einfach nur hervorragende Schauspieler. Dann ist die Sache mit dem geklauten Hausstand und den zwei läppischen Kühen nur ein Ablenkungsmanöver gewesen.« Er pfiff angetan durch die Zähne.

Der Prete war sicherlich einverstanden, Claretta, was? Er sieht es gern, wenn Ehefrauen und Mütter ihre gottgegebenen Pflichten verletzen.

»Der Prete, natürlich«, murmelte Claretta vor sich hin.

Der Capitano lächelte wie ein sanftmütiger Freund. »Nein, nein, Signora Claretta, wir arbeiten nicht nach diesen Methoden. Eine Beichte ist allein für die Ohren Gottes bestimmt. Da kann selbst ein Mann wie ich nichts ausrichten.« Er unterdrückte ein Kichern.

»Aber Sie müssen …«, setzte Claretta erneut an. Die Tante von Carmela De Rosa, ihrem Opfer, lebte angeblich in irgendeinem der Häuser für die Armen. Die standen unter der Obhut der Kirche, und damit würde der Prete ihnen helfen können, die Frau zu finden.

Claretta, das ist die Polizei, nörgelte Emilio. *Die wissen, wo die Leute wohnen.*

Ohne Namen? Claretta schwieg lieber. Emilio mochte es nicht, wenn sie schlauer tat als er.

»Schon gut, *Ragazzina.*« Der Capitano wiegelte ab. »Wir werden die beiden Proiettis noch einmal in die Zange nehmen. Ich habe da schon meine Methoden.« Seine Mimik verfinsterte sich. »Vorher …«

Es klopfte.

»Ach bitte, immer diese Störungen, wenn ich beschäftigt bin«, beschwerte sich der Capitano aus vollem Hals und zweifelsfrei an den ahnungslosen Klopfer adressiert. Der ungebetene Besucher war davon beeindruckt, denn es tat sich nichts mehr.

Der Capitano schaute mit lustigen Augen auf die Tür. Nachdem sich noch immer nichts rührte, rief er: »Jetzt kommen Sie schon, wer immer da draußen herumlungert.« Er zwinkerte Claretta keck zu. »Ich habe noch jeden verhaftet.« Er hielt sich den Bauch vor Lachen.

Mit dem Öffnen der Tür schwand seine Erheiterung im gleichen Augenblick, wie seine Kinnlade herunterklappte. In einem Tempo, das Claretta ansonsten nur bei ihm sah, wenn es ans Essen ging, sprang er hinter seinem Schreibtisch hervor und schritt mit ellenlangen Schritten und einem katzbuckelnd nach vorn gebeugten Oberkörper auf die Tür zu. »Maggiore Marino …, das ist aber …, ich hatte Sie erst in einer Stunde …, also wie ich mich freue …«, stammelte er und bewegte sich dabei im Halbkreis um den Inspektor herum, als wollte er mit aller Gewalt verhindern, dass er auch nur einen Schritt näher kam.

»Capitano.« Ein knappes, fast schon militärisches Nicken folgte. Dabei schaute der Maggiore, der ein ziemlich kleingewachsener kahlköpfiger Mann mit einem auffälligen Schielauge und einer silberumrahmten Nickelbrille war, nicht auf den Capitano, sondern in einem fort auf Claretta. Die war mit seinem Eintreten hinter ihrem Tisch aufgesprungen, wobei sie die Kaffeedose in so fester Umklammerung hielt, dass man meinen könnte, hier stünde nicht ein hochrangiger Carabiniere, sondern irgendein dahergelaufener Tagedieb.

»Ich bin hocherfreut …«, schmetterte der Capitano, der sich ganz augenscheinlich von dem ersten Schock erholt hatte, »… und auch erleichtert, dass Sie sich der Sache persönlich annehmen. Der Mörder sitzt quasi schon hinter Schloss und Riegel. Er war nicht leicht ausfindig zu machen, aber für einen Mann wie mich«, er lachte künstlich auf, »ist so etwas ja kein Problem.«

»Gehört es hier zur guten Sitte, dass eine Zivilperson bei Amtsgeschäften zugegen ist?«, fragte der Inspektor scharf. »Noch dazu eine Kaffeefrau.« Er stand steif und schien nicht einmal zu atmen. »Während die komplette *Stazione* wie ausgestorben zu sein scheint und ich mir meinen Weg mutterseelenallein in Ihr Büro bahnen muss.« Er schniefte. »Hier könnten ja die Russen einmarschieren, und niemand würde es bemerken. Heiliges Italien, wo sind wir nur hingeraten?«

Clarettas Teint brauchte kaum eine Sekunde, um in ein tiefes Rot zu wechseln.

Der Capitano hielt inne und suchte sichtbar nach Worten. »Äh … ausgestorben, meine Station … Die Russen …«, haspelte er. »Aber natürlich, verehrter Inspektor.« Er lächelte voller Erleichterung. »Die Leute sind schwer beschäftigt. Sie laufen den ganzen Tag. Hier ein Botengang, dort ein Spitzbube, da ein Hausierer … Die Rädchen bei uns in Amalfi stehen niemals still. Ordnung und Sicherheit müssen gewahrt werden, immerhin geht es um nichts weniger als unser heiliges Italien.« Er fuchtelte mit seinen Händen durch die Luft. »Seit einiger Zeit bevölkern ein paar Fremde unser Städtchen. Denken Sie aber bloß nicht, es handelt sich dabei nur um die höflichen, dankbaren Gäste, die froh sind, den schönsten Landstrich Italiens besuchen zu dürfen. Nein, nein, wo Licht ist, ist immer auch Schatten, verehrter Maggiore …«

»Schon gut«, entgegnete der Maggiore, bahnte sich seinen Weg an dem Capitano vorbei, stoppte kurz vor den beiden Stühlen, die für Gäste oder Befragungen vor dem großen Schreibtisch standen, schüttelte abwertend den Kopf und ließ sich schließlich dahinter auf dem breiten schweren Sessel nieder.

Der Capitano wiederum brauchte eine Weile, um sich an diese für ihn gänzlich neue Situation zu gewöhnen. Unschlüssig blieb er in der noch immer offenen Tür stehen und machte ein Gesicht, als hätte man ihm eine seiner Zigarren entwendet.

»Nun!«, sagte der Maggiore und schaute den Capitano provozierend an. Claretta hingegen schien Luft zu sein.

»Die drei Mordverdächtigen sitzen im Gewahrsam«, antwortete der Capitano. »Es wird noch weitere Befragungen geben, und ich erwarte ein schnelles Geständnis.«

»Die Frau«, knurrte der Maggiore.

Der Capitano schnappte nach Luft. »Signora …« Er senkte den Kopf und kratzte sich unwirsch. »Also das ist Signora … äh … Lépore. Genau. Signora Claretta Lépore aus Pontone. Sie ist meine Sekretärin.«

»Eine *Frau*?«, fragte der Maggiore ungläubig nach und musterte währenddessen Claretta, als müsste er sich von dem überzeugen.

»Das ist die neue Zeit«, entgegnete der Capitano fast schon entschuldigend.

»Wohl eher der Preis für diesen verdammten Krieg«, antwortete der Maggiore. »Nach einem solchen Ereignis zerbröckeln die gesellschaftlichen Konventionen wie ein Cantuccino unter dem Huf eines Esels. Die Welt steht Kopf.« Er hob den Zeigefinger. »Und glauben Sie bloß nicht, dass man dieses Rad zurückdrehen kann. Nie im Leben. Die Weibsbilder werden irgendwann noch einmal mit uns im Gleichschritt marschieren, in Uniformen versteht sich.«

Der Capitano schüttelte sich vor Lachen.

Emilio stimmte mit ihm ein.

Nur der Maggiore behielt seine nach unten hängenden Mundwinkel bei. »Kann sie einen anständigen Espresso machen?«, fragte er an den Capitano gewandt. »Das wäre dann ja wohl schon mal wenigstens etwas.«

»Aber natürlich!«, salutierte er erleichtert.

Claretta wartete nicht auf eine zweite Aufforderung. Behutsam stellte sie die Dose mit dem Geld auf ihren Tisch und eilte davon. Dass sie die Tür hinter sich schloss, verstand sich dabei von selbst. Wenn die Männer nicht auf ihren Posten waren, dann würde man sie mit vollen Mündern zwischen den Regalen im Lagerraum finden. Um darauf zu kommen, hätte sie vorhin nicht einmal den fettbeschmierten Mund des *Allievo* sehen müssen.

Du willst die doch nicht etwa warnen? Soll der Maggiore ruhig sehen, wie sie die Beweismittel auffressen.

»Durch Schinkenbeine überführt man keinen Mörder«, sagte Claretta.

Ganz gewiss! Oder meinst du, deine vielbejammerte Armut sieht etwa so aus?

»Natürlich nicht!«, entgegnete Claretta ärgerlich. Dass die Vorräte der toten Bauersleute alles andere als normal waren, wies darauf hin, dass die beiden ein Geheimnis hatten, dessen war sie sich gewiss. Und ganz sicher war das bei den Proiettis gefundene Geld ein Teil davon. Die Frage war nur, ob sie deswegen auch sterben mussten? »Trotzdem wäre es Frevel, die guten Sachen verkommen zu lassen. Außerdem arbeitet es sich mit hungrigem Magen schlecht«, rechtfertigte sie das Verhalten der Carabinieri. »Es reicht, dass wir davon wissen und unsere Schlussfolgerungen ziehen.«

Unsere? Claretta? Unsere! So weit seid ihr also schon, der Capitano und du? Hast du eigentlich eine Ahnung, wie alt der Kerl ist? Mindestens fünfzig, würde ich mal behaupten. Wie dieser hässliche Kommunistenzahnarzt. Mit keinem von denen kannst du mehr Kinder haben. Alte Männer! Wir wollten immer noch mehr Kinder. Kannst du dich daran überhaupt noch erinnern?

Wie könnte Claretta das vergessen? Zehn. Diese Zahl würde sie niemals wieder aus dem Kopf bekommen. Emilio wollte zehn Kinder haben, zwei mehr als sein Bruder. Ein toller Wettbewerb war das. Zumal Claretta die kurz aufeinanderfolgenden Geburten ihrer vier Jungs schon zu schaffen gemacht hatten. So betrachtet, hatte Emilios »Unfall« irgendwie auch etwas Gutes.

Das habe ich jetzt nicht gehört, Claretta!

***

Wenig später befanden sich alle Carabinieri wieder auf ihren Positionen, und der Maggiore schlürfte genüsslich seinen Espresso. Jetzt war er es, der die Kaffeedose nicht aus den Augen ließ. Der Capitano hingegen wanderte in Ermangelung eines angemessenen Platzes mit weit nach vorn gestrecktem Kinn durch sein Büro und dozierte: »Möchten Sie die Gefangenen sehen? Dann bekämen Sie einen Eindruck, wie sich bei uns in Amalfi die Gefechtslage gestaltet. Noch dazu kommt ein Mann von Ihrem Rang und Namen ...«

Der Maggiore wedelte mit wachsweicher Hand. »Mord an Bauersleuten«, sagte er mit hochgezogener Nase. »Die Pflicht ruft, es zieht mich weiter. Das müssen Sie verstehen.«

»Natürlich, Maggiore! Sie haben es eilig«, bestätigte der Capitano mit unumwundener Erleichterung. »Das ist ja auch keine Angelegenheit, der Ihre Aufmerksamkeit gebührt.«

Der Maggiore nickte gebieterisch, stand auf, klemmte die Büchse unter den Arm und schritt auf den Capitano zu.

»Sie nehmen das Geld mit«, kommentierte der Capitano. »Sehr gut.«

»Lassen Sie mich wissen, wenn Sie den rechtmäßigen Eigentümer gefunden haben«, entgegnete der Maggiore. »Bis dahin ist es bei mir sicher verwahrt.«

»Selbstverständlich«, antwortete der Capitano. »Wenn Sie mir den Empfang quittieren würden.« Sein Blick fiel auf Claretta. »Nur eine kleine Unterschrift. Signora Claretta hat alles vorbereitet.« Er bedeutete ihr mit einem Nicken, dass sie den Maggiore alles reichen sollte.

Die Quittung, Claretta! Hopp. Hopp.

Claretta erstarrte zur Salzsäure. Die Quittung. Natürlich. Sie sollte ein Schriftstück vorbereiten. Jesus!

Unser Herr kann dir auch nicht helfen, wenn du deine Aufgaben nicht sorgfältig ausführst.

»Jetzt bitte ich Sie aber«, hob der Maggiore mit gänzlich verändertem, ja nahezu devotem Tonfall an. »Dafür hat es doch keine Eile.« Ein süffisantes Lächeln legte sich um seine Mundwinkel. »Ich lasse einen meiner Männer umgehend nach meiner Ankunft schicken. Dann muss sich die Signora nicht extra bemühen.« Nun lächelte er auch Claretta an. Ohne eine Antwort abzuwarten, steuerte er auf den Ausgang zu.

Dem Capitano blieb kurz der Mund offen stehen. »Wie Sie meinen, Maggiore«, sagte er, aber es war herauszuhören, wie wenig überzeugt er von diesem Vorschlag war. »Immerhin handelt es sich um eine stattliche Summe, für deren Vollständigkeit ich mit meinem Namen bürge. Zehn Millionen.« Er wand sich. »Damit möchte man nicht in der Kreide stehen.«

Der Maggiore zog die Augenbrauen zusammen. »*Ich* verwahre das Geld«, brummte er, wobei die Replik fast wie eine Kampfansage klang.

Der Capitano senkte den Kopf. »Sie haben mich sicherlich falsch verstanden. Natürlich habe ich keinerlei Bedenken, Ihnen den Fund zu übergeben«, beschwichtigte er.

Der Maggiore nickte zufrieden. »Sie halten mich bitte in der Sache auf dem Laufenden«, forderte er im Hinausgehen. »Und denken Sie daran, die Leute messen uns an dem Grad der Sicherheit und Rechtschaffenheit, den wir ausstrahlen. Freilaufende Kriminelle sind dafür nicht sonderlich hilfreich.« Im nächsten Augenblick war er zur Tür hinaus.

Da gehen sie hin die Millionen. Auf Nimmerwiedersehen.

Irgendwie beschlich Claretta gerade das gleiche Gefühl.

***

»Vierundfünfzig, fünfundfünfzig, sechsundfünfzig ...« Claretta zählte die Stufen, die sie hinauf zum Portal des Doms Sant'Andrea stieg. Zweiundsechzig waren es insgesamt. Das wusste sie genau, weil sie schon als kleines Mädchen nicht hier hinaufstapfen konnte, ohne sich der exakten Anzahl gewiss zu sein. Außerdem war es die Monotonie der Zahlenfolge gewesen, die ihr damals ein wenig die Angst vor diesem furchteinflößenden Ort genommen hatte. Eine Kathedrale, so hatte es ihre Mutter immer wieder betont, war quasi wie ein Fenster zum lieben Gott. Näher als an einer solch heiligen Stätte konnte man ihm auf der Erde wohl kaum kommen. Vielleicht nur noch im Petersdom in Rom, aber darüber besaß die eine wie die andere keine Erfahrungswerte, und so blieb der Dom des Heiligen Andreas für die Familie Lépore das Nonplusultra aller Gotteshäuser. Allein die Stiege dort hinauf war so breit und mächtig, dass sich jeder Mensch ganz klein und unwichtig vorkommen musste. Zwei Mal in der Woche war Claretta früher an der Hand ihrer Mutter hierhergekommen, um den Weg vom Hafen hinauf in diesen anderen Teil der Stadt zu nehmen. Hier oben war alles anders, pompöser und prächtiger, voller Gold, Stuckwerk und Marmor. Dazu kam eine nahezu unheimliche Stille aus Ehrfurcht und Respekt, die allein schon das Quietschen der eigenen Schuhsohlen zu einer Bedrohung anschwellen ließ. Wenn sich erst einmal die schwere Tür des Eingangsportals hinter einem geschlossen hatte, dann war es, als hätte sich eine andere Welt geöffnet. Als Kind hatte Claretta nie verstanden, wieso es ihre Mutter immer wieder hierhergezogen hatte. Stunde um Stunde hatte sie auf Knien zum Heiligen Andreas gebetet oder beim Monsignore im Beichtstuhl ihr Gewissen erleichtert. Heute wusste Claretta, dass der Herr den sehnlichsten Wunsch ihrer Mutter nach weiteren Kindern nicht erfüllt hatte. Jede nach ihrem Bruder Giovanni kommende Schwangerschaft war für sie in Schmerz und Trauer geendet, was sie bis zu ihrem frühen Tod niemals hatte verwinden können.

»Claretta? Claretta. Das ist ja eine Freude.«

Das verhaltene Rufen riss Claretta aus ihren Erinnerungen. Noch mitten in der Verneigung vor dem Altar begriffen, richtete sie sich rasch auf und schaute sich um. Nur wenige Meter neben ihr stand Monsignore Marini und strahlte sie freudig an. »Wie lange muss das her sein?«

1. August 1939, mischte sich Emilio knurrend ein.

Claretta brauchte ihren Mann nicht, um den Tag ihrer Hochzeit zu kennen. Auf Wunsch ihrer Mutter hatten sie nicht in der kleinen Kirche San Giovanni Battista in Pontone, sondern im Dom von Amalfi geheiratet. Sie dachte an ihr schönes Kleid, an die Klänge der Orgel und diesen wunderbaren Blick vom Domportal hinaus auf die Küste und das Meer.

Das brauchte es dann wohl für meine Beerdigung nicht.

Mit ausgestreckten Armen kam er, so schnell es ihm möglich war, auf sie zugelaufen. Claretta erinnerte sich sehr gut an diesen Gang, wie er sein steifes Bein nachzog, das ihm ein k.u.k. Bajonett im Ersten Weltkrieg beigebracht hatte. Es schien ihm mehr denn je zu schaffen zu machen. Generell hatten die Jahre seine Spuren an ihm hinterlassen, komplett ergraut, mit tief zerfurchtem Gesicht und ein wenig gebeugt, stand er nun direkt vor ihr. »Deine Mutter war eine ganz außergewöhnliche Frau.« Er hielt inne und bekreuzigte sich. »Der Herr sei ihrer Seele gnädig.« Dann schaute er Claretta prüfend an. »Du warst seit deiner Hochzeit mit diesem …« Er senkte seinen Kopf, und Claretta konnte sehen, wie seine Zunge immer wieder hektisch über seine schmale Unterlippe fuhr, »… ach, wie …? Entschuldige bitte. Das Alter ist ein unbarmherziger Geselle und noch dazu einer, den man nicht loswird.« Er zwinkerte Claretta verschmitzt zu.

»Emilio«, sagte Claretta leise.

Der Monsignore nickte, als wäre ihm der Name gerade selbst eingefallen. »Emilio und Claretta, eine schöne Hochzeit.« Er lächelte versonnen. »Allerdings habe ich dich an diesem Tag das letzte Mal gesehen.« Sein tadelnder Blick lag auf Claretta. »Du hast doch nicht etwa deinen Weg zu Gott verloren?« Er beugte sich zu ihr und fasste nach ihren beiden Händen. »Der Herr stellt einige von uns vor schwere Prüfungen, aber er tut es ganz gewiss nicht, damit wir uns von ihm abwenden.«

Claretta schlug die Lider nieder und deutete ein Nicken an.

»Du warst immer so ein gottesfürchtiges Mädchen, ganz wie deine verehrte Frau Mutter«, redete er weiter.

»Daran hat sich nichts geändert«, entgegnete Claretta. »Ganz gewiss nicht.« Sie zögerte kurz, fuhr dann aber fort. »Seit dem Krieg komme ich nur noch selten hier runter in die Stadt. Die Kinder, die Hausarbeit …«

Einen Mann Gottes lügt man nicht an. Das ist noch schlimmer, als den Capitano der Carabinieri für dumm zu verkaufen. Darauf steht das Fegefeuer, also beim Monsignore. Beim Capitano wirst du mit zehn Vaterunser davonkommen. Was ist nur aus meiner Frau geworden? Da sieht man es mal wieder. Die Anwesenheit eines Mannes sorgt für Disziplin, Rechtschaffenheit und Gottesfürchtigkeit. Aber wenn nicht, dann nicht.

Claretta drückte sich die Zähne ihres Oberkiefers in die Unterlippe.

Der Monsignore faltete die Hände vor seinem Bauch, legte den Oberkörper leicht nach hinten und musterte Claretta mit einem ernsten Blick.

Er hat deine Schwindelei bemerkt. Diesen Kerlen kann man nichts vormachen.

Claretta wurde es abwechselnd heiß und kalt.

»Ich weiß. Ich weiß.« Endlich sprach der Monsignore wieder und klang dabei überaus teilnahmsvoll. »Du trägst so einiges auf deinen schmalen Schultern. Das ist nun mal das Los von uns Erdenkindern.« Er hob und senkte den Kopf andächtig. »Wirst du dich neu verheiraten?« Der Satz war noch nicht vollendet, da erhellten sich seine Gesichtszüge. »Bist du deswegen gekommen?« Sein suchender Blick wanderte durch den Chorraum. »Recht so, Claretta. Der Herr hat dir deinen Emilio gegeben und er hat ihn dir genommen. Nun«, ein spitzbübisches Zucken zeigte sich um seine Mundwinkel, »manchmal merkt er eben auch, dass er es ein wenig übertrieben hat, und korrigiert … äh die Unpässlichkeit. Aber du bist noch so jung …« Wieder schaute er sich nach allen Seiten um.

In der Hölle soll er schmoren, dieser Schwarzkittel.

»Ich brauche Eure Hilfe«, sagte Claretta vorsichtig. »In einer anderen Sache.« Sie schluckte. »Es ist etwas heikel, wenn Ihr versteht.«

Bestürzung stand ihm ins Gesicht geschrieben. »Möchtest du, dass ich dir die Beichte abnehme?«

Claretta schüttelte den Kopf. »Ich gehe einmal in der Woche in die San Giovanni Battista.«

Der Monsignore stutzte kaum merklich, redete dann aber weiter. »Recht so.« Er schien ehrlich erleichtert. »Was liegt dir auf dem Herzen?«

»Habt Ihr von den beiden toten Bauern in der Nähe des Torre dello Ziro gehört?«, fragte sie bemüht diskret.

In seinen Augen lag nun ein seltsames Funkeln, und fast schien es ihr, als wirkte er ein wenig amüsiert. Seine Worte klangen jedoch nicht danach. »Die ganze Stadt redet von nichts anderem, aber glücklicherweise sollen die Täter ja schon in Gewahrsam sitzen.« Er legte sich die flache Hand vor den Mund und nahm sie im nächsten Augenblick schon wieder runter. »Du hast doch damit nichts zu tun, oder?«

Claretta öffnete den Mund, entschied sich dann aber, lieber nichts darauf zu erwidern.

»Ich habe deiner Mutter auf dem Sterbebett versprochen … Claretta … Na ja, aber ich habe wohl in den letzten Jahren nicht Wort gehalten.« Er wirkte nachdenklich.

Claretta schaute ihn nur an. »Carmela De Rosa, die Bäuerin, soll eine Tante haben, in den Armenhäusern. Die Häuser gehören doch zur Kirche, und Ihr kennt die Menschen, die dort leben …« Sie hielt inne und wartete auf seine Reaktion.

Der Monsignore schien nicht recht etwas damit anfangen zu können. Unschlüssig fuhr er sich immer wieder mit Daumen und Zeigefinger über seinen Mund.

In Claretta stieg mehr und mehr die Unsicherheit hoch. Womöglich hätte sie doch nicht hierherkommen dürfen, nach den vielen Jahren und mit diesem ungewöhnlichen Anliegen. Aber seit ihre Mutter gestorben war, hatte sie kein Verlangen nach diesem Ort gespürt. Im Gegenteil, manchmal ertappte sie sich sogar dabei, dass sie sich fragte, wieso die vielen Gebete und Kerzen ihrer Mutter nichts genützt hatten. So durfte eine gute Christin nicht denken, das wusste sie, aber das Gefühl von Ungerechtigkeit saß irgendwo in ihrem Hinterkopf. Jedes Mal, wenn sie den Dom nur von Weitem sah, was in Amalfi nicht selten vorkam, trat es wieder zutage. Sie schämte sich ganz entsetzlich dafür und hoffte, dass ihre Mutter ihr die verwerflichen Gedanken verzeihen könnte.

Es dauerte eine Weile, bis der Monsignore wieder etwas sagte. »Du musst mir versprechen, dass du darüber niemals ein Sterbenswörtchen zu dem Prete« – wie verächtlich er das Wort aussprach, fast so, als würde er ihn nicht mögen – »da oben in der San Giovanni Battista sagen wirst, nicht einmal in der Beichte.« Seine Worte waren so leise, dass man ihn kaum verstehen konnte, und sein Blick war stechend, fast schon unheimlich. »Wenn er davon erfährt, wissen dein Vater und, noch viel schlimmer, dein Bruder, schon bald, was du tust, und dann ist alles vorbei.« Sein Gesicht war nun ganz nah an ihrem. »Du sollst es einmal besser haben als deine Mutter, Claretta. Denk daran!«

»Aber …?«, hauchte Claretta erschrocken. »Woher …?«

»Du hast es ihm schon gebeichtet?«, wollte der Monsignore sichtbar unwirsch wissen.

»Nein, nein«, schoss es aus ihr heraus. »Aber … ich …?« Ihr Hals fühlte sich immer trockener an.

Der Monsignore winkte ab. »Ich bin nicht da, um die Menschen zu verurteilen, sondern um ihnen zu helfen. Du hast aus der Not heraus gehandelt, und ich muss sagen, es ist nichts Untadliges an dem Beruf der Sekretärin.« Er zog die Brauen nach oben. »Eigentlich.« Er hob mahnend den Zeigefinger seiner rechten Hand.

»Aber …«, sagte Claretta und ihre Augen füllten sich mit Tränen. »Es gibt kaum Arbeit …, in den Hotels, aber das ist …«, sie schüttelte den Kopf, »die Arbeitszeiten … die Kinder … die *Stazione* liegt auf meinem Weg zum Friedhof … ich dachte, es wäre ein Zeichen …« Die Tränen kullerten ihr über die Wangen, sodass sie nach ihrem Taschentuch greifen und sie wegtupfen musste. »Und der Capitano ist auch sehr zufrieden.«

Ein Zeichen? Doch nicht etwa von mir? Dann solltest du mich aber besser kennen.

»Er ist ein anständiger Mann, der Capitano, etwas eigen, aber anständig, also für jemanden, der nur in das Haus Gottes kommt, wenn er sich keinen anderen Rat mehr weiß.« Er verzog den Mund. »Signore Spadaro wird ein Auge auf dich haben.«

Ja und was für eines!

Claretta atmete tief durch. Der Mittwochabend. Das gemeinsame Kartenspiel. Daher wusste der Monsignore so gut Bescheid.

Welches Kartenspiel?

»Die alte Giulietta lebt im letzten Haus an der Straße nach Atrani, die Nummer acht«, sagte der Monsignore. »Sie ist keine sehr umgängliche Frau und auch sonst … Aber ich denke, sie wird dir vielleicht helfen können. Ich hoffe es zumindest.«

Claretta schniefte. »Ich wollte nicht …«

»Du wirst die richtige Entscheidung treffen. Habe Gottvertrauen«, entgegnete der Monsignore verständnisvoll. Er sprach ein kurzes Gebet, segnete sie und nickte ihr schließlich aufmunternd zu.

»Ich danke Euch«, hauchte Claretta noch immer aufgewühlt, verneigte sich kurz und lief eilig davon.

Von welchem Kartenspiel zur Hölle redest du?

***

»Signora Claretta?« Sergente Gabriele schien seinen Augen nicht trauen zu wollen. »Das ist ja ein Zufall! Haben Sie sich verlaufen, oder was führt Sie ans Ende der Stadt?« Er ließ dicht neben ihr die Bremsen seines klapprigen

Fahrrades quietschen, sprang breitbeinig ab und schob sich die Uniformmütze so weit wie möglich in den Nacken, was eine ganze Reihe an Schweißtropfen auf seiner Stirn zum Vorschein brachte. »Das ist nicht gerade die beste Gegend für eine Signora wie Sie. Selbst am helllichten Tag kann es vorkommen, dass einem die Geldbörse geklaut wird. Nehmen Sie sich vor allem vor den hübschen kleinen Bürschchen in Acht. Die sind verdammt flink …«

Claretta bemühte sich um ein sanftes Lächeln. Sie lebte lange genug hier, um auch diese Ecke von Amalfi zu kennen. Die vier- bis fünfstöckigen Mietskasernen aus dem letzten Jahrhundert waren einmal für die Straßenarbeiter der Amalfitana, der Küstenstraße, errichtet worden. Da der Platz an dem schmalen Küstenstreifen von jeher knapp bemessen war, hatte man sie direkt vor den Felsen und überdies auch noch quer zur Straße errichtet, was die Aussicht auf die wohl schönste Küste Italiens verschandelte. Mittlerweile waren die Gebäude marode, und niemand, der es sich halbwegs leisten konnte, bezog eine Wohnung in diesen Häusern. Hier lebten die Vergessenen, alkoholsüchtige Tagelöhner, enttäuschte Kriegsversehrte, einsame Witwen, Alte und Kranke. Für viele von ihnen war die Obhut der Kirche die einzige Möglichkeit, eine warme Mahlzeit am Tag oder auch ein Minimum an ärztlicher Versorgung zu bekommen. In den engen Gassen roch es nach Kloake, bedrückender Armut und Aussichtslosigkeit. Kaum jemand, den das Leben hierhergespült hatte, nahm es wieder zurück. Der Staat jedenfalls hatte das Elend schon vor dem Krieg nicht sehen wollen, aber nun schien er dahingehend komplett blind zu sein.

»Entschuldigung, Signora, ich weiß nicht … womöglich«, stammelte der Sergente, und über sein Gesicht zog sich die Schamesröte. »Der Capitano sagte, Sie stammen aus Pontone und nicht …« Er schaute sich mit einem desillusionierten Ausdruck in den Augen um.

»Ich möchte hier nur jemanden besuchen«, entgegnete Claretta, die sich ertappt fühlte. Zweifelsohne war es nicht üblich, dass die Sekretärin des Capitano auf eigene Faust herumlief und Leute befragte. Hinzu kam, dass man auf der *Stazione* noch nicht einmal etwas von dieser vermeintlichen Zeugin wusste. Sie würde sich etwas einfallen lassen müssen, um den Sergente abzuwimmeln.

Wenn du mich fragst, hat der Capitano den auf dich angesetzt.

Sie fragte Emilio aber nicht.

»Ach, wenn das so ist«, entgegnete der Sergente Gabriele erleichtert. »Sie müssen wissen, der Capitano hat einen angeblichen Anverwandten der ermordeten Bäuerin aufgetan und hat mich geschickt, ihn zu befragen.« Er wirkte nun ein wenig hektisch. »Weiß der Henker, wo er diese Information wieder herhat, unser Capitano.« Er wischte sich mit dem Handrücken über das noch immer feuchte Gesicht. »Er ist ein alter Fuchs, aber das haben Sie sicherlich schon bemerkt.« Er lächelte schelmisch. »Aber dass er sie eingestellt hat, das ist …« Der Satz endete abrupt, und der Sergente tat so, als hätte er nie irgendetwas dazu sagen wollen.

»Mhm.« Es würde wohl besser sein, nach Hause zu gehen, dachte Claretta.

»Soll ich Sie ein Stück begleiten? Ich muss in die Via

Mussolini acht.« Die Erwähnung des ehemaligen italienischen Staatschefs schien ihm Unbehagen zu bereiten, zumindest konnte Claretta sehen, wie schwer er sich damit tat. Es hatte gewiss nichts mit der Tatsache zu tun, dass diese Information nicht für ihre Ohren bestimmt war. Der umgängliche Gabriele gehörte also zu den Männern, die der Ära des Duce nicht nachtrauerten oder zumindest nicht mehr.

Diese Sorte habe ich gern. Er sollte dankbar sein, dass unser italienisches Vaterland einen solchen Führer haben durfte. Dieser Vaterlandsverräter!

Emilio hatte auch auf der Seite der Alliierten gekämpft, ob er es schon vergessen hatte? Claretta hielt es für den falschen Zeitpunkt, mit Emilio über Politik zu diskutieren, aber wenn er Tatsachen verdrängte, wurde sie ungehalten.

Erst jetzt bemerkte sie den fragenden Blick des Sergente. Sie hatte ihm noch nicht geantwortet und das nur, weil sich ihr Mann immer und überall dazwischen drängeln musste. Oje!

Sag ihm, du willst in die Neunundzwanzig.

»Ich muss in die Nummer achtundzwanzig«, beeilte sie sich zu sagen.

Typisch. Dann will ich mal für dich hoffen, dass die überhaupt existiert.

»Na dann«, entgegnete der Sergente erfreut, schwang sein rechtes Bein schwungvoll über das Rad und ging los. »Der Capitano sitzt bei Pedro«, berichtete er. »Der Besuch des Inspektors ist immer eine nervenaufreibende Angelegenheit, von der er sich erst einmal ein paar Stunden erholen muss. Dabei passt mir das mit der Befragung heute überhaupt nicht. Unsere Sau will werfen, wissen Sie.« Er schnaufte, während er sein Fahrrad neben ihr den Berg hochschob. »Sie tut sich so schwer damit, und es muss jemand aufpassen.«

Claretta sah im Augenwinkel, wie sich zwei dicke Sorgenfalten über seine Stirn schoben.

»Die Frau morgen früh aufzusuchen, hätte auch noch genügt. Aber an Tagen wie heute kennt der Capitano keine Nachsicht. So ein Mist aber auch.«

»Mhm.«

»Die Bauern macht das jedenfalls nicht mehr lebendig.« Er schaute sie von der Seite an. »Ich sollte nicht so reden. Dumm von mir. Entschuldigen Sie bitte.« Er räusperte sich verlegen.

Claretta, für meine Begriffe entschuldigt er sich ein bisschen zu oft. Ob er das auch noch tut, wenn ich ihm eine verpasse?

»Ich könnte doch für Sie gehen«, platzten Clarettas Gedanken förmlich aus ihr heraus. Sie waren kaum in der Welt, da überkam sie jedoch ein mulmiges Gefühl. Der Sergente könnte ihr diese Einmischung in seine Arbeit übelnehmen. Und der Capitano erst recht. Aber nun war das Angebot ausgesprochen, und es gab kein Zurück.

»Ich habe Zeit«, schob sie hastig hinterher. »Und mitunter ist so ein kleines Kaffeekränzchen unter zwei Frauen viel ergiebiger, noch dazu, da man mir nicht ansieht, dass ich von den Carabinieri komme. Manche Leute werden bei einer Uniform misstrauisch, vor allem, wenn sie ohnehin glauben, die Republik hat sie im Stich gelassen. Sie wittern dann förmlich Unheil und weigern sich im schlimmsten Fall zu helfen.« Ihre Worte kamen so hastig, dass sie sich ein wenig überschlugen. »Das Protokoll schreibe ich auch. Es liegt dann morgen früh auf Ihrem Schreibtisch.«

Der Sergente blieb abrupt stehen und schaute sie überrascht an. »Das würden Sie für mich tun?«, fragte er mit weicher Stimme und einem seltsam verklärten Blick. »Sogar das Protokoll?«

Holla! Holla! Jetzt mach dich aber mal schnell auf die Socken zu deinem Schwein!

Claretta schluckte den Kloß in ihrem Hals hinunter. »Es macht mir wirklich nichts aus.«

Er wirkte für einen kurzen Moment, als müsste er darüber nachdenken, aber so schnell, wie seine Antwort erfolgte, schien dies nicht besonders tiefgründig gewesen zu sein. »Das wäre sehr nett von Ihnen. Sie haben einen gut bei mir, also ich meine, ich schulde Ihnen etwas, natürlich nur, wenn Sie mögen«, freute er sich und schwang sich auf sein Fahrrad. »Giulietta De Rosa, die Acht«, rief er lachend und trat in die Pedale. »Sie soll uns alles über die Toten erzählen, ja? Und Sie notieren sich jedes Wort?«

Claretta lächelte erleichtert. »Ich bemühe mich, alles richtig zu machen.«

Er war schon ein paar Meter gefahren, als er sich über die Schulter noch einmal zu ihr herumdrehte. »Wieso eigentlich Frau? Das habe ich doch gar nicht erwähnt?«

Claretta tat, als hätte sie ihn nicht verstanden, winkte ihm nach und betrat das Haus mit der Nummer acht.

Fünf

Die Familiennamen waren mit Kreide an die Wand neben der Wohnungstür gekritzelt. Die Liste war lang, auch wenn zwischendurch immer mal wieder jemand durchgestrichen worden war. Nach Clarettas Zählung mussten sich sieben Menschen diese Wohnung teilen, die Kinder nicht mit eingerechnet, zumindest deutete das aus der offen stehenden Wohnungstür kommende Kleinkindgeplapper und das Weinen darauf hin. Die Lautstärke und das Durcheinander hatten etwas von einem Jahrmarkt. Eine zarte Frauenstimme sang von einer verlorenen Liebe, zwei Männer stritten, jemand schien mit Töpfen zu hantieren, und noch ein anderer hämmerte in einem so schnellen Takt, dass einem schwindelig werden konnte. Dazu kamen die Gerüche, die von angebranntem Knoblauch, Schweiß, fauligem Holz bis zu billigem Parfüm alles zu bieten hatten.

Bei dem Anblick wusste sie, was sie an ihrer Familie hatte. Und an dem kleinen Häuschen ihrer Nonna, in dem sie alle lebten. Es war zweifelsohne in die Jahre gekommen, hier und da blätterte der Putz von den Wänden, der Dielenboden war nicht mehr ganz taufrisch und an fließend Wasser aus der Wand war in den nächsten Jahren auch nicht zu denken, aber es war ihr Zuhause und sie waren glücklich dort. Und es war zweifelsohne Tausende

Male besser als diese Absteige, die sie hier gerade zu sehen bekam.

Ich hätte uns ein eigenes Haus gebaut. In höchstens ein paar Jahren. Mit lauter Fenstern zum Meer. Ihr verstorbener Gatte schon wieder.

»Natürlich, Emilio«, raunte Claretta unbeeindruckt.

»Suchen Sie jemanden, Signorina? Einen Emilio haben wir hier nicht.« Unbemerkt war ein Mann im Unterhemd und verschlissenen Hosen vor sie getreten. Sein grimmiges Aussehen und die abweisende Körpersprache ließen keinen Zweifel daran, dass er wenig auf Besuch erpicht war. »Wenn Sie hier noch unterkommen wollen, sage ich Ihnen gleich, dass daraus nichts wird. Und die Pfaffen kriegen auch was zu hören.« Seine Stimme hob sich mit jedem Wort. »Deren Nächstenliebe ist ja ganz gut und schön, aber wir sind schließlich Menschen und keine Sardinen. Abgesehen davon könnte es nicht schaden, wenn die sich ab und zu auch mal hier blicken lassen würden, bevor sie uns jemanden schicken. Dann bekämen die vielleicht eine Ahnung davon, dass sechzig Quadratmeter irgendwann mal voll sind …«

Es raschelte, und in dem diffusen Licht des Flures tauchte eine Frau auf. Sie trat dicht an den Mann heran und legte ihren Kopf auf seine Schulter, sodass ihre langen, wild zusammengerafften Locken darauffielen. »Kommen Sie von der Kirche? Wir brauchen Medizin für unseren Kleinen.«

»Sie will hier wohnen«, brummte der Mann unhöflich und ohne Claretta aus den Augen zu lassen.

Die Frau machte einen Schritt nach vorn, stemmte die

Hände in die Hüften und musterte Claretta abschätzend. »Daraus wird nichts, Kleines«, beschied sie scharf. »Verziehen Sie sich eine Etage nach oben. Die suchen noch einen Untermieter.«

Wir gehen ja schon.

»Ich möchte zu Signora De Rosa«, entgegnete Claretta etwas verdattert über diese Grobheit.

»Giulietta, die verrückte Hexe?«, erwiderte der Mann belustigt. »Die können Sie gern haben. Ich wickle sie Ihnen obendrein in Zeitungspapier und stelle sie Ihnen auf die Straße. Jetzt erst recht!« Ein tiefes Lachen überkam ihn, worauf die Frau sichtbar willfährig einstieg.

»Giulietta, du hast Besuch«, brüllte er im nächsten Augenblick, als wäre ein Feuer ausgebrochen und er müsste auch die gesamte Nachbarschaft warnen.

»Uns interessiert nicht, was bei dir los ist. Hör endlich auf zu schreien, du Idiot!«, rief jemand von irgendwoher.

»Ich mache hier, was ich will. Verstanden!«, erwiderte er lauthals. »Wenn dir das nicht passt, komm her und hol dir eine Tracht Prügel ab.« Dann machte er auf dem Absatz kehrt. »Kommen Sie, aber ich warne Sie, so ein Wirrkopf wie die ist nichts für schwache Nerven!«, sagte er nun erheblich leiser und bei Weitem nicht so abweisend wie noch gerade eben.

Das Zimmer, in das Claretta gebracht wurde, war nicht einmal halb so groß wie das Büro des Capitano. Es beinhaltete gerade das Nötigste, was eine Familie zum Leben brauchte, ein Bett, eine schmale Liege, Tisch und Stühle, einen Kohleherd und einen Kleiderschrank. Auf dem Fußboden spielten zwei kleine Mädchen mit

Puppen. Neben ihnen stand eine Wiege, zu der die Frau gleich nach ihrem Eintreten eilte, um sich hinunterzubeugen und ein paar liebevolle Worte hineinzuflüstern. Nachdem sie sich wieder aufgerichtet hatte, schaute sie Claretta mit der Sanftmut einer liebenden Mutter an und erklärte: »Mein Bruder Nino wohnt noch bei uns. Er ist tagsüber aber am Hafen, in der Hoffnung, irgendjemand gibt ihm für ein paar Stunden Arbeit. Manchmal kommen ein paar Touristen, die sich die Koffer tragen lassen, aber meistens ...« Sie zuckte mit den Schultern.

Claretta wusste sehr gut, was sie meinte.

»Dort hockt das Untier«, witzelte der Mann und zeigte mit ausgestrecktem Zeigefinger auf die rechte hintere Ecke des Zimmers, die durch einen dunklen Vorhang abgetrennt war. »Mal sehen, ob Sie lebend wieder herauskommen.«

Die Frau lächelte, aber bedeutete ihm zugleich mit einem Kopfschütteln, dass er sich etwas mäßigen sollte. Er winkte ab, setzte sich an den Tisch und schaute aus dem Fenster.

»Signora De Rosa?« Claretta trat dicht an den Stoff heran, der so muffig war, dass sie sich fragte, wie jemand dahinter atmen konnte. »Ich komme wegen Carmela«, flüsterte sie, wobei sie im Augenwinkel mitbekam, dass das Paar sich einen schnellen Blick zuwarf.

Nichts rührte sich.

»Signora, bitte. Ich muss mit Ihnen reden.« Claretta hörte, wie ihr Herz bis hinauf zum Hals schlug. »Carmela ...«

»Die hat nichts mehr auszurichten. Die ist tot«, ertönte die Stimme einer alten, offenkundig ziemlich störrischen Frau. »Wenn Sie mir nichts vom Erbe bringen, verschwinden Sie!«

»Was willst du denn von der erben?«, mischte sich der Mann erheitert ein. »Ein paar ausgetretene Schuhe?«

Claretta überhörte seinen Einwurf. »Deswegen bin ich da.«

Im nächsten Moment öffnete sich der Vorhang, und kurz darauf befand sich Claretta dahinter. Hier gab es nichts außer ein rostiges Bettgestell mit allerlei unordentlich ineinander verschlungenen Decken, ein verschlissenes Schränkchen und einen Hocker, auf dem eine Waschschüssel abgestellt war. Irgendwo dazwischen saß ein zahnloses hutzliges Weib mit ungekämmten Haaren und einem von Misstrauen erfülltem Blick. »Legen Sie das Geld hin und verschwinden Sie«, keifte sie, ohne Claretta überhaupt anzusehen.

»Welches Geld?«, fragte Claretta.

»Das von Carmela«, fauchte sie zurück. »Sie hat mich nicht ohne eine Lira zurückgelassen, immerhin wollte sie mir auch ein Zimmer in ihrem schicken Hotel zurechtmachen. Mit einem eigenen Waschbecken. Und einem Balkon hinaus zum Meer. Nächste Woche sollte ich umziehen. Deswegen war der Ausländer doch da. Er wollte meine Wünsche für die Wandfarben aufschreiben.«

Das unterdrückte Kichern des Paares war zu hören.

»Das ist aber schön«, meinte Claretta und klang dabei wohl mehr verzweifelt als höflich.

»Nun ja, nicht mehr. Oder gehört das Hotel jetzt Ihnen?« Der erwartungsvolle Blick der Signora war kaum zu ertragen.

»Nein, ich besitze kein Hotel«, antwortete Claretta ruhig. »Leider.«

»Mhm.« Die Alte krächzte unzufrieden. »Vermutlich hat Tommaso es ihr wieder weggenommen«, redete sie weiter. »Seit der hier aufgetaucht ist, war ohnehin alles anders. Dabei hat sie mir versprochen, dass sie sich, solange ich lebe, um mich kümmern wird. Und was tut dieses Pack jetzt? Nichts! Kann man so etwas glauben? In der Hölle sollen sie dafür schmoren, alle beide.«

»Ich glaube nicht, dass Tommaso so etwas getan hat«, sagte Claretta. »Er war so ein freundlicher Mann.«

»Freundlich?«, fauchte die Alte. »Weil er wie ein amerikanischer Filmschauspieler aussah? Darauf fallen alle rein. Aber ich sage euch, das war ein dahergelaufener Schweinepriester. Mehr nicht! Der hat meiner Carmela den Kopf verdreht. Wir waren immer einfache Bauern, aber dann hat er ihr den Floh mit diesem Hotel in den Kopf gesetzt. Das soll einer begreifen, unsere Carmela bei den feinen Leuten, in einem Hotel. Derweil sind so ein paar Kühe viel anständiger.« Sie blies die Wangen auf. »Deswegen ist sie nun tot. Ja, tat denn so etwas not?« Kurzzeitig wirkte es, als würde die Signora von der Trauer über den Verlust Carmelas mitgenommen, aber im nächsten Moment überschüttete sie die beiden toten jungen Leute mit so viel Missachtung, dass Claretta am liebsten gegangen wäre. »Wenn Sie mich fragen, war das nicht einmal ein richtiger Italiener, vermutlich stammt der irgendwo aus dem Norden. Da sind sie doch alle …«

Sie verdeutlichte mit einem wiederholten Tippen ihres Zeigefingers gegen ihre Stirn, was sie meinte.

Ein wahres Wort. So plemplem kann sie nicht sein.

»Um welches Hotel handelt es sich überhaupt?«, hakte Claretta nach. Obwohl sie annahm, dass nichts von dem, was die Frau erzählte, einen Sinn ergab, wollte sie wenigstens höflich sein und der Signora ein wenig den Eindruck vermitteln, dass sie sie ernst nahm. Es war schlimm genug, wenn das Alter einem so übel mitspielte, aber dann musste man trotzdem respektvoll mit so einer Greisin umgehen.

»Das am Hafen, mit den grünen Fensterläden und dem schwarzen Schild. Zum Sonntagsspaziergang hat sie mich hingeführt«, entgegnete die Signora nun deutlich aufgekratzter. »Ein eigenes Waschbecken wollte sie mir anbringen lassen. Kann man sich das vorstellen?« Sie jauchzte.

»Wann soll das denn gewesen sein?«, prustete der Mann. »Du hast doch seit Wochen die Wohnung nicht verlassen.«

»Wie schön.« Claretta glaubte tatsächlich, das Haus zu kennen. Es handelte sich in der Tat um ein Hotel, das vor ewigen Zeiten geschlossen worden und entsprechend verkommen war. Die einstigen Eigentümer hatten irgendwann in den Vierzigern aufgeben müssen. Seitdem stand es leer und vergammelte ebenso wie einige andere Häuser in der Stadt.

Der Krieg hatte den ohnehin schon spärlichen Fremdenverkehr in den Küstenstädtchen, der sich weitestgehend nur auf mittellose Lebenskünstler, Intellektuelle und Künstler beschränkte, nahezu vollständig zum Erliegen gebracht, und kaum jemand verschenkte einen Gedanken daran, ob sich das jemals ändern würde. Hier im Süden Italiens war die Welt schon immer eine andere, auf den Staat jedenfalls und die in Rom sitzende Regierung war kein Verlass. Entweder die Dinge fanden sich, oder sie taten es eben nicht. Dazwischen gab es das Meer, die Sonne, die endlosen Zitronenhaine und den Wein. Das genügte, um das Leben zu nehmen, wie es kam, den wirklichen Reichtum der Amalfitani.

»Carmela hat mich nicht vergessen«, redete die Signora weiter, als wäre ihre Anverwandte gar nicht tot, wobei ihr Blick ins Leere ging. »Sie kommt und holt mich, ganz gewiss.«

»Ich muss leider wieder gehen«, sagte Claretta überzeugt, hier nichts mehr ausrichten zu können. Der Geisteszustand der Frau machte es unmöglich, etwas Sinnvolles zu erfahren. Hoffentlich würde der Sergente Gabriele nicht enttäuscht sein. Womöglich könnte er sogar annehmen, sie hätte es nicht richtig gemacht. Das wäre ihr wirklich unangenehm. Aber woher wusste man schon, was im Leben richtig und falsch war?

Die Signora nahm Clarettas Abschiedsworte desinteressiert entgegen. »Grüßen Sie Eduardo von mir, wenn Sie ihn sehen. Und sagen Sie ihm, ich warte auf das Geld«, rief sie Claretta noch zu, als sie schon wieder durch den Vorhang geschlüpft war.

»Ich habe Sie gewarnt«, sagte der Mann, der sich von seinem Platz nicht wegbewegt hatte. »Im Leben kennt die keinen Mann mit Namen Eduardo, und wenn, dann hat sie es auch schon vergessen. Was aus deren Mund kommt, ist so sortiert wie das Gemüse in einem Topf

Minestrone. Es ist ein Wunder, dass wir nicht alle schon selbst durchgedreht sind.«

»Mhm.« Claretta nickte verhalten, bedankte sich und schickte sich an zu gehen.

»Wer auch immer Sie geschickt hat«, redete er weiter, »sagen Sie dem ruhig, was Sie hier gesehen haben. Ich bin ein anständiger italienischer Bürger, aber ich bin nicht von der Heilsarmee.«

Die Frau begleitete sie bis zur Wohnungstür. »Tommaso war ein anständiger Mann. Er hat uns gut dafür bezahlt, dass wir sie hier wohnen lassen. Auch für ihr Essen und alles, was sonst noch notwendig war, ist er aufgekommen. Das war überaus großzügig. Wer weiß, wo Giulietta sonst gelandet wäre? So eine junge Ehe verträgt kein fünftes Rad, nicht auf so engem Raum wie in Carmelas Häuschen.« Sie stockte. »Ich heiße übrigens Emilia.« Sie lächelte ein wenig unsicher.

Die eine Ehe vertrug schon ein fünftes Rad, die andere nicht, dachte Claretta, ließ das Gesagte jedoch so stehen. Die junge Familie brauchte das Geld, um über die Runden zu kommen. Und Tommaso konnte sich die Freiheit offenkundig leisten.

»Sie ist Carmelas einzige Anverwandte, die ältere Schwester ihrer lange verstorbenen Mutter«, redete die Frau weiter. »Carmela war es immer wichtig, dass es ihr gut geht. Für diesen Monat ist auch noch alles beglichen.« Ihr Blick senkte sich, und sie redete nahezu tonlos weiter. »Aber was ist mit dem nächsten? Mein Mann hat keine Arbeit, und wir wissen nicht …« Sie schluckte. »Wir haben drei Kinder, und das vierte ist unterwegs.«

Ein schneller Blick ging zu ihrem Bauch hinunter. »Wir brauchen das Geld aus der Untermiete.«

Claretta hatte darauf keine Antwort.

»Von dem Hotel redet sie öfter«, fuhr Emilia fort. »Ich weiß nicht, wie sie darauf kommt. Carmela und Tommaso hatten selbst nicht genug. Aber sie ist eben schon ziemlich durcheinander. Wer weiß, was sie da aufgeschnappt hat.«

»Wie lange kannten Sie die beiden?«, wollte Claretta wissen.

»Carmela und ich waren zusammen in der Schule, aber sie war wesentlich schlauer.« Emilia verzog verschämt den Mund. »Sie hatte auch nie heiraten wollen. Aber dann irgendwann stand Tommaso da, und wenige Wochen später hatte er sie zum Altar geführt. Ich habe noch gedacht, wenn das mal gut geht … und jetzt.«

»Tommaso war nicht von hier?«, fragte Claretta weiter.

Sie schüttelte den Kopf. »Vermutlich nicht, also zumindest nicht aus Amalfi. So einige sind ja nach dem Krieg einfach irgendwo gestrandet. Manchmal ist es besser, wenn einen keiner kennt. Dann gibt es auch keine Vorurteile.« Sie warf einen kurzen Blick über ihre Schulter, als müsste sie sichergehen, dass ihr Mann nichts mitbekam. »Wer weiß denn schon so genau, was die Männer alles mitgemacht haben? Meiner jedenfalls kommt seit damals nicht mehr auf die Beine.« Sie atmete tief ein. »Er war Pastamacher, der beste in der gesamten Stadt. Draußen bei Salvatore hat er gearbeitet. Aber der hat den Krieg nicht überlebt, und mit seinem Nachfolger kann mein Mann einfach nicht arbeiten.« Sie wirkte ratlos, redete aber weiter. »Tommaso war da von einem ganz anderen Schlag, voller Enthusiasmus und Lebensfreude. Und liebenswürdig war er, richtig liebenswürdig. Er hat Carmela auf Händen getragen. Und wie er immer geschwärmt hat von unserer Küste.« Sie lächelte. »Nichts konnte er hoch genug loben. Und er wirkte immer so dankbar, sogar dafür, dass die Sonne jeden Tag von Neuem aufging.« Nun huschte ein feines Lächeln über ihr Gesicht. »Na ja, der Herrgott hat nun mal viele unterschiedliche Schafe in seiner großen Herde.«

»Und Carmela und er haben nie etwas erzählt, also etwas Persönliches?«, wollte Claretta wissen.

Emilia zog die Augenbrauen zusammen und legte den Kopf leicht schief. »Sie kommen doch nicht etwa von den Carabinieri?«, fragte sie misstrauisch.

Claretta bekam schlagartig einen trockenen Mund.

»War nur Spaß!«, sagte Emilia schnell, und ihre Mimik entspannte sich wieder. »Da arbeiten doch keine Frauen. Entschuldigung! Ich wollte Sie nicht beleidigen. Es geht mich ja auch nichts an, woher Sie kommen.«

»Der Monsignore schickt mich«, log Claretta, wobei sie betont leise sprach, als ob das eine Unwahrheit nur halb so schlimm machte.

Sieh mal an. Hat er so etwas gesagt? Das muss ich nicht mitbekommen haben.

»Tommaso kam einmal im Monat, um uns das Geld zu bringen«, redete die Signora weiter. »Milch für die Kinder hatte er auch immer dabei.« Sie senkte sorgenvoll den Kopf. »Er hat nicht viel gesprochen. Aber das war mir auch egal …«

»Emilia!« Der Schrei ihres Mannes ging einem durch Mark und Bein. »Ich habe Hunger!«

»Was soll das nur ab nächsten Monat geben?«, haspelte Emilia und verschwand ohne ein weiteres Wort in der Dunkelheit der Diele.

Wo hatte dieser Tommaso denn das Geld her, um diese alte Schreckschraube hier einzuquartieren und durchzufüttern?

Das wiederum hätte Claretta auch gern gewusst.

***

Das metallische Klacken der Buchstaben wollte kein Ende nehmen. Seit über einer Stunde hockte Sergente Gabriele nun schon vor der Schreibmaschine und gab den Inhalt des Befragungsprotokolls ein, das Claretta ihm gleich nach ihrem Eintreffen in der *Stazione* auf den Tisch gelegt hatte. Nach dem Rhythmus der Geräusche zu urteilen, würde er mindestens noch bis zum Mittagessen brauchen, um alles fertig zu haben. Immer dann, wenn Claretta an dem winzigen Büro vorbeiging, was sich Gabriele mit dem *Allievo* teilte, sah sie, dass er mit ungläubigem Staunen das Blatt mit Clarettas Aufzeichnungen studierte, ganze Passagen daraus laut vorlas und schließlich wieder in diesem quälend langsamen Gleichmaß weiter tippte. Abgesehen davon, dass sie mit diesem Gerät auf Kriegsfuß stand, ignorierte sie seine Bemühungen konsequent. Er hätte ohnehin ihre Hilfe nicht annehmen können, wenn er gegenüber dem Capitano nicht in einem schlechten Licht dastehen wollte, war er es doch, der den Auftrag vom Capitano erhalten hatte.

Sie würde dichthalten, persönliche Eitelkeiten waren nicht ihre Sache. Dann hätte sie niemals einen Mann wie Emilio ehelichen dürfen. Sie nickte dem Sergente anerkennend zu. Er jedoch war so in sein Tun vertieft, dass er es gar nicht mitbekam.

Er wird sich mit deinen Federn schmücken. Ich hoffe, das ist dir bewusst. Hauptsache, er konnte seinem Schwein Gesellschaft leisten. Als kleines Dankeschön wird er nachher wieder mit den Augen rollen. Unverantwortlich, der Kerl. Kein aufrechter Mann lässt eine Frau allein in diese Gegend gehen. Dir hätte sonst etwas passieren können. Wer weiß, womöglich hast du dich auch mit irgendetwas angesteckt? Man hört doch so einiges.

Claretta hatte anderes im Sinn, als auf das Geschwätz von Emilio einzugehen. Die Stiefel des Capitano benötigten dringend eine neue Sohle, und er hatte sie gebeten, sich darum zu kümmern. Außerdem grübelte sie noch immer über die Erlebnisse vom gestrigen Nachmittag. Sie hatte auf dem Weg von den Armenhäusern nach Hause einen kleinen Umweg über den Hafen genommen, allein um sich – so hatte sie es sich zumindest eingeredet – das Hotel anzusehen, das Signora Giulietta erwähnt hatte. Aber natürlich hatte sie mehr getrieben als die vermeintlichen Hirngespinste einer alten hinfälligen Frau. Das sanfte Plätschern der Wellen, wenn sie gegen die vertäuten Boote schlugen, der knatternde Wind und der strenge Geruch nach Tang fühlten sich für sie wie eine Zeitreise in eine andere, längst vergangene Welt an.

Sie kannte diesen Ort, seit sie ein kleines Mädchen war, unzählige Stunden hatte sie am steinigen Strand gesessen und auf die Rückkehr der Fischer gewartet, erst auf ihren Vater und später dann auf Emilio. Noch heute spürte sie ihr Herz wie wild schlagen, wenn sie nur daran dachte, wie die Männer langsam Richtung Land geschippert kamen, müde von den Strapazen des Tages, aber auch stolz auf ihren Fang oder ihre unversehrte Rückkehr.

Zu einer Fischerfamilie zu gehören, war etwas ganz Besonderes, was niemand nachvollziehen konnte, der nicht hineingeboren war. Obwohl sie schon einige Wochen nicht mehr unten bei den Booten gewesen war, hatte sich nichts verändert. Auch das besagte Hotel fand sie genauso verlassen und baufällig vor, wie sie es in ihrer Erinnerung gehabt hatte. Jedoch machte sie eine Sache stutzig. Es war das schwarze Schild, das mit geschwungenen goldenen Buchstaben auf den Verkauf der Immobilie hinwies und zugleich auch den Namen und die Telefonnummer des Maklers kundtat. Sein Name war Eduardo Tassone gewesen.

»Einen schönen Tag, Signora Claretta«, salutierten die beiden Wachmänner fast gleichzeitig, kaum, dass sie einen Fuß auf den Gehweg gesetzt hatte. Dazu nahmen sie in einer erstaunlichen Schnelligkeit Haltung an, dass man meinen konnte, der Capitano oder mehr noch der Inspektor wäre herausgetreten.

Claretta lächelte ihnen freundlich zu und ging eilig ihres Weges, wobei sie einen Hauch von Glückseligkeit verspürte. Die anfängliche Scheu, um nicht zu sagen Skepsis der Männer hatte sich mit ihrem gestrigen

Auftauchen im Lagerraum zu einer fast schon liebenswürdigen Achtung gewandelt, die sie ehrlich freute und auch ein bisschen stolz machte. Sie hatte instinktiv das Richtige getan und war dadurch, so hoffte sie zumindest, ein klein wenig ein Teil dieser Mannschaft geworden. Ob man das bei einer Frau überhaupt so sagen konnte, wusste sie nicht, aber hier dazuzugehören fühlte sich gut an.

Jetzt bilde dir bloß nichts ein, nur weil die Burschen eine halbwegs anständige Kinderstube genossen haben.

»Ich bin glücklich, Emilio, egal, was du sagst«, erwiderte Claretta, während sie die Stiefel des Capitano fest an sich drückte. »Außerdem ist die erste Woche bald geschafft, und dann bekomme ich mein eigenes Geld.« Sie beschleunigte ihre Schritte, verkniff sich nur mühevoll einen übermütigen Hüpfer, stoppte an zwei oder drei Geschäften, um sich kurz die Auslagen anzusehen, und bog schließlich flott in die nächste Straßenecke ein.

»Doktor Solowjow! Andrej!« Fast wäre sie direkt in den Freund hineingelaufen. Das Schuhwerk des Capitano fiel zu Boden. »Entschuldigung«, sagte sie. »Ich war in Gedanken und auch viel zu schnell. Es tut mir leid. Das ist sehr unhöflich, jemanden so zu überrennen.«

Solowjow sah es offensichtlich anders, ihm stand das Wohlgefallen über die unerwartete Begegnung ins Gesicht geschrieben. Er bückte sich, um die Schuhe aufzunehmen, betrachtete sie mit einem gewissen Interesse, aber ohne dabei übermäßig neugierig zu erscheinen. »Es ist mir nichts passiert, nur dass ich mich freue, Sie zu sehen!«, sagte er und kam ein Stückchen näher auf sie zu. »Gibt es in unserer Sache schon Neuigkeiten? Sie kommen doch von der *Stazione*, oder?« Ein verstohlener Blick nach allen Seiten folgte.

Was meint der Bolschewik damit, Claretta?, brüllte Emilio zornig.

Clarettas errötete leicht. »Nein. Leider.«

»Zu schade«, entgegnete er. »Ich muss zugeben, wenn einen das kriminalistische Fieber erst gepackt hat, dann bekommt man es nur schwer wieder los.« Er zwinkerte ihr zu. »Eine höchst interessante Arbeit haben Sie da. Kompliment!« Er lächelte wie jemand, der einem aus ganzem Herzen nur Gutes wünschte.

Der hat ein ganz anderes Fieber. Und das sitzt viel tiefer.

Claretta hatte schon den Mund geöffnet, um Emilio zurechtzuweisen, da stand plötzlich Giovanni neben ihnen.

»Störe ich?«, fragte er sichtbar erzürnt und unter Verzicht auf jegliche Anstandsnormen.

Na endlich, Giovanni. Ich hatte schon befürchtet, du kommst zu spät.

Doktor Solowjow grüßte freundlich. »Ich habe Ihrer Schwester gerade erzählt, dass ich bei einem solch herrlichen Wetter gar nicht umhinkomme, mir in meiner Mittagspause etwas die Beine zu vertreten.« Er blinzelte sichtbar vergnügt in Richtung Sonne.

»Ach, ist das so?«, entgegnete Giovanni überaus abweisend und ohne Claretta aus den Augen zu lassen, mit denen er sie streng anblickte.

»Ich komme von Monsignore Marini. Er lässt dich grüßen«, flüsterte Claretta eilig. Sie schämte sich für das Verhalten ihres Bruders. »Du sollst dich mal wieder blicken lassen, ganz so, wie du es Mama am Sterbebett versprochen hast.« Claretta wusste genau, dass sich Giovanni überall herumtrieb, aber ein Gotteshaus garantiert nicht zu den Orten gehörte, wo er seine Zeit vertrödelte. Dann konnte es nicht falsch sein, ihm seine unanständige Arroganz auf diese Weise auszutreiben.

So *blöd ist nicht einmal dein Bruder, dass er darauf hereinfällt.*

Giovannis Gesichtszüge entkrampften sich etwas. »Nun gut, wenn er das sagt.« Man konnte ihm ansehen, dass ihm diese offene Flanke nicht behagte. Giovanni war zwar ansonsten ein harter Knochen, aber das Wort seiner Mutter und auch ein bisschen das eines Gottesmannes flößte ihm Respekt ein. Der Anflug von Demut währte jedoch nicht sonderlich lange. Denn im nächsten Moment betrachtete er den Doktor argwöhnisch. »Wie lange wird die Sache mit meiner Schwester denn in Anspruch nehmen?«, fragte er.

Der Doktor hielt Giovannis Blick stand. »Man wird sehen«, entgegnete er. »Es gibt Dinge, die liegen einfach nicht in unserer Hand.«

»Mhm.« Giovanni schaute kurz auf Claretta und dann wieder auf den Doktor. »Dann wollen wir mal sehen«, stieß er hinter zusammengepressten Zähnen hervor.

Der Doktor nickte. »Bitte entschuldigen Sie die Eile. Meine Patienten warten.« Er schwenkte kurz einmal mit den Stiefeln. »Und vorher muss ich noch schnell zum Schuster. Die Sohlen lösen sich immer so schnell. Ich weiß selbst nicht, wie ich das hinbekomme.«

Erst jetzt schien Giovanni das Paar Stiefel in der Hand

des Doktors zu bemerken. »Militärstiefel?«, fragte er neugierig und rümpfte die Nase.

»Es gibt nun mal Erinnerungsstücke, von denen kann man sich einfach nicht trennen«, antwortete der Doktor. »Die bleiben an einem kleben und man kann nicht anders, als sie immer und immer wieder zu pflegen, dass sie einem ja noch lange erhalten bleiben.«

Giovanni nahm die Zigarette aus dem Mund und spuckte neben sich in die Gosse.

Der Doktor wiederum nutzte den Moment, um sich eilig, aber mit angemessenem Anstand zu entschuldigen. Dann lief er mit festen Schritten davon.

Clarettas Bruder schaute ihm aus schmalen Augen nach, bis er nur einige Häuser weiter in einer der Ladeneingangstüren verschwunden war.

»Der Leninist hat sogar noch seine dreißig Jahre alten Stiefel mitgebracht. Womöglich ist er damit auf dem Roten Platz herummarschiert.« Wieder landete einer seiner Auswürfe auf dem Boden. »Ganz gewiss hat der die Uniform auch noch irgendwo. Solche Umstürzler wollen ja immer vorbereitet sein.« Nun wandte er sich wieder Claretta zu. »Sieh dich bloß vor ihm vor. Der ist im Stande und verschleppt dich nach Sibirien.«

Auf die Idee bin ich überhaupt noch nicht gekommen. Aber die Gefahr besteht, da hat Giovanni recht.

»Das mache ich natürlich«, entgegnete Claretta. »Aber meine Zahnbehandlung würde ich schon noch zu Ende bringen wollen. Immerhin ist er der einzige Zahnarzt hier in Amalfi.« Claretta hatte schon vor langer Zeit gelernt, dass eine Frau mitunter klüger daran tat, sich naiv zu geben. Meist gelang es ihr nur selten, aber jetzt sah es tatsächlich so aus, als ob es geklappt hatte.

Giovanni zog die Mundwinkel nach oben, beugte sich demonstrativ zu ihr hinunter und legte seine Wange kurz an ihre. »Großes Schwesterchen«, witzelte er, umfasste zackig mit einem Arm ihre schmale Taille und hob sie, noch ehe sie sich versah, so weit hoch, dass ihre Nasen sich fast berührten.

Claretta, die soeben noch seine Neckereien sanft erwidert hatte, erstarrte im nächsten Augenblick. Keine fünf Meter hinter Giovannis Rücken trat der Sergente Gabriele aus einem der Ladengeschäfte. Ihm folgte ein untersetzter Herr im beigen Ausgehanzug, der noch auf der Straße damit beschäftigt war, seinen Strohhut zu richten und die Griffigkeit seines Spazierstockes zu prüfen, wobei seine Bewegungen auffallend linkisch wirkten. Das konnte daran liegen, dass der Mann nur selten in Begleitung der Polizei das Haus verließ und entsprechend wenig Übung darin hatte. Oder er hatte schlichtweg Angst, was Claretta angesichts dessen, was sie in seinem verschwitzten Gesicht ablesen konnte, naheliegender schien. Sergente Gabriele wiederum stolzierte mit gen Himmel gestrecktem Kinn und einem von Zufriedenheit strotzenden Blick. Ganz offenkundig hatte er gerade einen Coup gelandet oder glaubte es zumindest. Aber was war bloß passiert? Claretta hatte doch kaum erst vor ein paar Minuten die *Stazione* verlassen.

»Claretta? Geht es dir gut?« Giovanni schaute sie besorgt an, und so wie seine Frage klang, hatte er sie bereits mehrfach gestellt. Noch dazu musste er sie wieder losgelassen haben, denn sie stand mit beiden Beinen auf dem Pflaster. »Wo stierst du denn hin? Man könnte ja meinen, du hättest einen Geist gesehen. War es Emilio? Hast du Emilio gesehen, Claretta?«

Wieso denn ausgerechnet mich? Ich bin doch kein Geist!

Giovanni folgte mit seinen Augen Clarettas starrem Blick. Dass der Sergente mit seinem Begleiter schnurstracks in Richtung *Stazione* verschwand, konnte ihm nicht auffallen, dafür herrschte viel zu viel Trubel auf der Piazza. »Claretta, man möchte fast meinen, du stehst ein wenig neben dir. Soll ich dich nach Hause bringen?«

Claretta jedoch war nur selten so entschlossen wie in diesem Augenblick. »Da war Francesca. Meine Güte, die habe ich ewig nicht gesehen«, murmelte sie, umarmte ihren Bruder flüchtig und ließ ihn stehen. »Wir sehen uns heute Abend, Giovanni«, sagte sie noch. »Ich muss einfach wissen, wie es um Francescas Ehe mit diesem reichen Deutschen steht. Das ist alles so aufregend.«

»Francesca? Ein *Tedesco*?« Giovannis Speichel klatschte abermals auf die Steine. »Das machst du mal schön allein. Ich habe ohnehin noch etwas vor.«

Dachte ich es mir doch. Claretta schmunzelte in sich hinein. Dann steuerte sie zielgerichtet auf das Geschäft zu, aus dem der Sergente Gabriele gerade gekommen war. »Eduardo Tassone, Immobilienbüro« stand auf dem Schaufenster geschrieben. »Das war er also«, murmelte sie vor sich hin. Im nächsten Moment drückte sie auch schon die Klinke hinunter und trat begleitet von dem lauten Scheppern einer Türglocke ein. Manchmal durfte man einfach nicht zu lange über sein Handeln nachdenken, sagte sie sich erfreut über ihre Entschlossenheit. Giovanni jedenfalls war sie jetzt erst einmal los. Dafür stand sie nun vor einer fremden Dame, die sich gerade die Augen ausheulte und die, so wie es aussah, unter Garantie ihr Herz ein wenig erleichtern wollte.

***

Signore Eduardo Tassone hockte mit herunterhängenden Schultern in der kleinen Abstellkammer der *Stazione* und wartete. Immer wieder zog er ein riesiges weißes Stofftaschentuch hervor und fuhr sich damit über seine rot glänzende fliehende Stirn, den Mund und auch den Hals. Kaum hatte er jedoch das Tuch wieder in der Tasche seines Sakkos verstaut, begann die Prozedur von vorn. Der Signore fühlte sich sichtlich unwohl, wobei die Tatsache, dass er nun schon eine geschlagene Stunde hier ausharren musste, die Angelegenheit für ihn noch unerträglicher zu machen schien.

»Haben Sie ihn gesehen, Signora Claretta?« Sergente Gabriele steckte seinen Kopf zum Büro des Capitano herein. Er schien dringlich auf Clarettas Rückkehr gewartet zu haben, um sie mit seinem Triumph konfrontieren zu können. »Das ist Eduardo Tassone«, flüsterte er. »Er wollte angeblich unseren Bauern das Hotel am Hafen verkaufen, das mit den grünen Fensterläden. Sie erinnern sich?« Offenbar war ihm die Antwort darauf nicht so wichtig, denn er redete sogleich weiter. »Er sagt, am Dienstag wäre sogar der Notartermin dafür gewesen. Kann man das glauben? Wenn Sie mich fragen, ist das ein ziemlich zwielichtiges Kerlchen. Deswegen habe ich ihn gleich mitgebracht. Der Capitano wird mir für diese Effizienz dankbar sein.« Er hielt inne. »Das meinen Sie doch auch, Signora Claretta, nicht wahr?«

Claretta, die gerade damit beschäftigt war, die fehlenden Knöpfe an den Oberhemden des Capitano anzunähen, lächelte ihn sanftmütig an. Nichts, was der Sergente ihr gerade erzählt hatte, war neu für sie. Wie sollte es auch?

»Ist der Capitano noch immer nicht vom Mittagessen zurück?«, wollte der Sergente wissen. Offenkundig konnte er es kaum erwarten.

Claretta verneinte, legte das Nähzeug beiseite, ging zum Schrank und nahm ein Glas heraus.

Er senkte enttäuscht den Kopf. »Dabei bin ich sicher, dass der Mann etwas mit dem Fall zu tun haben könnte.«

Sie beide wussten, dass dies den Capitano auch nicht von einer ausgiebigen Mittagsmahlzahl nebst drei, vier Gläsern Landwein abhalten würde. Alles benötigte seine Zeit, vor allem die Sardinen mit Knoblauchöl.

»Er wird schon kommen«, erwiderte Claretta einfühlsam und bedeutete ihm, dass sie hinaus auf den Flur gehen wollte. Er machte umgehend Platz und beobachtete schweigend und durchaus ein wenig irritiert, wie sie das Glas am Waschbecken füllte und es dem Wartenden brachte, der es dankbar entgegennahm.

»Ich gehe dann mal zurück in mein Büro«, murmelte der Sergente, rührte sich jedoch nicht vom Fleck.

»Wie ist es Ihrem Schwein ergangen?«, fragte Claretta, um ihn etwas abzulenken.

»Mhm. Ja. Danke«, erwiderte er nachdenklich und ging davon.

Claretta schaute ihm noch kurz nach, wie er die Treppe heruntersteig. Dann begab sie sich wieder an ihren Tisch zurück. Das Nähzeug sollte verschwunden sein, wenn der Capitano zurückkam. Nachher brachte ihn das noch auf die Idee, dass sie seine Strümpfe ebenfalls stopfen sollte oder schlimmer noch, sie kicherte leise, seine Leibwäsche. Jede Frau, die einmal verheiratet war, wusste doch, wie es um die Wochentagsunterhosen eines Mannes bestellt war.

Schäme dich für derartige Gedanken!

Claretta schämte sich nicht, sie grübelte. Signora Giulietta war zweifelsohne eine betagte Frau, dazu noch wirr, aber den Eduardo, den sie erwähnt hatte, der existierte tatsächlich. Und nach allem, was Claretta von dessen Ehefrau erfahren hatte, die völlig aufgelöst war und ihr tatsächlich noch im Laden ihr Herz ausgeschüttet hatte, standen er und der Bauer Tommaso Russo kurz vor einem Vertragsabschluss über den Kauf des besagten Hotels am Hafen. Dafür sollte, so hatte es die Frau ebenfalls berichtet, schon eine Anzahlung geflossen sein, die sie nun, da das Geschäft nicht zustande kommen konnte, zurückzahlen mussten. Für die Tassones, deren Immobiliengeschäft noch in den Anfängen steckte, bedeutete das einen herben Schlag. Und als ob das allein nicht schon schlimm genug gewesen wäre, sahen sie sich mit dem Auftauchen des Sergente Gabriele nun auch noch in eine Mordgeschichte verwickelt, mit der sie laut Signora nicht das Geringste zu tun hatten. Allein der Anschein jedoch hatte vor allem ihren Mann, der an einem schwachen Herzen litt, zutiefst getroffen, und die verzweifelte Signora hatte sich in den schlimmsten Farben ausgemalt, was nun alles auf die Familie zukommen könnte.

Wer in Gottes Namen ist bei uns in der Lage dazu, ein Haus zu kaufen, noch dazu über einen Makler? Die Leute kommen immer auf Ideen.

»Eduardo Tassone rechnet mit ausländischen Investoren, reiche Amerikaner oder Engländer, die hier bei uns an der Küste Ferien machen wollen. Das sagt zumindest seine Frau«, erklärte Claretta geduldig. Emilio hörte des Öfteren nicht richtig zu, da musste man nachsichtig sein.

Ein eigenes Haus nur für die Ferien?

»Seine Frau sagt, Signore Tassone wäre schon immer seiner Zeit voraus«, antwortete Claretta, während sie den Zwirnfaden in ihrem Mund anfeuchtete, um ihn leichter durch das Nadelöhr schieben zu können. »Und es muss wohl auch schon geklappt haben, also ein oder zwei Mal.«

Der Kerl hätte besser daran getan, in seiner Zeit zu bleiben und einen ordentlichen Beruf auszuführen. Das sind doch Spinnereien!

Claretta war fast geneigt, Emilio zuzustimmen. Immerhin müsste sich die Signora dann jetzt womöglich nicht so viele Sorgen machen. Die Anzahlung jedenfalls hatten die Tassones längst ausgegeben, bei fünfzehn Kindern war das durchaus keine Schwierigkeit. Claretta wusste sehr wohl, was allein vier kosteten, und sie beneidete die Frau nicht.

Und diese toten Bauern wollten ins Hotelgeschäft einsteigen?

Claretta verdrehte die Augen. Carmela und Tommaso

hatten vor, ihr eigenes Hotel zu eröffnen, fernab von dem kargen, armseligen Dasein der Milchbauern, was sie bislang auf ihrem Berg gefristet hatten. Auch sie schienen sich von den hin und wieder in dieser abgelegenen Region Italiens auftauchenden Feriengästen so einiges versprochen zu haben. Dahingehend hatte Giulietta ebenfalls nichts durcheinandergebracht. Überdies passte der Plan hervorragend zu dem, was Signora Emilia, Giuliettas Wirtin, über Tommasos Wesen erzählt hatte. Dass die Millionen, die die Carabinieri im Haus der Proiettis gefunden hatten, eigentlich den toten Bauern gehört haben mussten, darin bestand nunmehr für Claretta kaum noch ein Zweifel. Die üppig gefüllte Speisekammer und schlussendlich auch die großzügigen Almosen an Signora Giulietta deuteten durchaus darauf hin, dass Tommaso zu sehr viel Geld gekommen sein musste, zumindest wesentlich mehr, als man ihm auf den ersten Eindruck zugetraut hätte. Es war also naheliegend, ihm die bei seinen Nachbarn beschlagnahmten zehn Millionen Lire zuzuschreiben, zumal es sich dabei unter Garantie um das Geld handelte, mit dem er das Hotel bezahlen wollte. Damit war zwar die Frage noch nicht geklärt, wie er so eine Summe angehäuft hatte, aber immerhin gab es nun einen handfesten Anhaltspunkt für den Mord. Für die Proiettis wiederum hatte sich die Situation merklich verschlechtert. Denn der Capitano würde nun erst recht seine Theorie von einem Raubmord bestätigt sehen.

»Claretta! *La piccola Bambina!*« Unerwartet stand der Capitano in seinem Büro, und wie er daherkam, hatte er seine Mittagspause vollumfänglich genossen. Die glasigen Augen, das breite Grinsen und der schlampig geschlossene Uniformrock immerhin sprachen dafür. »Und wie fleißig sie schon wieder ist«, jubilierte er, während er zu seinem Arbeitsplatz wankte, um sich schließlich mit schweren Knochen auf den Stuhl fallen zu lassen. »Was würde ich nur ohne Sie tun? Könnten Sie mir bitte flugs einen starken Espresso machen. Ich glaube, die Hitze ist mir zu Kopf gestiegen.« Er legte sich die flache Hand gegen die Stirn, sodass er gerade noch darunter hervorblinzeln konnte, und schaute Claretta mit dem flehendleidlichen Blick eines Kindes an.

Claretta eilte davon, um seiner Bitte nachzukommen, und als sie wenig später wieder den Raum betrat, stand der Sergente Gabriele schon vor dem Schreibtisch des Capitano und berichtete in heller Aufregung, was er in Erfahrung gebracht hatte.

»Ein Hotel sagen Sie?«, murmelte der Capitano mit sichtbarer Unlust, den Blick aus dem Fenster gerichtet und unter schwerer Mühe, die Lider offen zu halten. »Die Bauersleute?«

Der Sergente, der das Protokoll vor sich hielt, nickte eilfertig. Dabei schien er sich unschlüssig darüber zu sein, ob er dem Capitano die Niederschrift unverlangt auf den Tisch legen konnte. »Es gibt Zeugen«, hob der Sergente bemüht an. »Einer wartet schon draußen auf seine Befragung.«

»Jetzt?« Die Stimme des Capitano klang schrill und wenig begeistert.

Gabriele fing sichtlich an zu schwitzen. »In einem Mordfall darf man keine Zeit verlieren, so sagen Sie doch immer, Capitano«, entgegnete er nun fast schon jammervoll. »Daher dachte ich, es ist angezeigt, den Mann umgehend hierherzubeordern.«

»Aber in den Nachmittagsstunden?« Der Capitano gähnte ausgiebig und machte keinerlei Anstalten, dass er jetzt gewillt war, jemanden zu befragen.

Schweigen.

»Gestatten Sie, dass ich den Gefangenen noch einmal einen dünnen Kaffee bringe, Capitano?«, mischte sich Claretta ein. »Das wäre eine durchaus großzügige Geste, zumal Sie die Proiettis heute höchstwahrscheinlich der Tat überführen. Und ich weiß zwar nicht, wie es in einem Gefängnis zugeht, aber so guten Kaffee wie bei uns bekommt man dort bestimmt nicht.«

Der Capitano horchte auf. »Heute noch? Das erscheint mir nicht unmöglich«, nuschelte er schmatzend vor sich hin. »Das würde dann eine umgehende Meldung an den Maggiore nach sich ziehen, nachdem er kaum hier gewesen ist.« Ein lang gezogenes, aber weniger abweisendes »Mhm« folgte.

Eine kurze Weile später stieg der *Allievo* mit drei Kaffeetassen hinunter in den Keller, während der Capitano in akkurater Kleidung und mit halbwegs munteren Augen den vor ihm sitzenden Makler Eduardo Tassone begutachtete.

»Und Sie wollten also diesen arglosen Bauern ein Hotel aufschwatzen?«, fragte der Capitano ohne großartige Umschweife.

Signore Tassone schien nicht so recht zu wissen, wie ihm geschah. Seine Mundwinkel zuckten nervös, und wenn er sich nicht konsequent an seinen Spazierstock geklammert hätte, wäre er ihnen womöglich nach den ersten Minuten vom Stuhl gekippt. Überhaupt machte er einen ziemlich kläglichen Eindruck, zumal er sich offenbar nicht einmal dazu in der Lage sah, die Frage des Capitano zu beantworten. Stattdessen starrte er unentwegt auf den Fußboden und schüttelte den Kopf, als könnte er absolut nicht nachvollziehen, warum man ihn in die *Stazione* mitgenommen hatte.

Dabei fragte sich Claretta, ob es wohl Signore Tassone gewesen sein könnte, den die Nachbarin Proietti nur wenige Tage vor der Tat in der Nähe des Hauses der Opfer gesehen haben wollte. Immerhin war es möglich, dass der Makler seine Kunden besuchte, um die noch ausstehenden Feinheiten des Kaufvertrages zu besprechen. Der Signore war zwar nicht sonderlich groß, und seine spärliche Haarpracht leuchtete bestimmt nicht golden, aber er war gewisse ein Mann mit modischem Geschmack und ansprechendem Äußeren. Und wer sagte ihr denn, dass Anna nicht etwas dazugesponnen hatte, um sich wichtigzumachen? Mal abgesehen davon war noch nicht einmal sicher, dass sich die Geschichte überhaupt so zugetragen hatte.

»Signore?« Der Capitano zeigte sich ungewöhnlich geduldig und zu Scherzen aufgelegt. »In einer polizeilichen Befragung wird gesprochen, also normalerweise. Es sei denn, ich entschließe mich zum Gegenteil. Derzeit tue ich das aber nicht!«

Signore Tassone räusperte sich angestrengt. Dann endlich begann er zu reden. »Vor etwa acht Wochen hat mich

Signore Russo aufgesucht und mir seine Kaufabsichten angetragen«, erklärte er mit belegter Stimme.

»Er ist zu Ihnen gekommen?«, fragte der Capitano zweifelnd.

»Natürlich«, entgegnete der Signore unsicher, worauf der Capitano hinauswollte. »Er ist gekommen, um mich nach dem Preis der Immobilie zu fragen. Den habe ich ihm genannt, und wir sind relativ zügig handelseinig geworden. Er wollte natürlich das Gebäude vorher noch besichtigen, aber das schien mir nichts weiter als eine reine Formsache.«

»Aha, eine Formsache also«, kommentierte der Capitano mit spitzen Lippen.

»Ja. Er wirkte auf mich absolut entschlossen, zumal er auch schon das Geld für eine Anzahlung dabeihatte«, entgegnete Tassone.

»Was kostet denn so etwas?«, wollte der Capitano wissen.

»Fünfzehn Millionen Lire«, gab Signore Tassone knapp zurück, wobei er das mitschwingende Bedauern schlecht verbergen konnte. »Vier Millionen hat er bereits angezahlt.« Beim letzten Satz versagte ihm fast die Stimme.

Dem Capitano schien förmlich der Mund offen stehen zu bleiben. Damit hatte er augenscheinlich nicht gerechnet. »Und das hatte alles seine Richtigkeit?«, fragte er nach.

»Selbstverständlich«, entgegnete Signore Tassone und schien Stück für Stück ein wenig Selbstsicherheit zurückzugewinnen. »Er hat es mir in bar übergeben, und ich habe ihm eine ordnungsgemäße Quittung ausgestellt. Sie können gern Einsicht in meine Buchführung nehmen.«

Der Capitano machte eine abweisende Handbewegung und bedeutete dem Sergente mittels eines schnellen Blickes, dass er genau das von ihm erwartete. Dann fixierte er Signore Tassone mit schmalen Augen, und je länger er es tat, umso unruhiger schien der Makler zu werden. »Und Sie haben sich nie gefragt, wie ein armer Milchbauer diese stattliche Summe aufgetrieben hat? Der Milchverkauf kann kaum so einträglich sein. Vielleicht bei tausend Kühen, aber wer …?« Er lachte schallend. »Tausend. So viele habe ich in meinem ganzen Leben noch niemals auf einem Haufen gesehen.« Ein undefinierbares Grunzen folgte. »Nun ja, das kam Ihnen nicht irgendwie seltsam vor?«

»Nein.« Signore Tassone wirkte, als würde er sich nicht einmal jetzt diese Frage stellen. »Ich frage meine Kunden nicht, wo sie ihr Geld herhaben. Das empfinde ich als unanständig. Ich vertraue den Menschen, die zu mir kommen«, ergänzte er. »Signore Russo schien mir ein sehr ehrenwerter Mann zu sein, freundlich, umgänglich und mit einem klaren Blick auf die Chancen, die ihm geboten wurden.«

»Welche Chancen?«, hakte der Capitano nach.

»Das Hotel verfügt über acht Fremdenzimmer«, antwortete der Signore. »Die Lage direkt am Hafen und mit einem unverstellten Blick hinaus auf die See kann einem ein Vielfaches der Investition einbringen. Und die Feriengäste werden kommen, da bin ich mir gewiss.«

»Wann? Wer? Wieso?«, wollte der Capitano wissen, und man konnte ihm an der Nasenspitze ablesen, dass er die Meinung Tommasos für ausgemachten Blödsinn hielt. »Für meine Begriffe hat diese Stadt genug Unterkünfte für irgendwelche Feriengäste.« Er hob die Oberlippe. »So etwas macht nur Ärger. Wissen Sie, was wir allein täglich an Anzeigen über gestohlene Handtaschen haben? Ich weiß auch nicht, wieso die reichen englischen Damen ihren halben Hausstand, vor allem den Schmuck, mit an den Strand schleppen müssen. Na ja, womöglich haben sie Sorge, dass er ihnen in ihrer Unterkunft geklaut wird.« Er schmunzelte. »Das würde ihnen im Zweifel alles erspart bleiben, wenn sie auf ihrer Insel bleiben würden.«

»Ich kann nicht sagen, wie sich der Gästebetrieb in Amalfi entwickeln wird, aber ich bin überzeugt davon, dass er es tun wird«, erwiderte der Signore. »Schon jetzt gibt es Menschen, die die Schönheit unserer Küste zu schätzen wissen und dafür auch bereit sind, gutes Geld zu zahlen. Das war vor dem Krieg so, und das wird auch jetzt so sein.«

»Aber so viele, dass man gleich ein ganzes Hotel kaufen muss?«, fragte der Capitano voller Unverständnis. »Und was wollen die denn hier sehen? Die Sonne scheint überall in Italien. Nun, es geht mich ja auch nichts an. Jeder soll mit seinem Geld tun und lassen, was er möchte. Vorausgesetzt natürlich, es handelt sich um sein Geld.«

Pause.

»Vier Millionen Lire haben Sie also schon bekommen?«, fragte der Capitano weiter.

Der Signore nickte bedächtig.

Der Capitano machte schmale Augen. »Wenn Signore Russo vom Kauf des Hotels zurückgetreten wäre, sagen wir mal, weil er etwas Besseres gefunden hätte, was wäre dann passiert?«

Er war doch tatsächlich ein Schlitzohr, an diese Möglichkeit hätte Claretta niemals gedacht.

Natürlich nicht.

»Wenn der Kauf nicht zustande kommt, wird die Anzahlung zurückerstattet, also bis auf eine kleine Verwaltungsgebühr von zweihunderttausend Lire. Von irgendetwas muss unsereins ja auch leben.«

»Und wenn man das Geld nicht hat«, hob der Capitano an, »dann entledigt man sich einfach der Gläubiger.« Er rieb sich die großen Hände.

Signore Tassone riss den Kopf nach oben. In seinem Gesicht stand die nackte Fassungslosigkeit. »Ich habe fünfzehn Kinder«, japste er. »Meinen Sie, ich will denen nichts Besseres hinterlassen als einen Vater, der den Rest seines Lebens im Gefängnis sitzt? Wissen Sie, welche Ungeheuerlichkeit Sie mir hier zu unterstellen versuchen?«

Der Capitano zuckte gleichgültig mit den Schultern. »Ich bin tagtäglich von dieser Art Ungeheuerlichkeit umgeben. Und Sie glauben nicht, für wie ehrenwert die Leute sich halten, die sie begehen. Noch dazu habe ich keine Kinder, aber ich glaube, wenn ich welche hätte«, ein flüchtiger Blick streifte Claretta, »würde ich denen in erster Linie Geld und nicht meinen makellosen Ruf hinterlassen wollen. Die Zeiten sind hart, vor allem für Sentimentalitäten.«

Der Signore ließ das Kinn auf seine Brust sinken. »Fragen Sie mich nach meinem Alibi«, forderte er.

Der Capitano erfreute sich sichtbar daran. »Endlich mal ein Mann, der weiß, worauf es ankommt. Wo waren Sie am Dienstag, zwischen ein und fünf Uhr nachmittags?«, flötete er.

Die Mimik des Signore entspannte sich. »In meinem Büro. Um diese Zeit habe ich immer geöffnet.«

»Zeugen?«, entgegnete der Capitano.

»Eine englische Familie, also Kundschaft«, entgegnete der Signore kraftlos. »Und meine Frau.«

»Was es alles gibt«, kommentierte der Capitano. »Die werden wir wohl fragen müssen.« Ein erneuter auffordernder Blick zum Sergente folgte. »Die Frau nicht. Keine gute Ehefrau würde etwas behaupten, was ihrem Mann schaden könnte. Sie haben doch eine gute Ehefrau, Signore Tassone?«

Die Frage sowie sicherlich auch alles andere überforderte den Signore. »Aber …«, wagte er zu widersprechen, hielt aber gleich wieder inne. »Die Walkers wohnen in der Stadt«, murmelte er. »Ich schreibe Ihnen die Adresse auf.« Er seufzte, wobei er das nun mittlerweile schon durchfeuchtete Taschentuch in seinen Händen knetete, als handelte es sich um einen Pizzateig.

Der arme Mann, dachte Claretta. Er schämt sich bestimmt ganz fürchterlich, wenn seine Kunden ihm ein Alibi geben müssen. Noch dazu, wenn es sich um feine Engländer handelt.

Der Capitano nahm das Angebot des Signore wohlwollend zur Kenntnis. »Nur so aus Neugier«, hob er an. »An was sind die Engländer denn interessiert?«

Signore Tassone tat sich offenbar schwer mit der Antwort. »An einem kleinen Bauernhaus in den Bergen«, nuschelte er zögerlich. »Sie lieben die Einsamkeit und die Natur, das Ursprüngliche.«

»So wie bei den Milchbauern, was?« Der Capitano amüsierte sich sichtbar über seine Bemerkung.

»Ja«, entgegnete der Signore, und man konnte ihm ansehen, dass genau dies sein Ansinnen war. Allerdings schien er zu ahnen, dass sich auch dieses Geschäft mit dem Tod der beiden Bauern zerschlagen würde. »Das Gute am Reichtum ist, dass man sich auch bewusst für Armut entscheiden kann, wenn einem der Sinn danach steht. Andersherum wird es schwieriger.« Er versuchte sich in einem Lächeln, das jedoch misslang.

Claretta machte große Augen. Signore Tassone verkaufte den Leuten Dinge, die sie eigentlich nicht brauchten, noch dazu für teuer Geld. Der Mann schien sein Handwerk wirklich zu verstehen.

Der Capitano stutzte. »Der Bauer kauft das Hotel, und die Engländer seine Hütte – wollen Sie das damit sagen?« Der Groschen war nun auch bei ihm gefallen.

»Nun ja nicht mehr«, entgegnete Signore Tassone.

Der Capitano schlug sich mit den flachen Händen auf die Schenkel. »Na, Sie sind mir ja einer!«, rief er aus. »Dann sagen Sie Ihren Kunden bloß nicht, was sich da oben zugetragen hat. Es soll ja Leute geben, die ein bestialischer Mord abschreckt.« Im nächsten Moment kam er auf eine Sache zurück, die ihn offenkundig noch mehr beschäftigte. »Der Bauer hat in bar bezahlt, sagen Sie?«

Der Signore hob und senkte den Kopf.

»Und Sie haben wirklich keine Ahnung, wo der Mann

diese Reichtümer aufgetrieben hat?«, hakte er nach. »Manche protzen mit so etwas oder sind auch sonst besonders mitteilungsbedürftig. Tommaso Russo war nichts davon?« Er beugte sich weit über seinen Tisch und zwinkerte dem Makler fast schon vertraut zu. »Ich kann mir vorstellen, dass ein armer Milchbauer, der sich unter die Hotelbesitzer begeben will, ziemlich etwas zu erzählen hat?«

Die Nachfrage schien bei seinem Gegenüber irgendetwas auszulösen. Der Signore jedenfalls begann, unschlüssig an dem Kragen seines Hemdes zu nesteln. »Es ist schon eine Weile her, und es muss auch nichts zu bedeuten haben …«, hob er an.

Der Capitano formte mit seiner rechten Hand eine Muschelschale und hielt sie sich zum Zeichen seiner Aufmerksamkeit demonstrativ hinter das Ohr.

»Kurz nach seinem ersten Besuch in meinem Büro habe ich Signore Tommaso auf dem Postamt in Salerno getroffen.« Es war offenkundig, dass dem Signore diese Form der Indiskretion nicht gefiel. »Er hat am Schalter neben mir gestanden … Er hat mich nicht bemerkt, ganz sicher nicht. Womöglich hat er mich nicht einmal erkannt. Ich bin für gewöhnlich nicht so auffällig, dass ich den Menschen sofort im Gedächtnis bleibe.« Er schluckte. »Die Summe, die der Angestellte ihm ausgehändigt hat, war beträchtlich.«

»Mhm.« Der Capitano rieb sich mit dem Handrücken das Kinn. »Eine Postanweisung, würde ich meinen«, sagte er. »Viel Geld sagen Sie?«

»Ich bin während des Zählens gegangen. Deswegen

kann ich leider nichts über die Gesamtsumme sagen, aber ich weiß, dass ich sehr erstaunt war.«

»Und diese Beobachtung hat Sie im Laufe Ihrer Geschäftsverbindungen nicht misstrauisch werden lassen?«, fragte der Capitano nach.

»Wie ich bereits sagte, es gab mit Signore Russo keine Unkorrektheiten. Alles andere geht mich nichts an«, erklärte der Signore. »Aber ich gebe zu, dass mich dieses Ereignis auch ein wenig beschäftigt hat. Dass ein Milchbauer ein Hotel erwerben will, kommt nicht allzu oft vor. Aber ich habe mir dann gesagt, dass er womöglich irgendwo einen reichen Onkel hat, der ihn mit Geld versorgt oder vielleicht auch vererbt hat.«

Der Capitano nickte wissend. »Natürlich hat er das Geld nicht auf sein Bankkonto geschafft«, murmelte er seine Gedanken vor sich hin. »Ich habe zwar noch nie gehört, dass so einfache Leute über ein eigenes Bankkonto verfügen, aber wenn es Milchbauern gibt, die Hotels kaufen wollen …« Er zuckte mit den Schultern, wobei seine Erheiterung nicht zu übersehen war.

»Er hatte kein Konto«, antwortete der Signore nahezu kleinlaut und ohne gefragt worden zu sein. »Ich habe ihn danach gefragt, als es um die Anzahlung des Hotels ging. Mir wäre es lieber gewesen, eine solche Summe nicht bar herumzutragen. Deswegen habe ich ihn nach einem Scheck gefragt. Darauf sagte er mir, dass er so etwas nicht besäße, zumal er ja nicht einmal ein Konto hätte.«

»Aber eine Kaffeedose«, bemerkte der Capitano gedankenverloren.

Der Signore konnte ihm offensichtlich nicht folgen,

aber das war auch nicht so wichtig. Claretta jedenfalls wusste, von was der Capitano redete.

***

Der Capitano wollte sich die Beine vertreten. Womöglich tat er recht daran, denn für die Proiettis spielte es keine Rolle, ob sie eine Stunde früher oder später zu einer erneuten Befragung aus dem Keller heraufgeholt wurden. So, wie die Dinge standen, würden die beiden ohnehin nie wieder irgendetwas anderes als triste, graue Zellenwände zu Gesicht bekommen. Claretta glaubte nun mittlerweile auch an die Schuld der beiden. Wenn es stimmte und Anna Proiettis Interesse an Tommaso Russo über ein rein nachbarschaftliches Verhältnis hinausging, dann wird sie sich mehr als notwendig in seiner Nähe aufgehalten haben. Es war also nicht unwahrscheinlich, dass sie nebenbei davon Wind bekommen hatte, auf was für einer Summe Tommaso da saß. Dass die Geldgier dann über ihre Zuneigung gesiegt hatte, war traurig und mit nichts zu entschuldigen. Signore Tassone jedenfalls schien außer einem verpatzten Vertragsabschluss nichts mit den Milchbauern zu tun zu haben. Noch dazu hätte er nur profitiert, wenn die beiden am Leben geblieben und das Hotel tatsächlich erworben beziehungsweise auch den Verkauf ihres Hauses über ihn abgewickelt hätten. Momentan jedoch schaute alles so aus, als hätte er auf ganzer Linie verloren. Entsprechend mutlos hatte er vor geraumer Zeit ebenfalls die *Stazione* verlassen, und Claretta konnte nur hoffen, dass er in seiner Familie genug Trost fand, um diesen Rückschlag schnellstmöglich zu überwinden. Sie wünschte es ihm jedenfalls von ganzem Herzen.

Sergente Gabriele hatte sich auf den Weg zu den Engländern gemacht. Auch wenn nichts für den Makler Tassone als Mörder sprach, musste dessen Alibi überprüft werden. In diesem Punkt war der Capitano unerbittlich. Claretta wiederum war nun, obwohl der Nachmittag mittlerweile schon weit genug vorangeschritten war und der Capitano sie vor einiger Zeit nach Hause geschickt hatte, allein im Büro zurückgeblieben. Der Capitano hatte nach seiner Rückkehr die erneute Befragung der Proiettis angesetzt, und die wollte sie unter keinen Umständen verpassen. Noch dazu bot ihr die fast leere *Stazione* die Möglichkeit, sich ein wenig mit der Schreibmaschine vertraut zu machen. Auch weiterhin Doktor Solowjows Hilfe für das Protokoll in Anspruch zu nehmen, war auf die Dauer keine gute Idee. Irgendwann würde sie auffliegen, und das konnte Claretta unter keinen Umständen riskieren. Wenn sie ihre Anstellung behalten wollte, wozu sie mit jedem Tag aus tiefstem Herzen mehr neigte, musste sie das mit den Protokollen irgendwie allein deichseln. Dazu war sie in das Büro des Sergente gegangen, wohl wissend, dass der *Allievo,* der normalerweise auch seinen Platz dort hatte, jede Möglichkeit nutzte, sich unbemerkt von den anderen in den Lagerraum zurückzuziehen. Mit seinen kaum sechzehn Jahren war es normal, dass sein Magen ständig knurrte, noch dazu konnten ihm seine Eltern garantiert nicht annähernd so gute Sachen bieten. Claretta jedenfalls drückte beide Augen zu, und der Capitano, der selbst mehrfach am Tag in diesem Teil der

Stazione verschwand, vermutlich auch. Nun saß sie in dieser winzigen Kammer und arbeitete sich angestrengt Buchstabe für Buchstabe durch die Tastaturreihen. Das war allenfalls besser, als die Maschine wieder im Büro des Capitano und damit in ihrer Nähe zu wissen.

Und du meinst, das macht Sinn? Ich meine, wieso solltest du so ein Gerät bedienen können? Übe lieber die Zubereitung der Arancini. Die könnten besser sein.

»Du musst sie ja nicht mehr essen, und den Jungs schmecken sie«, presste Claretta hinter zusammengedrückten Lippen hervor, wobei sie den Zeigefinger ihrer rechten Hand so fest auf das »E« fahren ließ, dass der Buchstabe viel fetter als die restlichen auf dem Papier erschien. Nach vielen weiteren rabiaten Begegnungen mit dieser Taste ließ sie frustriert die Hände sinken. Selbst wenn sie es hinbekam, das Papier mittels dieser Apparatur zu füllen, garantierte das noch immer nicht, dass sie die Wörter richtig schrieb.

Diese Kenntnisse sind bei einer Frau nebensächlich.

Claretta sah das ganz und gar nicht so, aber bevor sie antworten konnte, tauchte Nonna Nunzia im Türrahmen auf.

»So sieht also das Büro der Sekretärin eines Capitano aus?«, sagte sie, nach einer kurzen Begutachtung wenig angetan. »Na ja, nach einem Krieg geht es eben auch dem Staat nicht allzu rosig.«

Claretta sprang auf und lief ihrer Großmutter mit ausgetreckten Armen entgegen. »Was machst du denn hier?«, fragte sie erfreut, um im nächsten Moment sorgenvoll zu werden. »Ist etwas passiert? Mit den Jungs? Mit Papa?«

Die Alte winkte ab. »Unkraut vergeht nicht.« Ihr Blick klebte an der vergilbten, rissigen Decke. »Etwas anders vorgestellt hatte ich mir deinen Arbeitsplatz schon irgendwie. Vornehmer und auch freundlicher.« Sie bemerkte Clarettas enttäuschten Blick. »Eigentlich ist das auch nebensächlich«, beschied sie lächelnd. »Kann ich die Zellen für die Gefangenen sehen? Dein Großvater hat mal drei Tage da unten gesessen, wegen einer Prügelei, und ich habe gedacht, er wäre mit irgend so einem Weibsbild durchgebrannt. Frag mal bloß nicht, was der sich anhören durfte, als er endlich wieder zu Hause war. Angeblich hat er meinen Namen mit dem Fingernagel an die Wand geritzt. Mir gegenüber hat er das mit seiner großen Sehnsucht begründet. Ich denke aber eher, er wusste um mein Misstrauen und wollte einen Beweis hinterlassen.« Sie schmunzelte.

Bei Nonna Nunzia hatte die Neugierde gegenüber der Abneigung gesiegt, wobei sie es mit der Geschichte um Clarettas Großvater kaschieren wollte. Dass die sich so zugetragen hatte, glaubte Claretta jedenfalls keinen Moment. »Komm bitte«, sagte sie und schob die Nonna sanft auf den Flur hinaus.

»Signora Claretta.« Einer der Wachmänner trat an sie heran. Unter seinen Armen trug er zwei dicke runde Töpfe mit Oregano und Basilikum. »Sollen die Pflanzen wirklich in das Büro des Capitano?«, fragte er voller Verwunderung, wobei sein Blick immer wieder zur Nonna huschte.

»Wenn ihr einen zufriedenen Capitano haben wollt, dann würde ich das so handhaben. Den Thymian und die

Zitronenmelisse bitte auch noch«, antwortete die Nonna noch, ehe Claretta irgendetwas sagen konnte. »Aber ich glaube, das hatte ich schon bei meiner Ankunft erwähnt.«

Der Mann zog ohne ein weiteres Wort von dannen.

»Du hast ...?«, hob Claretta mit großen Augen an.

»Wenn du deine Arbeit behalten willst, musst du etwas dafür tun«, konstatierte Nunzia. »Da sind ein paar ordentlich gewürzte Nudeln noch das Geringste.« Sie zwinkerte. »Jetzt will ich aber wenigstens sehen, ob meine Kräuter genug Licht bekommen.« Unversehens folgte sie dem Carabiniere, und Claretta konnte nichts weiter tun, als es ihr gleichzutun.

***

»Ich erwarte eine offizielle Entschuldigung«, forderte Signora Proietti, kaum dass man sie und ihren Mann in das Büro des Capitano geführt hatte. »Ich bin eine rechtschaffene Bürgerin und werde mit diesem Gesindel festgehalten.«

»Halt endlich den Mund«, forderte ihr Mann, der nach seiner Ausnüchterung nicht nur einen ziemlich zerknirschten, sondern auch übellaunigen Eindruck machte. »Ich schlafe auf den Strohsäcken hier bequemer als in unserem Ehebett. Abgesehen davon ist der Kaffee um Klassen besser.« Er bleckte die Zähne.

Claretta saß an ihrem Tisch und beobachtete, was passierte. Die Eheleute Proietti waren ihr von Mal zu Mal unangenehmer. Und jetzt, nachdem sich alles auf sie als Täter zuzuspitzen schien, verschärfte sich dieses Gefühl noch einmal immens. Da Sergente Gabriele noch immer nicht von den Engländern zurück war, durfte der *Allievo* der Befragung beiwohnen, der mit den Händen an der Hosennaht neben der Tür stand und das Atmen eingestellt zu haben schien. Auch Claretta spürte, wie ihre Anspannung zunahm. Umso erleichterter war sie, dass Nonna Nunzia sich lange vor der Rückkehr des Capitano wieder verabschiedet hatte, natürlich nicht, ohne sich zuvor ausgiebig das vornehme Büro, Clarettas Bleistifte und den amerikanischen Kochapparat zeigen zu lassen.

»Ich rede, wie mir der Schnabel gewachsen ist«, fauchte die Signora. »Das fehlte noch, wenn einer wie du mir etwas zu sagen hätte.«

»Ich bin dein Ehemann«, erwiderte der Signore mit einer nicht zu ihm passenden Entschiedenheit.

Allein die Laute, die sie daraufhin von sich gab, genügten, um zu verstehen, was sie davon hielt.

Der Capitano, der augenscheinlich des Gezänks leid war, erhob sich langsam von seinem Stuhl und fing damit an, hinter seinem Schreibtisch auf und ab zu gehen. »Bei Ihnen im Haus wurden zehn Millionen Lire gefunden. Die haben Sie neben ein paar unwichtigen Kleinigkeiten den Milchbauern entwendet. Und da niemand sich freiwillig sein Eigentum abnehmen lässt, haben Sie Gewalt angewandt. Kurzum, Carmela De Rosa und Tommaso Russo sind durch Ihre Hand gestorben. Da die Beweislast erdrückend ist«, der Capitano warf demonstrativ einen Blick auf das Schuhwerk der Signora, »lasse ich Sie heute noch in das Staatsgefängnis nach Salerno überführen.«

Entgegen aller normalen Erwartungen prustete Signore

Proietti lauthals los. »Zehn Millionen? Wo lagen die, bei den anderen zwanzig Millionen?« Er rempelte seine Frau mit dem Ellenbogen an. »Hast du das gehört, Alte? Wir hausen seit Jahrzehnten in unserer verwanzten Hütte, und kaum kommen die Carabinieri, sind wir wohlhabende Leute!« Er jauchzte vor Vergnügen. »Wenn ich das geahnt hätte, wären sie schon früher einmal unsere Gäste gewesen.«

Der Signora schienen die Anschuldigungen des Capitano erstaunlicherweise nicht ganz so einerlei. Mit blassen Wangen und einem verkniffenen Mund kauerte sie auf ihrem Stuhl und wagte es kaum, den Blick zu heben. Offenbar hatte der Capitano ins Schwarze getroffen, was ihrem Mann noch immer nicht aufzugehen schien.

»Carmela und Tommaso waren vermögende Leute«, witzelte er weiter. »Das haben die aber gut versteckt. Die Bruchbude, in der die gehaust haben, ist doch noch heruntergekommener als unsere. Mal abgesehen von dem billigen Fusel, den man dort bekommen hat.« Signore Proietti kriegte sich nicht mehr ein.

»Wann hast du denn von Tommaso Wein bekommen?«, warf seine Frau nun ein.

»Von Tommaso nicht.« Er schenkte seiner Frau ein schmieriges Grinsen, worauf sie ihm mit voller Wucht eine Ohrfeige gab, die ihn ein wenig zur Vernunft zu bringen schien, zumindest stellte er die Albernheiten schlagartig ein und schaute verstohlen von einem zum anderen. »Sie meinen das ernst, oder?«, fragte er unschlüssig und durchaus ein wenig betreten. »Das ist doch unmöglich!« Er schaute seine Gattin prüfend von der Seite an. »Ich dachte, es ging nur um etwas Kaffee und das Brennholz, na gut, die Milchkannen waren auch noch dabei und das Daunenzeug, aber das hat sie umgehend zurückgebracht. Das kann ich beschwören.« Er stoppte kurz und stierte vor sich hin. »Das Stallwerkzeug aber deswegen ...« Er schluckte.

Die haben wirklich alles mitgenommen, was sie gebrauchen konnten, während die beiden Leichname nebenan lagen, dachte Claretta. Was gab es nur für grauenvolle Menschen auf dieser Welt, die sich von solch abscheulicher Gier treiben ließen.

»Alles Bagatellen«, bemerkte der Capitano mit einer wegwischenden Handbewegung. »Vermutlich auch dilettantische Ablenkungsmanöver.« Er baute sich breitbeinig vor der Signora auf. »Wo haben Sie das Geld gefunden? Reden Sie, Weib!«, forderte er mit tiefer Stimme.

»Ich weiß nicht, was Sie meinen«, hauchte Anna Proietti, ohne ihren Kopf zu heben.

Der Capitano stampfte wütend mit dem Fuß auf. »Sofort! Ich habe Mittel und Wege, das herauszufinden, auch ohne Ihre Hilfe!«

Claretta fragte sich, wie er das anstellen wollte.

»In der Speisekammer«, antwortete sie mit tränenerstickter Stimme.

Claretta hielt die Luft an. Wenn Anna von dem Geheimversteck der Bauern gewusst hatte, wieso befanden sich dann noch alle Lebensmittel dort? Zumindest war Claretta davon ausgegangen, dass es alle gewesen sein mussten, aber bei der Fülle konnte sie das schlichtweg nicht genau wissen.

»Welche Speisekammer?«, wollte Signore Proietti wissen.

Der Capitano ließ seine Augen ein Weilchen auf ihm ruhen. Als Anna nicht antwortete, tat er es. »Ihre Nachbarn waren nicht so arm, wie es vielleicht ausgesehen hat, zumindest ließen sie es sich, was das Essen und Trinken anging, gut gehen. Abgesehen davon wären sie in ein paar Wochen ohnehin ausgezogen, in ihr eigenes kleines Hotel am Hafen.«

Dem Signore entglitten die Gesichtszüge. »Hast du davon gewusst?«, fragte er seine Frau.

Die schüttelte nur mit dem Kopf.

»Erzähl mir nichts vom Pferd! So oft, wie du um deren Haus geschlichen bist, musst du davon gewusst haben. Immerhin kanntest du sogar die Speisekammer.« Nun richtete er seinen Blick wieder auf den Capitano. »Wo sollte die denn eigentlich sein? Das ist doch eine Schuhschachtel. Seltsam, dass mir niemals etwas aufgefallen ist.« Er rieb sich das stoppelige Kinn.

»Du bist ja auch meistens volltrunken«, gab sie sichtlich aufgewühlt zurück. »Und in das Haus haben die nie jemanden hereingelassen, also ich wurde zumindest immer an der Tür abgefertigt.«

Dann hat sie sich nach dem Ableben der beiden aber ziemlich genau umgesehen, dachte Claretta.

»Nun gut oder auch nicht«, hob der Capitano an. »Sie, Signora, haben jedenfalls gewusst, dass bei den Bauern etwas zu holen ist«, konstatierte er.

Sie schniefte. »Das lag nur an dem großen Brett mit Schinken und dem Champagner. Unter der Woche. Carmela hat alles auf die Bank in den Garten getragen. Es war schon dämmrig, aber ich habe es genau gesehen. Wie ausgelassen sie waren.« In ihre vorwurfsvolle Stimme mischte sich Eifersucht auf all jene, die es besser hatten als sie. »Sogar eine Kerze hat sie angezündet.« Sie warf dem Capitano einen anklagenden Blick zu. »Das konnte doch nicht mit rechten Dingen zugehen. So junge Leute! Und unsereins …« Sie zog die Nase hoch. »Womit hatten die das denn bezahlt? Wo sind wir denn? Eine Kerze im Garten?«

»Und da haben Sie gedacht, wo Schinken ist, da sind auch ein paar Lire«, schlussfolgerte der Capitano. »Und nachdem das tatsächlich so war, mussten die beiden daran glauben.«

»Ich wollte doch nur etwas von den leckeren Sachen«, japste sie. »Und vom Kaffee.« Sie atmete tief. »Das Zeug, das wir trinken, schmeckt wie Wasser aus dem Spülstein.«

»Und plötzlich …«, bemerkte der Capitano und klatschte nebenbei in die Hände. »Da tat sich ein schöner Haufen rote Scheine auf.«

Der Signore schien seinen Ohren nicht zu trauen. »Wann haben wir denn davon gegessen?«, fragte er wie beiläufig, doch seine Frau schwieg betreten.

Sie hat ihm nicht einmal etwas abgegeben. Natürlich nicht, dann hätte sie eine Nachfrage riskiert und womöglich wäre damit die Existenz des Geldes auch ans Tageslicht gekommen. Claretta musterte die Frau eindringlich. Sie wollte ihren Mann verlassen, dieses grauenvolle Leben mit dem Säufer und Nichtsnutz beenden und neu anfangen. Bei einem Kerl wie dem Signore konnte Claretta das gut nachvollziehen.

»Also, Signora«, fuhr der Capitano mit eiserner Härte fort. »Sie haben vermutet, dass bei den Bauern etwas zu holen ist. Haben die beiden Sie beim Schnüffeln erwischt und mussten deswegen sterben, oder haben Sie sie vorsorglich kaltgemacht?«

»Sie waren schon tot«, keuchte sie voller Verzweiflung. »Ich schwöre es. Ich habe sogar noch die Fenster geöffnet, weil der Geruch nach Blut so unerträglich war.«

Die Fenster, dachte Claretta. Das war sie also auch.

»Dann müssten Sie Ihrem Fußabdruck nach zu urteilen nur wenige Minuten nach dem Verschwinden des Mörders das Haus betreten haben«, erwiderte der Capitano. »Womöglich war er noch in der Nähe und hat Sie beobachtet. Vielleicht denkt er auch, Sie hätten ihn gesehen.«

Die Panik, die nun in den Augen der Signora stand, war unbeschreiblich.

Claretta stutzte. Was, wenn die Signora wirklich nicht die Mörderin war, oder wieso sonst sollte die Überlegung des Capitano bei ihr eine solche Reaktion hervorrufen?

»Moment mal«, meldete sich ihr Mann mit ausgestrecktem Zeigefinger. »Dann sind wir eventuell in Gefahr, also ich auch.«

»Möglich.« Der Capitano, der bis jetzt vor den Proiettis gestanden hatte, lief langsam um seinen Schreibtisch herum und nahm mit selbstsicheren Bewegungen dahinter Platz. »Sie können nach Hause gehen, Signore Proietti. Nach allem, was ich gehört habe, hat Ihr Weib Sie für dumm verkauft, aber als Mörder taugen Sie nicht. Ihre Frau bleibt hier«, beschied er ohne eine erkennbare Gemütsregung.

»Ich gehe nirgendwo hin«, empörte sich der Signore. »Ich verlange, in meine Zelle zurückgebracht zu werden.«

Die Signora schien davon nichts zu hören. »Da war niemand. Ganz sicher nicht«, sagte sie und klang, als müsste sie sich selbst beruhigen. »Ich wohne mein ganzes Leben da oben und kenne jeden Stein. Das hätte mir doch auffallen müssen, wenn da …« Sie atmete schwer.

»Dann ist die Gefechtslage wohl klar«, beschied der Capitano.

Schweigen.

»Wie meinen Sie das?«, fragte der Signore eingeschüchtert nach.

»Gegen eins hat der Landstreicher Zello die beiden Bauern noch lebend angetroffen. Zur Zubereitung des Mittagessens ist die Bäuerin jedoch ganz augenscheinlich nicht mehr gekommen, obwohl sie schon, wie wir sehen konnten, damit angefangen hat.« Der Capitano schaute kurz auf Claretta, hob und senkte die Augen wie zur Bestätigung und redete dann umgehend weiter. »Der Mörder muss demnach irgendwann zwischen ein und zwei Uhr zugeschlagen haben. Signora Proietti jedoch will erst gegen fünf diese scheußliche Entdeckung gemacht haben. Jedenfalls haben wir erst halb sechs davon Meldung bekommen.« Er machte eine Pause. »Tatsache ist jedoch, dass die Signora kurz nach der Tat bereits im Haus war, um ihren geliebten Tommaso aus nächster Nähe zu betrachten. So einen Fußabdruck zu hinterlassen, meine Liebe, war äußerst töricht. Der wiederum passt zweifelsohne zu einer Mörderin wie auch zu einer Frau, die zufällig auf zwei Leichen gestoßen ist und dann beschlossen hat, sie in aller Ruhe auszurauben.«

Ein tiefer Seufzer verließ Clarettas Brust, was der Capitano mit einem dankbaren Lächeln quittierte.

»Im Ergebnis haben Sie etwa drei Stunden gebraucht, um das Haus zu durchwühlen, die Speisekammer zu finden und die Sachen nach Hause zu tragen. Ihren Mann jedenfalls haben Sie dabei nicht um Hilfe gebeten, dann hätten sie womöglich teilen müssen. Ich vermute, Sie haben sich den Bauch das erste Mal sogar noch im Haus vollgeschlagen.« Pause. »Das angebrochene Brot auf dem Tisch sieht durchaus ein wenig nach Hast aus«, der Capitano legte seinen Kopf entspannt zurück, »vor allem wenn daneben ein Brett und ein Messer liegen. Also wirklich …!«

Signora Proietti kullerten dicke Tränen über das Gesicht.

»Du hast bei denen rumgefressen, obwohl die im Schlafzimmer in ihrem Saft lagen?« Diese Vorstellung schien sogar für jemanden wie Signore Proietti zu viel zu sein.

»Ich hatte Hunger«, murmelte sie. »Du bringst ja kein Geld nach Hause.«

»Wo wir beim Thema sind. Wie viel Geld haben Sie denn schon aus der Dose genommen?«, fragte der Capitano, ohne weiter darauf einzugehen. Er hatte gehört, was er wollte, und die Genugtuung darüber wuchs mit jeder weiteren Minute.

Die einzelne Tausend-Lire-Note. Die passte nicht zu dem so gut sortierten Rest. Claretta war es auch aufgefallen, aber sie hatte keine weiteren Schlussfolgerungen daraus gezogen.

»Nichts«, beharrte die Signora. »Ich habe nichts angerührt.«

»Nun, ich bin mir sicher, dass dem nicht so ist. Aber wir alle wissen ja, wie schnell manche Frauen das Geld unter die Leute bringen können. Da wir in Ihrem Haus jedoch nur etwas Kleingeld gefunden haben, gehe ich davon aus, Sie trägt den Rest bei sich.« Er machte einen langen Hals. »In Ihren Strümpfen vielleicht. Für gewöhnlich transportieren Frauen darin so einiges.« Er betrachtete auffällig ihre Füße.

Der Signora entging es nicht. Sie drückte ihre Füße fest zusammen und ließ sie unter dem Stuhl verschwinden.

»Aber ich will mal nicht so sein«, redete der Capitano weiter. »Seit Mittwoch sitzen Sie hier ein, und damit können Sie nicht mehr viel Schaden anrichten. Abgesehen davon erledigt sich das in Salerno von selbst.«

Im nächsten Augenblick sprang die Signora auf. »Ich gebe alles zu!«, schrie sie fuchsteufelswild und mit Spuckebläschen um ihren Mund, worauf ihr Mann tunlichst von ihr abrückte.

Der Capitano hingegen zuckte nicht einmal mit einer Wimper.

»Alles, aber nicht den Mord an Carmela und Tommaso!« Sie schien außer sich. »Und hier ...« Sie bückte sich, griff in ihre schwarzen Wollstrümpfe und pfefferte ein paar Geldscheine auf den Tisch des Capitano. »Das ist alles. Ein paar tausend Lire. Mehr nicht. Dafür können Sie mich gern wieder einsperren. Jetzt! Sofort! Runter in den Keller!« Kaum hatte sie den letzten Satz vollendet, sank sie kraftlos auf ihren Stuhl zurück. »Da bin ich wenigstens in Sicherheit«, hauchte sie noch tonlos.

Sie hat zweifelsohne Sorge, dass der wahre Mörder sie gesehen haben könnte. Wieso sonst sollte sie so etwas sagen? Claretta betrachtete die Signora und konnte nicht verhindern, dass sogar sie ein bisschen Mitleid empfand. Die Not konnte die Menschen zu ganz schrecklichen Dingen treiben. Für gewöhnlich entstand aus dem Schlechten nichts Gutes, sondern nur noch mehr Leid und Elend.

Der Capitano wartete kurz, bis er fortfuhr. »Und wieso sollte ich Ihnen noch ein Sterbenswörtchen glauben?«, fragte er spitz. »Nachdem Sie mich sogar belogen haben, was die Verwandtschaft von Carmela angeht?«

Signora Proietti schaute ihn aus verheulten Augen an.

»Tante Giulietta, na, dämmert was?«, fragte der Capitano mit hoher Stimme. »Die hätte sich bestimmt über ein Stück Speck und ein paar Lire gefreut.« Das letzte Wort war noch nicht verklungen, da schien dem Capitano aufzugehen, dass dies wohl noch immer galt, insbesondere für die Bestände im Lagerraum. Er winkte den *Allievo* zu sich heran und flüsterte ihm etwas ins Ohr, der daraufhin mit großen Schritten davoneilte.

»Aber …«, hob Signora Proietti an.

»Ich will nichts mehr hören!«, forderte der Capitano. »Er verschwindet und sie wandert zurück in die Zelle«, beschied er sichtbar unzufrieden.

Sie war es nicht, konstatierte Claretta innerlich. Und der Capitano dachte das Gleiche. Allerdings gab es niemanden mehr, den er verdächtigten konnte, außer Zello, aber der konnte doch unmöglich, niemals ... Claretta spürte, wie ihr der Schweiß den Rücken herunterlief.

»Ich bleibe an der Seite meiner Frau«, vermeldete Signore Proietti wild entschlossen.

Dem Capitano schien das mittlerweile einerlei.

»Wieso soll es eigentlich nicht dieser Landstreicher gewesen sein?«, fragte Signore Proietti, als niemand auf seinen Einwand reagierte.

»Weil der das herumliegende Brot nicht angefressen, sondern flugs eingesteckt hätte, um dann die Beine in die Hand zu nehmen, ohne am Tatort eindeutige Spuren zu hinterlassen. Ganz so, wie es jeder hungrige Mensch getan hätte, der eins und eins zusammenzählen kann.« Der Capitano verlor zunehmend und für alle spürbar die Geduld.

»Mhm.« Signore Proietti schien das offenbar nicht ganz nachvollziehen zu können, aber er zog es vor, nichts weiter dazu zu sagen.

»Beleidige er nicht meine Intelligenz«, warnte der Capitano.

Just im gleichen Moment klopfte es, und Sergente Gabriele trat eilig herein. In seiner Begleitung befand sich ein fremdländisch aussehender Herr in einem auffallend edlen Dreiteiler und teuren Lederschuhen.

Bei dessen Anblick fielen Signora Proietti fast die Augen raus. »Das ist der Kerl!«, krakeelte sie. »Den habe ich vor drei Tagen bei Tommaso herumschleichen gesehen. Genau den!«

Sechs

Clifford Walker saß mit übereinandergeschlagenen Beinen und in entspannter Haltung auf dem Stuhl, den Signora Proietti bis vor wenigen Minuten noch besetzt hatte, und hörte dem Capitano überaus aufmerksam zu. Nur hin und wieder signalisierte er mit dem Aufzeigen seiner rechten Hand, dass er den Capitano in seinem Redefluss zu unterbrechen gedachte, was der wiederum postwendend gestattete, worauf der Engländer höflichst und in einem ganz ausgezeichneten Italienisch um Verzeihung bat, bevor er seinerseits eine Bemerkung machte.

Claretta, die noch nie die Gelegenheit gehabt hatte, einen so wohlerzogenen und kultivierten Ausländer kennenzulernen, beobachtete das Schauspiel und war begeistert. Clifford Walker überragte sogar den nicht gerade klein geratenen Capitano um eine gute Kopflänge, was dazu führte, dass er allein mit seiner bloßen Erscheinung so einiges an Eindruck machte. Zudem war er schlank und von sportlicher Statur. Er trug seine Haare, deren Farbe eher ins Rötliche als ins Blonde ging, an den Seiten kurz und ansonsten zu einer modisch geschwungenen Welle nach hinten gelegt, die er mit einer anständigen Portion Pomade in Form gebracht haben musste. In der Tat ließ sich eine gewisse Ähnlichkeit zu Gregory Peck oder auch Cary Grant, zumindest was den Stil anbetraf, nicht abstreiten. Das Bild, was Signore Proietti in seiner Unwissenheit bemüht hatte, war damit nicht einmal so verkehrt gewesen. Am meisten faszinierten Claretta jedoch die wunderschönen grünen Augen des Mannes, in die sie stundenlang hätte hineinsehen können.

Dio mio! Meine Frau schmachtet einen Engländer an. Ausgerechnet diese Stockfische. Ich schäme mich für dich, Claretta.

Das kommt in letzter Zeit öfter vor, dachte Claretta und schmunzelte in sich hinein. Dabei war sie geneigt, diesen Tag schon jetzt als den aufregendsten ihres Lebens zu verbuchen. Nicht wegen Signore Walker, du liebes bisschen, sie war ja kein Backfisch mehr. Es war ihre Arbeit und die unterschiedlichen Menschen, mit denen sie in Berührung kam. Mit den heutigen Ereignissen hatte ihre Anstellung einen neuen Höhepunkt erreicht.

»Ich hatte doch nicht ahnen können, dass das Verhör mit den Säufern noch nicht beendet ist«, flüsterte der dicht neben ihr stehende Sergente Gabriele nun schon zum wiederholten Male. »Man lässt Zeugen und Verdächtige nicht unkontrolliert aufeinander los. Sie sollten sich nicht einmal sehen dürfen. Das ist eine der wichtigsten Regeln. Wieso bin ich auch nur so hereingestürmt? Das ist doch sonst nicht meine Art. Aber nachdem der Engländer behauptet hatte, tatsächlich beim Haus der Bauern gewesen zu sein, habe ich gedacht, dass der Capitano es schleunigst erfahren sollte. Der Mann war auch umgehend bereit, mich zu begleiten. Ich bin aber auch immer so ein verdammter Kindskopf …«

Claretta nickte schweigend. Sie wollte nicht einen Satz

des Gesprächs verpassen, obwohl sie das, was der Capitano zur Erklärung des unmöglichen Verhaltens der Signora Proietti vorbrachte, alles selbst erlebt hatte. Die Signora war nämlich, kaum dass der Engländer das Büro des Capitano betreten hatte, auf ihn zugestürmt, um ihn auf das Rüdeste zu beleidigen. Sie war nicht einmal davor zurückgeschreckt, handgreiflich ihm gegenüber zu werden. Da der *Allievo* nicht mehr zugegen gewesen war, hatte der Capitano höchstselbst für Ordnung sorgen müssen, was ihm sichtbar widerstrebt hatte, zumal die Signora ihm mit ihren Fingernägeln ein paar ordentliche Kratzer auf der Wange verpasst hatte. Claretta ahnte schon, dass, egal wie die Dinge ausgehen würden, der Sergente und auch der *Allievo* heute keinen guten Stand mehr haben würden. Für Signore Walker war dieser unerwartete Angriff zweifelsohne äußerst unangenehm gewesen, aber dennoch hatte er sich zu Clarettas Erstaunen nichts anmerken lassen. Das musste sie also gewesen sein, die vornehme Zurückhaltung, für die die Engländer so bekannt waren. Claretta jedenfalls gefiel sein Verhalten ausnehmend gut.

»Ob der Capitano sauer ist?« Gabriele konnte sich nicht beruhigen.

Ein strenger Blick des Capitano traf zuerst den Sergente und dann auch Claretta.

»Er wird es gleich ganz bestimmt, wenn sie weiter stören«, hauchte sie zu dem Sergente herüber.

»Also gut, Mister Walker, ich kann mich nur noch einmal für diese Ungeschicktheit entschuldigen. Ich werde meine Mitarbeiter dafür entsprechend maßregeln«, sagte der Capitano, nachdem er seine Ausführungen abgeschlossen hatte.

Claretta sah im Augenwinkel, wie der Sergente nervös von einem Bein auf das andere trat.

»Jetzt würde mich aber brennend interessieren, was Sie am Samstag bei dem Milchbauern Tommaso Russo wollten?«, redete der Capitano weiter. »Immerhin hatte dieses unerwartete Zusammentreffen«, er lächelte süffisant, »auch etwas Gutes. Und wir wollen ja nicht noch mehr von Ihrer kostbaren Zeit beanspruchen.« Erneut warf er dem Sergente einen vorwurfsvollen Blick zu.

Clifford Walker lächelte höflich und räusperte sich hinter vorgehaltener Hand. »Wir Engländer reden niemals über unsere Geschäfte.«

»Sie sehen nicht aus wie ein Mann, der Milch bei einem Bauern kauft?«, versuchte der Capitano, ihn aus der Reserve zu locken.

Signore Walker lachte mit einer strahlend weißen und auffallend akkuraten Zahnreihe. »Ab und zu vielleicht. Man weiß es nicht«, sagte er. »Aber ich möchte angesichts dieses furchtbaren Unglücks, das dieses Paar ereilt hat, ganz offen zu Ihnen sein: Ich bin an das Maklerbüro Tassone herangetreten, um ein kleines, abgelegenes Bauernhaus zu erstehen. Meine Frau hat mit ihrer Cousine vor dem Krieg einige Tage in Ihrem Städtchen verbracht, und ihre Begeisterung für diesen Ort hat sich bis heute nicht gelegt. Nun ist es wohl an mir, ihr ihren sehnlichsten Wunsch nach einem kleinen Haus für die Erholung zu erfüllen. Sie plant, vier bis sechs Wochen über die Wintermonate hier zu sein, da ihr die warme

Luft und das milde Klima besser bekommen als das triste Regenwetter in London.«

Der Capitano betrachtete den Engländer, als hätte er einen Geist gesehen. »Für die Erholung«, wiederholte er.

»Genau«, bestätigte Walker. »Mit etwas Glück hat sich die Sehnsucht nach dem einfachen Leben bei meiner werten Gemahlin nach einem Aufenthalt erledigt … aber wir werden sehen.« Er lächelte noch immer. »Wie der Zufall es wollte, sollte die Immobilie von den Russos, so zumindest berichtete mir das Mister Tassone, in den nächsten Wochen auf den Markt kommen. Da ich kein Mann bin, der Überraschungen sonderlich schätzt, habe ich einen kleinen Spaziergang gemacht und mir das Haus vor dem Besichtigungstermin einmal aus der Nähe angesehen, ganz diskret natürlich. Ich hatte niemals vor, die Eigentümer in ihrer Privatsphäre zu stören. Nach der Emotionalität der Signora vorhin zu urteilen, scheint mir aber allein schon meine bloße Anwesenheit ein Fehler gewesen zu sein?«

»Sie sind beim Haus gesehen worden«, erklärte der Capitano. »Bei einem Mordfall muss sich das nicht immer günstig auswirken, vor allem, wenn die Hauptverdächtige von ihrer etwaigen Schuld ablenken will und selbst anfängt, krampfhaft nach einem Täter zu suchen.«

»Ich verstehe. Wie bedauerlich also für die Signora«, erwiderte Clifford Walker, dessen gleichgültige Mimik ganz im Gegensatz zu seinen Worten stand. »Allerdings kann ich Ihnen versichern, dass ich nur an diesem besagten Sonntag in der Gegend war. Alles Weitere wollte ich Signore Tassone überlassen. Deswegen habe ich ihn auch am Dienstagnachmittag aufgesucht, um mit ihm alle Einzelheiten zu besprechen. Ich muss schon sagen, für unsere Bedürfnisse war das Haus perfekt. Und auch preislich wären wir durchaus übereingekommen. Man will ja nicht gleich das ganze Tafelsilber verhökern, nur um ein Experiment für die Angetraute zu wagen.« Er lachte gekünstelt und strahlte dabei trotzdem eine unglaubliche Unbeschwertheit aus. »Der Signore versprach mir, dass wir bereits am Mittwoch das Haus besichtigen könnten. Seine Absage hat uns schwer getroffen, aber da kannten wir auch den wahren Grund dafür noch nicht.« Nun machte er ein leidlich betroffenes Gesicht.

»Wollen Sie dort noch immer hin?«, schoss es etwas zu unwirsch aus dem Capitano heraus. »Ich meine, also … nach … na ja, Sie wissen schon«, ruderte er schleunigst zurück.

»Wo denken Sie hin? Das könnte ich meiner Frau niemals antun! In den Restaurants und Cafés der Stadt spricht man gerade von nichts anderem. Das ist ihr also nicht verborgen geblieben«, sagte er und legte, um seine Worte zu unterstreichen, die flache Hand auf seine Brust. »Ich habe etwas Vergleichbares in Positano gefunden. Dort ist es auch nett.«

»Auch nett, natürlich«, wiederholte der Capitano mit einer Mischung aus Unglauben und persönlicher Kränkung. Menschen, die das kleine unbedeutende Positano seinem Amalfi vorzogen, waren bei ihm offenbar nicht besonders gut angesehen.

Muss ich mir merken, dachte sich Claretta. So, dieses Geschäft hatte sich für den braven Signore Tassone nun also auch erledigt, dabei wusste man nicht einmal, ob das Haus nun noch zum Verkauf stand. Immerhin würde es unweigerlich in die Hände von Signora Giulietta gehen, wenn die es angesichts ihrer Verfassung überhaupt behalten durfte.

»Lassen Sie uns bitte noch mal auf den besagten Sonntag zurückkommen«, hob der Capitano an. »Sind Sie den beiden Eheleuten da oben begegnet? Haben Sie womöglich mit Ihnen gesprochen? Oder ist Ihnen ansonsten etwas Ungewöhnliches aufgefallen?«

Der Signore verneinte das. »Ich hatte dies zweifelsohne nicht vor, aber wenn es sich ergeben hätte ...« Er hob und senkte die breiten Schultern. »Dennoch, die Umstände hätten es auch gar nicht zugelassen.«

»Was bedeutet das?«, wollte der Capitano wissen.

»Die beiden hatten Besuch«, entgegnete Signore Walker. »Da platzt man nicht einfach herein, noch dazu, da dieser Gast nicht besonders gern gesehen gewesen sein muss.«

»Wie kommen Sie darauf, wenn Sie nicht direkt beim Haus gewesen sein wollen?«, fragte der Capitano ein wenig skeptisch.

»Der Streit, den die beiden Männer geführt haben, war auch aus einiger Entfernung ziemlich gut zu verstehen, trotz der geschlossenen Türen und Fenster«, antwortete der Signore. »Eine sehr unschöne Angelegenheit. Selbstverständlich habe ich mich umgehend zurückgezogen. Noch dazu, da meine Gattin auf mein pünktliches Erscheinen zum Tee bestanden hat.«

»Tee? Na, meinetwegen«, kommentierte der Capitano.

»Und Sie sind sich sicher, was die Auseinandersetzung angeht? Immerhin sind Sie ein Ausländer … Ich meine, unser Dialekt, die Entfernung«, er machte eine wegwerfende Handbewegung, »Sie wissen schon.«

Walker nickte höflichst. »Wie der Zufall es wollte, führten die beiden eine Unterhaltung in meiner Muttersprache«, erklärte er. »Abgesehen davon beherrsche ich Italienisch, um es ganz unbescheiden zu sagen, ganz ausgezeichnet, oder haben Sie einen Grund zur Beanstandung?«

»Auf Englisch?«, platzte es aus dem Capitano ungläubig heraus. Den zweiten Teil des Satzes schien er schon nicht mehr mitbekommen zu haben.

»Man sollte es meinen, ja«, entgegnete Walker.

»War Tommaso Russo der englischen Sprache mächtig?«, wollte der Capitano wissen, wobei sein Blick in die Runde schweifte, als könnte ihm jemand diese Frage beantworten. »Wieso weiß ich davon nichts?«

»Wenn Sie mich fragen, sogar ganz ausgezeichnet. So wie der andere Mann auch. Nur dieser amerikanische Akzent ist nicht unbedingt etwas für meine Ohren, wenn Sie verstehen.« Wieder legte sich ein Lächeln über sein Gesicht. »Das Oxford-Englisch ist noch immer das sauberste Englisch und das gediegenste.«

Der grinst sogar noch, wenn man ihm sein Pferd erschießt.

»Mhm.« Der Capitano konnte dazu offenbar wenig beisteuern. »Sie haben es aber verstanden, also wissen Sie, um was es bei dem Zwist ging?«

Signore Walker zeigte sich ein wenig amüsiert. »Nur

weil es für uns Briten kein richtiges Englisch ist, heißt das nicht, dass wir es nicht verstehen«, sagte er.

»Und?« Die fleischigen Wangen des Capitano glänzten rot vor Anspannung. Es konnte aber auch an den Resten des Alkohols liegen. Claretta war sich da unschlüssig.

»Sie haben um Geld gestritten, viel Geld«, sagte Clifford Walker und veränderte in schier grenzenloser Gelassenheit seine Beinstellung.

***

Die Sonne stand glutrot über dem Meer, und es fehlte nicht mehr viel, dass sie in den Ozean eintauchte. Claretta hatte sich soeben vor der *Stazione* von dem Landstreicher Zello verabschiedet. Er durfte auf Anordnung des Capitano wieder seiner Wege ziehen, natürlich nur so lange, wie es sich der Capitano nicht anders überlegen würde, aber das hatte schon genügt, um Claretta glücklich zu machen. Das Zello ein Mörder war, hatte sie ohnehin nicht erwartet. Nun blieben ihr noch gute zwei Stunden Zeit, bis die Sonne gänzlich am Horizont versank und damit so langsam die Dunkelheit über das Land hereinbrechen würde. Fest entschlossen, dem Geheimnis von Tommaso Russo und seiner Frau Carmela heute noch auf die Spur zu kommen, stieg sie noch einmal den steilen Weg zu deren Haus hinauf. Irgendetwas musste es dort geben, was sie übersehen hatten.

Wieso ist das eigentlich an dir? Die Herren Carabinieri hocken wohl wieder bei Pedro in der Taverne oder im Schweinestall?

»Es liegt doch auf meinem Weg, Emilio«, beschwichtigte Claretta. »Und ich mache es gern.«

Es ist viel zu gefährlich.

»Da oben gibt es niemanden mehr«, antwortete Claretta.

Das genau würde ich für das Problem halten. Nachher kommt der Mörder zurück und trifft auf dich. Was wird er wohl denken?

Claretta, der zugegeben schon ähnliche Gedanken gekommen waren, wollte davon nichts hören. Ihr Herz raste ohnehin schon vor Aufregung, da musste es Emilio nicht noch schlimmer machen. »Du wirst mich schon beschützen«, sagte sie, geneigt, dies auch wirklich zu glauben.

Das einsam gelegene Haus wirkte aus der Ferne noch unheimlicher als bei ihrem ersten Besuch, dafür hätte es nicht einmal die jüngsten Ereignisse gebraucht. Es war schon seltsam, wie schnell man den Dingen die fehlende menschliche Gegenwart ansah. Claretta ging geradewegs auf die Haustür zu, stoppte dann jedoch kurz davor und überlegte. Was auch immer sie noch zu finden hoffte, die Aussicht, im Haus darauf zu stoßen, tendierte gegen null, vor allem seit am Mittwoch die Carabinieri, angestachelt von den in ihrem Protokoll festgehaltenen Beobachtungen, alles auf den Kopf gestellt hatten.

Was willst du dann hier, Claretta? Du verrennst dich in etwas. Geh nach Hause, die Jungs warten!

Tommaso war nicht ehrlich, und ich bin sicher, dass ich einen Hinweis darauf finde, dachte sie.

Nur weil er eine Fremdsprache beherrscht? Du liebe

Güte! Womöglich war er in amerikanischer Gefangenschaft und hat sich dort das Geplapper der Yankees angeeignet. Ich weiß zwar nicht, wieso man das tun sollte, zumal es keine schönere Sprache als die unsrige gibt, aber der Himmel weiß, was das Vögelchen im Kopf der Leute piept.

Claretta war sich sicher, dass da mehr war, aber sie ließ Emilio reden. Noch einmal betrachtete sie das kleine Haus und den danebenliegenden Stall. Wieso kümmerte sich jemand mehr um das Wohl seiner Viecher als um das eigene? Wenn es zwei Kühen, die ohnehin die meiste Zeit auf der Wiese standen, auf den Kopf regnete, war es doch etwas anderes, als selbst in klammen Daunen zu liegen? Sicherlich hatte Tommaso angesichts seiner Auszugspläne keine große Anstrengung mehr auf die Herrichtung des Wohnhauses verwandt, aber wieso hatte das Dach des Stalls dann neue Latten bekommen? Claretta fand das seltsam. »Aus irgendeinem Grund musste ihm der Stall wichtig sein«, murmelte sie und steuerte nun direkt darauf zu. Die Tür stand offen, von den Kühen war nichts zu sehen, und auf den ersten Blick wirkte das alles unspektakulär. Spinnweben hingen zwischen den ergrauten Deckenbalken, und in der Luft stand der Geruch von getrocknetem Mist. An einer der Wände gab es ein paar große verrostete Haken, an denen sicherlich das Arbeitszeug wie eine Sense oder auch eine Forke aufbewahrt worden waren. Auch diese Dinge hatten, da machte sich Claretta keine Illusionen, bereits den Besitzer gewechselt. Erstaunlich war nur, dass die Proiettis, wenn sie denn jetzt unter die Milchbauern gehen wollten, das in einer

Ecke aufgetürmte Heu noch nicht beiseitegeschafft hatten. Aber womöglich waren sie aufgrund ihrer schnellen Verhaftung einfach noch nicht dazu gekommen. Sie spürte, wie die Enttäuschung in ihr aufstieg. Vermutlich lag Emilio doch richtig, und sie hatte sich in etwas verrannt. Missmutig betrachtete sie die unter ihren Füßen liegende dünne Schicht Einstreu. Dann fiel ihr Blick erneut auf den Heuberg. Einen Versuch konnte sie wagen. Mit weit geöffneten Armen griff sie in das Heu und beförderte Ladung für Ladung auf die andere Seite des Stalles. Der Staub kitzelte ihr in der Nase. Schließlich musste sie mehrfach hintereinander niesen. Das Zeug wollte einfach kein Ende nehmen. Bei den Massen, die Tommaso hier gelagert hatte, hätten es noch ein paar Tiere mehr hier trocken haben können.

Claretta fluchte und entschuldigte sich dafür umgehend bei ihrem Herrn, zwei Mal sogar, denn in diesen Dingen durfte man nicht nachlässig sein.

Die Sekretärin der Carabinieri ist jetzt also eine Bauersfrau. Wie du meinst.

Claretta mühte sich, schwitzte und schalt sich innerlich ganz furchtbar für ihre dummen Ideen. Sie kämpfte sogar mit den Tränen, eine Sache, die sie sich kurz nach Emilios Tod eigentlich nahezu abgewöhnt hatte. Und schließlich stand sie da, eine Holzkiste, doppelt so groß wie die, die die Bauern bei der Zitronenernte verwendeten. Sie war zerkratzt, mit abgeplatzten Ecken und mit einem fetten Vorhängeschloss gesichert. Wütend wackelte sie an dem Schloss, aber das saß fest. Auch der Versuch, die Kiste anzuheben, scheiterte. Selbst wenn sie das Teil vom Boden aufheben konnte, würde sie es damit niemals bis in die *Stazione* schaffen. Und wenn doch, was sollte sie dem Capitano sagen? Dass sie seinen Ermittlungen nicht traute und es deswegen auf eigene Faust versuchte? Erschöpft und über alle Maße enttäuscht, sank Claretta ins Heu.

Es mussten ein paar Minuten vergangen sein, in denen sie mit ihrem Schicksal gehadert hatte, als sie ein Geräusch wahrnahm. Zu ihrem Entsetzen klang es nicht nach einem Tier, auch nicht nach den Tönen, die die vom Meer hereinkommende Abendbrise für gewöhnlich mit sich brachte. Da musste Jemand sein, und so wie sich das anhörte, befand sich dieser jemand ganz in ihrer Nähe. Claretta erhob sich, so schnell sie konnte, und schaute sich nach allen Seiten um. Im Stall gab es nichts, was ihr ein sicheres Versteck geboten hätte. Sie bekreuzigte sich und betete, dass der Herr ein Einsehen mit ihr haben würde. Im Gegensatz zu Emilio hatte sie sich auf ihn bisher immer verlassen können. Dann stand sie einfach nur da und wartete. Die Schritte kamen näher und …

»Signora Claretta?«

Clarettas Hände zitterten. Ihr Puls raste. Sie konnte keinen klaren Gedanken fassen.

Wieso nennt dich der Mörder bei deinem Namen?

Claretta drückte die Augen zu und wartete, dass es möglichst schnell vorbeigehen würde. Sie hatte nicht einmal mitbekommen, dass ihr Name gefallen war.

»Signora Claretta, ich bin es. Zello, der Landstreicher. Bitte erschrecken Sie nicht«, ertönte die Stimme von Neuem.

Zello? Claretta öffnete vorsichtig die Augen. Tatsächlich. In der Stalltür stand der Landstreicher und schaute sie mit Sorge an. Voller Erleichterung drückte sie die Luft aus ihren Lungen. »Zello?«

»Entschuldigung, Signora, ich wusste nicht, dass Sie hier sind. Ich wollte Sie keinesfalls erschrecken. Ich suchte nur einen ruhigen Platz zum Schlafen, und da ich sicher war, dass sich niemand in der nächsten Zeit an diesen Ort wagen würde, bin ich hergekommen. So ein Stall ist allemal besser als eine Parkbank. Noch dazu steht eine sternenklare Nacht bevor, und da kann es selbst bei uns etwas zugig werden.« Sein Blick fiel auf die Kiste, die Claretta freigelegt hatte.

»Sie wollten im Stall schlafen?«, fragte Claretta verstört. Sie hatte, wenn überhaupt, mit dem Mörder gerechnet, aber dass Zello hier heraufkommen könnte, das wäre ihr niemals eingefallen, noch dazu nach seiner noch frischen und überaus unschönen Erfahrung in der Arrestzelle der *Stazione*. Welchen Eindruck würde das wohl machen, wenn der Capitano dies mitbekäme? Noch dazu, da sein Auftauchen selbst Claretta schon seltsam vorkam, was Zello ihr ganz gewiss ansehen konnte.

»Das Haus ist momentan sicherlich kein guter Ort für eine entspannte Nachtruhe«, entgegnete er ruhig. »Und ein Stall ist ein schöner Platz. Unser Herr ist in einem Stall geboren.« Er ließ seine Augen erneut über die Kiste streifen, nur ganz kurz, aber Claretta entging es nicht.

»Das mag wohl so sein«, entgegnete sie aufgewühlt. Das war eine Ausrede, ganz sicher war es das. Niemand kam freiwillig zu einem Platz, an dem erst vor ein paar

Tagen etwas so Schreckliches geschehen war, außer natürlich …

»Signora Claretta, ist Ihnen nicht gut?«, fragte Zello sichtbar betroffen. »Sie sehen plötzlich so blass um die Nase aus. Soll ich Ihnen ein Glas Wasser holen?«

»Ich denke, ich muss jetzt gehen«, sagte Claretta, wobei sie bemerkte, wie ihre Stimme vibrierte. »Es ist schon spät.«

Zello trat einen Schritt beiseite, sodass sie problemlos vorbeigehen konnte.

Claretta spürte seine Blicke, wagte es jedoch nicht, ihn anzusehen.

»Signora Claretta«, rief er ihr nach, nachdem sie schon einige Meter entfernt war.

Sie drehte sich um, ohne ihren Schritt zu verlangsamen.

»Sie haben Heu im Haar«, sagte er mit einem sanftmütigen Lächeln.

Claretta nickte und verschwand eilig in der aufkommenden Dunkelheit.

***

Die Nacht war unruhig gewesen. Von Gewissensbissen geplagt, hatte Claretta kaum ein Auge zugetan. Immer und immer wieder hatte sie das Gesicht des Capitano vor sich gesehen, seine Enttäuschung darüber, dass sie ihn hintergangen hatte, ihr Versagen. Sie hatte sich Tommasos Geheimnis durch die Lappen gehen lassen, ohne überhaupt jemals dahintergekommen zu sein. Dass in der Kiste die Lösung lag, davon war sie jedenfalls überzeugt.

Und sie hatte alles verpatzt. Zello jedenfalls würde seine guten Gründe gehabt haben, sofort nach seiner Entlassung an den Ort des Verbrechens zurückzukehren. Niemals kaufte sie ihm die Geschichte vom komfortablen Schlafplatz im Kuhstall ab, und wenn, es gab Dutzende Ställe in und um Amalfi, da musste er sich nicht ausgerechnet für denjenigen entscheiden, in dessen direktem Umfeld zwei Menschen grausam ihr Leben gelassen hatten. Er war auf der Suche nach etwas gewesen, womöglich sogar einem Beweis für seine Schuld. Deswegen war er beim Stall gewesen. Und er hatte sich in Sicherheit gewähnt, selbst beim Zusammentreffen mit Claretta. Er wusste sehr genau, dass sie ihm nicht gefährlich werden konnte, zumal sie sich dann selbst verraten hätte. Claretta grämte sich ganz furchtbar über das alles. Sie war es, die ihm in ihrer Leichtsinnigkeit auch noch die Kiste auf dem Silbertablett serviert hatte. Zello jedenfalls würde damit längst über alle Berge sein. Und er war nicht so harmlos, wie sie immer geglaubt hatte. Ganz und gar nicht. Um ihre Menschenkenntnis war es mehr als schlecht bestellt. Mit diesem Manko ausgestattet, konnte sie unmöglich weiter die Sekretärin der Carabinieri sein. Sie würde ihre Anstellung kündigen, und zwar sofort, damit sie nicht noch mehr Schaden anrichten konnte. Und danach würde sie zu Emilio auf den Friedhof gehen. Immerhin war heute Samstag, und man sollte schließlich die Dinge im Leben beibehalten, die einem Sicherheit gaben.

Das ist mein Mädchen. So ist es richtig. Dafür machst du wirklich hervorragende Spaghetti, und viel mehr verlangt man doch von einer Frau auch nicht.

Der Fußmarsch hinunter in die Stadt war Claretta noch nie so unendlich lang vorgekommen. Zutiefst unglücklich, aber vor allem wütend auf sich selbst betrat sie die *Stazione* und bemerkte dabei nicht einmal, dass die Wachmänner heute nur äußerst verhalten grüßten. Langsam und mit eingezogenen Schultern schlich sie hinauf zum Büro des Capitano.

»Signora Claretta«, sagte jemand mit gedämpfter Stimme. »Pst. Hallo, Signora.«

Claretta hob den Kopf und blickte in das schweißige Gesicht von Sergente Gabriele, das geradeso durch den schmalen Spalt seiner Bürotür zu sehen war.

»Kommen Sie bitte«, sagte er. »Schnell.« Dann verschwand er aus ihrem Blickfeld.

Claretta schaute sich unsicher um, aber der Flur war menschenleer. Sie lauschte sogar kurz, aber nachdem alles ruhig blieb, was nur bedeuten konnte, dass der Capitano noch nicht im Haus war, folgte sie der Aufforderung.

»Schließen Sie die Tür, schnell«, forderte der Sergente, nachdem sie kaum das Zimmer betreten hatte. »Ich möchte nicht, dass jemand etwas mitbekommt.«

Er will dir einen Heiratsantrag machen, der Schuft. Claretta, du kennst die Antwort!

Sergente Gabriele, dessen breites Kreuz bislang den Blick auf seinen Schreibtisch verwehrt hatte, trat, nachdem er sich vergewissert hatte, dass sie auch tatsächlich ungestört waren, beiseite und sagte: »Sie müssen sich das anschauen.«

Auf dem Tisch stand die Kiste aus dem Stall der Milchbauern, und ihr Deckel war weit nach hinten geklappt.

Clarettas Puls raste. »Aber …?« Mehr bekam sie nicht heraus.

»Die habe ich bei meinem Dienstantritt vor der Eingangstür gefunden«, erklärte der Sergente leise. »Jemand muss sie in der letzten Nacht dort abgestellt haben.«

Claretta sagte noch immer nichts, sondern schaute den Sergente nur mit weit aufgerissenen Augen an. »Die Wachleute wechseln sich nachts ab, na ja, irgendwie muss gerade dann niemand da gewesen sein, als uns das Ding gebracht wurde. Jedenfalls haben sie niemanden bemerkt.« Er beugte sich leicht nach vorn. »Sie dürfen dem Capitano nichts verraten, hören Sie, Signora Claretta. Er duldet solche Disziplinlosigkeiten nicht. Normalerweise geht es nachts hier zu wie in einem Grab, wissen Sie. Ab und zu mal ein paar Betrunkene oder ein streitendes Ehepaar, aber nichts, was nicht Zeit hat bis zum Morgen, zumal der Capitano sich niemals in seiner Nachtruhe stören lassen würde. Und die Männer …« Er seufzte. Dann fiel sein Blick auf das Fundstück. »Ich habe das Teil geöffnet«, redete er weiter. »Manchmal kommen Weinkisten für den Capitano oder auch Olivenöl. Es gibt Menschen, die sich für seine Arbeit bedanken wollen. Ich verstaue die Sachen in …, na ja, anonym hat das zwar bisher noch nie jemand vorbeigebracht, aber es hätte doch sein können.« Er rieb sich den Nacken. »Das Schloss hatte nicht sonderlich viel entgegenzusetzen …, also nun ist das Ding offen.« Er schluckte.

»Und es ist kein Wein«, ergänzte Claretta und trat mit weichen Knien dicht an den Schreibtisch heran.

»Nein«, entgegnete der Sergente hörbar angetan. »Es

sind die persönlichen Sachen eines gewissen David Baker, Soldat bei der US-Army.« Er griff zielsicher nach einem Ausweis und hielt ihn Claretta entgegen. »Und er sieht verdammt nach dem Mann aus, den wir am Dienstag erstochen in seinem Bett gefunden haben.«

»Tommaso Russo«, hauchte Claretta und legte ihre Hand auf die ockerfarbene Uniform, die aus der Kiste ragte.

»Können Sie sich einen Reim darauf machen, wo das plötzlich herkommt?«, fragte der Sergente.

Zweifelsohne konnte Claretta das, aber sie dachte beim besten Willen nicht daran, seine Frage zu beantworten.

***

»Wieso können Engländer nicht einmal richtig lauschen?« Der Capitano thronte mit verschränkten Armen hinter seinem Schreibtisch und gab dabei ein ziemlich unleidiges Bild ab. »Amerikanisches Englisch«, äffte er den vornehmen Signore Walker nach. »Da soll sich einer einen Reim darauf machen. Und es ging um viel Geld. Pah! Da bleibt man stehen und hört sich alles in Ruhe an. Es kann doch nie etwas schaden, ein wenig mehr über seine Mitmenschen in Erfahrung zu bringen. Ein Italiener jedenfalls ist ein soziales Wesen und kein Stockfisch wie diese …« In seinem Gesicht deutete sich ein zaghaftes Naserümpfen an. »Vergessen wir das!«

Der Sergente hatte auf Clarettas Bitten die Kiste hinauf in das Büro des Capitano getragen; sie hatte ihm versprochen, alles Weitere zu regeln. Capitano Spadaro hatte zwar bis weit nach zehn Uhr gebraucht, um seinen Dienst anzutreten, aber immerhin hatte das Claretta ein wenig Zeit verschafft, sich das Eigentum des David Baker näher anzusehen und natürlich, um sich eine glaubhafte Erklärung für diesen unerwarteten Fund zu überlegen. Im Ergebnis hatte der Capitano den zusätzlichen Einsatz des Sergente und damit das Versteck unter Signora Giuliettas Bett nicht hinterfragt. Das wäre bei dem Geisteszustand der armen Frau ohnehin reine Zeitverschwendung gewesen, hatte Claretta ihm versichert.

»Wir haben es also mit einem Farmersohn aus Oklahoma zu tun, der unbedingt ein Italiener sein wollte«, konstatierte der Capitano. »Verübeln kann man ihm das nicht.« Er grinste. »Und *Ihrer* Spürnase, Gabriele, haben wir diese Entdeckung zu verdanken. Bravo!«

Sergente Gabriele reagierte mit stolz geschwellter Brust und nickte entschieden. Dabei vermied er es angestrengt, Claretta in sein Blickfeld zu bekommen. »Ja, Capitano. Seine Einheit war 1943 auf Sizilien stationiert. Das geht aus seinem Soldbuch hervor.«

»Er ist desertiert«, überlegte der Capitano laut. »Oder nach dem Krieg zurückgekommen. So etwas ist ja nicht ausgeschlossen. Er verliebt sich in unser Land, in unsere Frauen und zack …« Er ließ seine Augen wiederholt über die Einzelteile des sorgsam vor ihm aufgebauten Inhaltes der Kiste schweifen. David Baker hatte alles verwahrt, umfangreiche persönliche Dokumente, zivile und militärische Ausweispapiere, die Uniform, ein paar Familienfotos, sogar ein kleiner Plüschaffe war dabei.

So sahen also die Überbleibsel eines Lebens aus, eines

längst vergangenen, abgeschlossenen, dachte Claretta. Trotzdem hatte David, also Tommaso, sich ganz offenkundig nicht entschließen können, sich davon zu trennen. Ob Carmela wohl davon gewusst haben mag? Dann hätte er die Sachen auch im Haus aufbewahren können, ganz so wie normale Menschen es mit ihren Erinnerungsstücken hielten. Es sei denn, er wollte seine Vergangenheit nicht nur vor seiner Frau, sondern auch vor dem Rest der Welt geheim halten. Vermutlich war da so ein Heuhaufen schon zweckmäßiger als die doch sehr übersichtlichen eigenen vier Wände. Das bedeutete aber, er hatte tatsächlich etwas zu verbergen gehabt. Aber wäre es dann nicht besser gewesen, alles restlos zu vernichten? Ohne seine alten Ausweispapiere hätte man ihm im Zweifelsfall doch nichts anhaben können. Ein neuer Name, ein anderer Beruf, das flüssige akzentfreie Italienisch. Irgendwann wuchs doch über fast so ziemlich alles Gras.

Seine Identität verändert man nur, wenn man etwas zu verbergen hat.

»Aber seine Identität verändert man nur, wenn man etwas zu verbergen hat«, erklärte der Capitano.

Ein kluger Mann, der Capitano.

»Fahnenflucht wäre also denkbar oder irgendein anderes Vergehen. Die amerikanischen Truppen bestanden nicht nur aus anständigen Männern. Ich denke, ein Telefonat mit dem amerikanischen Konsulat könnte hier dienlich sein. Nachher haben wir es hier mit dem meistgesuchten Schwerverbrecher der USA zu tun und ahnen nicht einmal etwas davon. Sergente!«

Gabriele rannte förmlich zu seinem neuen Auftrag.

»Und wo ist eigentlich der *Allievo* schon wieder?«, rief der Capitano ihm noch hinterher.

»Er macht Auslieferungen, Capitano«, antwortete Gabriele und hielt pflichtschuldigst in seiner Bewegung inne.

»Aha«, entgegnete der Capitano zweiflerisch. »Die Auskunft des Postamtes von Salerno sollte gestern schon auf meinem Schreibtisch liegen«, beschwerte er sich.

Der Sergente knallte mit den Absätzen und eilte hinaus.

»Muss ich denn alles allein machen? Dabei zermartere ich mir schon den ganzen Tag mein Hirn.« Er seufzte erschöpft, und seine Augen ruhten dabei auf Claretta. »*Ragazzina*? Sie wirken heute ein wenig betrübt. Was liegt Ihnen auf der Seele? Ihrem Capitano können Sie alles sagen.«

Verehrter Capitano, ich bin dieser Aufgabe nicht gewachsen und kündige.

Claretta drückte das Kinn noch etwas stärker auf ihre Brust und biss sich auf die Unterlippe. Schließlich nahm sie all ihren Mut zusammen und sagte: »Ich mache mir so meine Gedanken über die Dinge, Capitano. Was sind das für bemitleidenswerte Menschen, die mit solch schweren Sünden leben müssen.«

Claretta!

»Oh«, entfleuchte es dem Capitano weich. »Das muss meine kleine Bambina doch nicht quälen.« Er neigte seinen Kopf zur Seite. »Ein Deserteur ist kein Schwerverbrecher, noch dazu, wenn der Krieg schon sechs Jahre hinter uns liegt. Alles andere habe ich nur im Scherz gesagt. Nicht einmal die US-Army rekrutiert einen gesuchten Straftäter.« Der Capitano machte ein versöhnliches Geräusch mit seiner Zunge. »Und gesetzt den Fall, dann ist er jetzt auch tot, also kein Grund zur Beunruhigung.«

»Und wenn er seine Verbrechen erst hier in Italien begangen hat?«, fragte Claretta betont naiv nach.

»Nun ist es aber gut, meine Liebe«, entgegnete der Capitano. »Wir wollen lieber einmal beratschlagen, wie meine Mittagsmahlzeit aussehen könnte.« Er schaute demonstrativ zu den geöffneten Balkontüren hinüber und wackelte mit seinen Nasenflügeln, als könnte er die Kräuter bis zu sich herüberriechen. »Wie ich sehe, sind Sie vorbereitet.« Er lächelte glückselig. »Was halten Sie von Spaghetti mit frischem Knoblauch und Kräutern?« Er nickte ihr auffordernd zu. »Den Knoblauch müssten Sie aber noch besorgen. Meine Vorräte sind ausgegangen.«

***

Der Soldat David Baker hatte sich nicht unerlaubt von seiner Truppe entfernt. Wie die meisten seiner Kameraden war er nach Beendigung des Krieges vorschriftsmäßig aus der Armee ausgeschieden und in seine Heimat zurückkehrt. Zudem hatten sich in seiner Personalakte keinerlei Einträge über Straftaten oder auch nur Hinweise auf Fehlverhalten seinerseits gefunden. So lautete zumindest die offizielle Version des Amerikanischen Konsulats, aber der Capitano sah keine Veranlassung, dem keinen Glauben zu schenken. Spätestens im Jahr 1946 war der Zivilist David Baker dann nach Italien zurückgekommen, hatte sich als Tommaso Russo bei der Gemeindeverwaltung Amalfi gemeldet und Carmela geheiratet. Ob zwischen ihrem Kennenlernen und der Hochzeit tatsächlich nur eine kurze Zeitspanne gelegen hatte oder ob sie der Grund für seinen Neuanfang gewesen war, ließ sich nicht mehr nachvollziehen. Beide hatten darüber niemals mit jemandem gesprochen. Und es spielte nach ihrem Ableben wohl auch keine Rolle mehr.

»Tommaso Russo aus Pantelleria«, murmelte der Capitano gedankenverloren vor sich hin. Sein Uniformrock war bis weit unter die Brust geöffnet, was einen freien Blick auf sein durchnässtes Unterhemd bot. Dem Capitano lief der Schweiß aus allen Poren, wozu die doppelte Portion Knoblauch und die halbe Flasche Wein zweifelsohne noch beitrugen. Seine Füße hatte er, ganz wie es zu seinen Angewohnheiten zählte, auf dem Schreibtisch geparkt. Durch diese halb liegende Haltung bot sein Bauch die perfekte Abstellmöglichkeit für den Aschenbecher, in dem er alle paar Minuten die verbrannten Reste seiner Zigarre abstreifte. »So ein Ende eines Krieges bietet nun mal auch ungeahnte Möglichkeiten«, redete er mit sich selbst. »Dann geht man einfach wahllos irgendwohin, erzählt eine rührselige Geschichte, und flugs ist man jemand anderes.« Er paffte dicke Wolken in die Luft. »Was denken Sie, Sergente?«

»So ist es, Capitano«, entgegnete Gabriele.

Also ich denke, ein Mann aus Pantelleria hat verdammt mehr zu berichten als rührselige Geschichten.

Claretta reinigte den Kochapparat und bemühte sich dabei, nicht den Eindruck zu hinterlassen, als ob sie sich für diese Unterhaltung interessieren könnte. Derweil machte sie sich jedoch ihre eigenen Gedanken. Auf sie wirkte das Vorgehen von Tommaso Russo genau überlegt. Er wusste, dass die Insel Pantelleria 1943 von den Alliierten dem Erdboden gleichgemacht worden war, womöglich war er sogar daran beteiligt gewesen. Niemand, der von dort stammte und wie ein Wunder dem Angriff entkommen war, wurde in Zweifel gezogen, weil er keine Papiere mehr besaß. Die Geschichte dieser unglaublichen Feuersbrunst kannte fast jedes Kind in Italien. Es musste also ein Leichtes gewesen sein, sich als ein Panteschi bei der Verwaltung zu melden und – basierend auf Mitleid oder Unwissenheit oder beides – neue Papiere zu bekommen. Der unbescholtene Milchbauer Tommaso dürfte nicht einmal wenige Minuten gebraucht haben, um italienischer Staatsbürger zu werden. Und damit verfügte er über alles, was man für einen Neuanfang brauchte. Außer Geld. Vermutlich. Denn wieso sonst hätte er mit Carmela fast fünf Jahre bescheiden leben und einer so harten und wenig einträglichen Arbeit wie der eines Milchbauern nachgehen sollen?

Er war es nur auf dem Papier. Mehr nicht. Italiener ist man im Blute.

»Italiener ist man im Blute«, wiederholte Claretta leise, aber offenkundig noch immer für ihr Umfeld vernehmbar.

»Ach was ist sie doch für eine reizende *Ragazzina*, unsere Signora Claretta«, kommentierte der Capitano angetan. »Was wären wir nur für ein trauriger Haufen ohne Sie.«

Man konnte dem Sergente ansehen, dass er eine Bekräftigung nur mühevoll unterdrücken konnte.

Der Capitano räusperte sich wichtigtuerisch. »Vermutlich ist die Sache ganz einfach, und unser Russo sprich Baker war von zu Hause aus wohlhabend, und seine Eltern haben ihm zur Unterstützung regelmäßig Geld gesendet. Dann schließt sich unser Kreis wieder wo?« Er schaute den Sergente provozierend an.

»Das denke ich auch«, pflichtete der Sergente bei. »Äh, bei den Proiettis«, fügte er noch schnell an.

Dafür brauchte David keinen anderen Namen, dachte Claretta.

»Und den italienischen Namen hat er sich gegeben, um bei uns nicht aufzufallen«, ergänzte der Sergente. »Immerhin gibt es heutzutage durchaus noch Italiener, die den Amerikanern nicht wohlgesonnen sind. Auf diese Weise kann man einigem Ärger vorbeugen.«

»Ein durchaus kluger Gedanke, Sergente«, lobte der Capitano.

So einen Blödsinn habe ich selten gehört.

Claretta schmunzelte. Emilio hatte das ausgesprochen, was sie ebenfalls dachte.

Das Telefon klingelte. »Ah!«, rief der Capitano verzückt aus, griff nach dem Hörer und hörte sich eine Weile an, was am anderen Ende der Leitung gesagt wurde. »Ach, es hat ein wenig gedauert, na ja … Was nicht gefunden? Würden Sie bitte lauter sprechen. Die Verbindung ist eine Katastrophe.« Er hielt die Sprechmuschel des Hörers ein wenig von seinem Mund weg und sprach in Richtung der Anwesenden. »Das Postamt aus Salerno.« Er hob die Augenbrauen und nickte erst Claretta und dann dem Sergente wichtig zu. Dann konzentrierte er sich sichtbar wieder auf den Anrufer. »Monatlich seit drei Jahren, wie viel …? Na ja, das ist ordentlich. Aus den USA.« Er nickte erneut, und die Genugtuung, die in seiner Mimik lag, schien noch gewachsen zu sein. »Sie hatten den Vorgang nicht finden können? Deswegen hat es so lange gedauert. Ich verstehe.« Der Capitano sah aus, als ob er überhaupt nichts verstand. »Ein anderer Name? Was soll das denn heißen? Tommaso Rosso aus Amalfi. Nein? David Baker aus Amalfi?« Er schnappte nach Luft. »Jetzt hören Sie aber auf. Es gibt nur diese eine wiederkehrende Geldanweisung, monatlich. Na sehen Sie!« Der Capitano öffnete den Mund, verharrte aber ohne einen Laut in dieser Stellung. Wenig später legte er einfach auf. Es dauerte, bis er sich gefangen hatte und er endlich ein Wort der Erklärung von sich gab. »Unser Mann war niemals der ausgewiesene Empfänger des Geldes – er war nur der Bote! Die rechtmäßige Adressatin heißt Giulietta De Rosa. Tommaso, ach David«, er winkte unwirsch ab, »hat auf ihre Vollmacht hin gehandelt. Weiter nichts.« Er schluckte. »Der Absender war immer ein gewisser Thomas Wilhelm Green, wohnhaft in Memphis, Tennessee. Aber er muss vor mehr als sechs Wochen damit aufgehört haben, zumindest liegt seither keine neue Ausgabequittung vor. Der Geldfluss war aus unerklärlichen Gründen versiegt.«

»Ein reicher Onkel?«, mutmaßte Sergente Gabriele.

»Sein Offizier«, rutschte es Claretta in einem unbedachten Moment heraus. Sie lief knallrot an. Warum hatte sie auch ihre neugierige Nase in Tommasos Unterlagen stecken müssen?

***

Der Schinken riecht gut.

»Heute hast du nichts dagegen, dass ich ihn bekommen habe?«, fragte Claretta. Sie kniete vor Emilios Grab, das in Zeitungspapier eingeschnürte Paket mit dem großen Stück Fleisch darin dicht neben sich, und betrachtete voller Glück den Inhalt des kleinen grauen Umschlags, den der Capitano ihr vorhin ausgehändigt hatte. Das war sie also, ihre erste Lohntüte mit sage und schreibe achttausend Lire darin. Claretta schloss das Kuvert, drückte es fest an ihre Brust und legte den Kopf in den Nacken. Die warmen Strahlen der Sonne kitzelten ihre Haut. Ihr Herz hüpfte, und sie hatte das Gefühl, sein Takt würde sich nie wieder normalisieren, zumindest nicht so lange, wie sie das Geld in ihren Händen hielt.

Dass es tatsächlich fast sechs Tage dauert, den Mörder zu finden, hätte ich nicht für möglich gehalten. Man sollte doch meinen, die Carabinieri hätten mehr Übung darin.

»Ach Emilio!«, seufzte sie, verstaute den Lohn in ihrer Handtasche und klemmte sie fest zwischen ihren Knien ein. Dann begann sie damit, die braunen Blätter von den wilden Vergissmeinnicht abzuzupfen, die Emilios Grabstätte nahezu überwucherten. Der Mörder von Carmela De Rosa und Tommaso Russo alias David Baker war vor etwa einer halben Stunde in das Gefängnis nach Salerno überstellt worden. Alles war so schnell gegangen, dass

Claretta das Gefühl hatte, die Ereignisse wie in einem einzigen Rausch durchlebt zu haben. Noch jetzt wurde es ihr ganz schwindlig, wenn sie daran dachte, wie der Sergente Gabriele und der *Allievo* John Edward Green in die *Comando Stazione* geführt hatten. Sie hatten den Amerikaner in seinem Hotel gefunden, wo er entspannt bei einem Scotch auf der Terrasse gesessen und in der *New York Times* geblättert hatte. Für die Männer hatte es sogar so ausgesehen, als ob er sie erwartet hätte. Claretta hatte es kaum glauben wollen, als der *Allievo* es ihr berichtet hatte. Aber es passte zu dem gut gekleideten jungen Mann, der vollkommen ruhig und souverän vor dem Capitano gesessen hatte. Claretta fand ihn sogar sympathisch, zumindest hatte er einen wohlerzogenen und überaus gebildeten Eindruck auf sie gemacht, auch wenn er kein Wort Italienisch sprechen konnte. Dass so jemand zu einem Mord fähig war, hätte sie niemals für möglich gehalten. Sie hatte zwar noch nie einem leibhaftigen Verbrecher gegenübergestanden, aber in ihrer Vorstellung mussten das alles ungepflegte, üble Burschen sein, denen nicht einmal das Bild ihrer Mutter heilig war. Bei John Edward Green schien alles anders zu sein. Auf sein Geständnis, das jedoch eher dem Bericht eines Ehrenmannes als dem eines skrupellosen Mörders glich, hatte der Capitano nicht lange warten müssen.

John Edward Green entstammte einer ebenso angesehenen wie wohlhabenden Familie von Baumwollhändlern, an deren Spitze bis zu seinem plötzlichen Tod vor sechs Wochen sein Vater Thomas Wilhelm Green gestanden hatte. Der ehemalige Offizier der US-Armee war beim

Angriff auf Pantelleria dabei gewesen und hatte sich, wie sein Sohn berichtete, in diesem Krieg auch sonst einen Namen gemacht. Irgendwann jedoch, und das hatte sich John Edward Green auch erst durch den Nachlass seines Vaters offenbart, musste er einen schwachen Moment gehabt haben. Ein junges sizilianisches Mädchen, das nach allem, was der Sohn in Erfahrung bringen konnte, kaum zwanzig Jahre alt gewesen sein musste, hatte ihm sein Herz gerührt. Die Affäre, die der überaus konservative Green eingegangen war, sollte ihm jedoch zum Verhängnis werden. Denn Antonia Maria Russo, so hieß das Mädchen, hatte sich ebenso wie Green verliebt, nur dass sie in der Verbindung eine Zukunft gesehen hatte, die es für ihn nicht geben konnte. Die Tragik dieser unerfüllten Liebe allein mochte schon bewegend genug sein, dass der junge Soldat David Baker mehr als zufällig davon Kenntnis bekommen hatte, reichte jedoch, um Green die letzten Jahre seines Lebens damit zu beschäftigen. Er glaubte nämlich, ein Kind mit Antonia gezeugt zu haben, für das er fraglos mit den Geldüberweisungen in den letzten Jahren aufgekommen war. Baker alias Tommaso Russo hatte den alten Green nicht nur im Namen seiner vermeintlichen Schwester davon in Kenntnis gesetzt, sondern er hatte auch überaus drastisch an ihn appelliert, die Schande, die im katholischen Italien unbeschreiblich war, wiedergutzumachen. Bis zu seinem frühen Krebstod war der alte Green dem nachgekommen, ohne jemals auch nur irgendeine Nachricht von seiner einstigen großen Liebe zu bekommen, von der er glaubte, sie in ein schreckliches Unglück gestürzt zu haben.

Selbst schuld. Er hätte ja auch die Finger von ihr lassen können.

»Wenn zwei Menschen sich aber lieben«, widersprach Claretta. »Wer fragt dann schon nach der Vernunft.«

Dann hätte er sie mit nach Amerika nehmen können.

»Du hast doch gehört, dass sein Vater verheiratet war. Das ist alles nicht so einfach, zumal die da drüben ein ganz anderes Leben haben. Und er wollte es ja irgendwie auch alles gutmachen. Deswegen hat er für sein Kind gesorgt.« Claretta dachte daran, wie unglücklich die arme Antonia Maria Russo wohl gewesen sein musste. »Dieser vermaledeite Krieg bringt aber auch nur Pein mit sich«, murmelte sie.

Was hat der Krieg damit zu tun? Der kann nichts dafür, dass Tommaso Russo, also dieser David Baker einen schlechten Charakter hatte.

»Das stimmt wohl«, gab Claretta zu. »Er hat das Unglück der anderen schamlos ausgenutzt und sollte dafür bis in alle Ewigkeit keine Ruhe mehr finden.«

Diesen Wunsch solltest du mit dem Monsignore bereden.

»Ach.« Claretta wischte sich mit dem Handrücken einen Tropfen von der Nasenspitze.

Ich verstehe nun aber noch immer nicht, wieso der Sohn von diesem Green, also dein Mörder, seine kleine Stiefschwester nicht gefunden hat.

»Wenn du zugehört hättest, wüsstest du es«, entgegnete Claretta vorwurfsvoll. »Es gibt keine kleine Schwester, auch keinen Bruder. Nachdem John Edward Green das Geheimnis seines Vaters kannte, ist er nach Italien gekommen, um Antonia Russo und deren Kind zu suchen. Er konnte sie jedoch nicht finden, da sie nur wenige Wochen nach Ende des Krieges im Meer ertrunken war.«

Es gab kein Kind.

»Nein!«, Claretta schniefte. Während John Edward Green das erzählt hatte, war ihr an ihm erstmalig eine gewisse Erschütterung aufgefallen. Der Sohn hatte erfahren müssen, dass sein Vater das Opfer einer unvergleichlichen Betrügerei geworden war. Ein fremder und überaus skrupelloser Mensch hatte mit seinen Empfindungen gespielt und sie schamlos ausgenutzt. Diese Gewissheit hatte Green nach Amalfi getrieben.

Aber das war wohl nur eine Facette der Wahrheit. Der alte Green hatte kurz vor seinem Tod sein Testament zugunsten seines vermeintlich unehelichen Kindes in Italien geändert, sodass John Edward Green nun leer ausging. Was einen Vater zu so einer Entscheidung trieb, darüber hatte John Edward nur spekulieren können. Die Sentimentalität eines kranken Mannes über sein ungelebtes Leben, das schlechte Gewissen, eine unglückliche Ehe, das Missverhältnis zum eigenen Sohn oder alles zusammen könnten eine Rolle gespielt haben.

Der Bursche wollte seinen reichen italienischen Verwandten finden und ihn plattmachen. Mann, muss der eine Wut im Bauch gehabt haben.

»Das hat er nicht gesagt«, erwiderte Claretta, wobei ihr der Gedanke auch schon gekommen war.

Und dann kommt er in Italien an, und es gibt keinen Erben. Emilio lachte schadenfroh. *Der muss vielleicht blöd aus der Wäsche geguckt haben. Und trotzdem war das Erbe futsch.*

»Sicherlich«, antwortete Claretta. »Sonst hätte er ja als reicher Mann wieder nach Hause fahren können.«

Ist er aber nicht.

»Nein.«

Immerhin hatte er ja den Namen und die Adresse der alten Verrückten.

»Genau. Er war bei Giulietta De Rosa. Dass sie jedoch unmöglich diejenige sein konnte, die das Geld seiner Familie verjubelte, hatte er sofort erkannt, und bis zum betrügerischen Tommaso war es nicht mehr weit. Amalfi war zu klein, als dass man nicht denjenigen auch fand, den man suchte.«

Und dann hat er die Milchbauern aufgesucht und zack!

»Am Sonntag, genau. Den Streit hatte Signore Walker gehört.« Claretta entfleuchte ein Seufzer.

Der Engländer.

»Mhm.«

Und wieso hat er den Betrüger nicht gleich kaltgemacht?

»Emilio, bitte!«, sagte Claretta vorwurfsvoll. »Er hat ihm die Chance gegeben, sich bei der Polizei zu stellen, aber Tommaso hat alles abgestritten.«

Davon bekommt Greens Familie die Millionen auch nicht wieder.

»Darauf hatte er wohl gehofft«, antwortete Claretta. »Und auf Gerechtigkeit. Deswegen hat er Tommaso eine Frist gesetzt.«

Aber der wollte das Hotel und dachte nicht einmal daran, sich selbst zu stellen.

»Ja. John Edward Green hat ihn am Dienstag wieder

aufgesucht und an seine Vernunft und auch Ehre als Soldat appelliert. Carmela und Tommaso haben ihn nur ausgelacht, ihn und seinen liebestollen alten Vater. Sie haben ihm sogar angedroht, ein Kind aufzutreiben, das sie als Nachkommen und rechtmäßigen Erben präsentieren wollten. Dann hat er das Kruzifix an der Wand gesehen und …« Claretta schluckte einen Kloß in ihrem Hals herunter.

Wenn meine Familie beleidigt und betrogen worden wäre, hätte ich vermutlich auch so gehandelt.

»Sicher, Emilio«, entgegnete Claretta eher aus Höflichkeit denn aus Überzeugung.

Aber wieso ist der Kerl dann nicht gleich aus Amalfi verschwunden? Hier zu sitzen und auf seine Verhaftung zu warten, ist doch Blödheit.

»Er hat sich wohl zu sicher gefühlt.« Claretta richtete ihren Oberkörper auf und betrachtete gedankenverloren das Holzkreuz mit Emilios Namen darauf. »Außerdem geht das nächste Flugzeug erst morgen. Er hat gepokert. Wenn er bis dahin nicht gestellt worden wäre, dann hätte er als ein freier Mann, aber als Mörder das Land verlassen. So jedoch hatte das Schicksal anders für ihn entschieden.«

Na ja, die Yankees sind nun einmal nicht die Hellsten. Ein Kampanier hätte sofort das Weite gesucht …

»Claretta. Wie schön.« Ohne von Claretta bemerkt worden zu sein, stand der Monsignore überraschend hinter ihr. »Wie schön, dich zu treffen.« Er betrachtete das Kreuz. »Emilio Fazzari. Sieh an.« Er machte ein Gesicht, als ob er den Namen zum ersten Mal gelesen hatte.

»Monsignore«, grüßte Claretta höflichst, während sie

aufstand und ihre Beine vom Staub befreite, natürlich nicht, ohne ihre Handtasche mit einer Hand fest zu umklammern.

»Hattest du eine schöne Woche?« Er lächelte, als ob er die Antwort bereits kennen würde.

»Ja, Monsignore«, entgegnete Claretta zurückhaltend. »Ich habe keinen Grund zu klagen.«

»Das freut mich. Der Herr ist gerecht, mein Kind, daran sollten wir immer denken«, sagte er.

»Ja, Monsignore.«

Er verabschiedete sich durch ein angedeutetes Kopfnicken, wandte sich ab und hielt dann jedoch noch einmal inne. »Giulietta De Rosa geht es übrigens sehr gut. Ein Engel hat ihr gestern einen ganzen Korb voller Lebensmittel gebracht. Kann man das glauben, aus heiterem Himmel.« Er war sichtlich von dieser Geschichte begeistert. »Das ist aber nicht alles. Sie ist umgezogen, in ein kleines Haus nahe des Torre dello Ziro. Das Paar, das sie dankenswerterweise bei sich aufgenommen hatte, lebt jetzt übrigens auch dort. Ich dachte nur, das solltest du wissen, nachdem du dich doch kürzlich nach Giulietta erkundigt hast.« Er deutete ein erneutes Nicken an und verschwand.

Die Millionen hat der Engel ihr aber nicht mitgebracht.

»Ach, halt doch die Klappe, Emilio!«

OKTOPUS VERLAG

Julia Bruns
Sommersturm
Ein Amalfi-Krimi

Claretta Lépore, Sekretärin der Carabinieri, entdeckt ihre Leidenschaft für die Verbrecherjagd – und ist ihrem Capitano immer einen Schritt voraus.

Wenn Claretta Lépore sich nicht jeden Morgen vor dem Spiegel kneifen würde, könnte sie es selbst nicht glauben: Sie hat wirklich eine Arbeitsstelle gefunden. Seit einem halben Jahr ist sie die Sekretärin des Capitano der Carabinieri, und das obwohl die arme Fischerstochter nie richtig gelernt hat, zu schreiben, geschweige denn eine Schreibmaschine zu bedienen. Aber was blieb ihr übrig? Ihr Mann Emilio ist im Krieg gefallen, und die vier Jungs werden nicht von allein satt. Im September 1951 wird Amalfi Schauplatz eines Mords: In einer Suite des Grand Hotel di Cappuccini wird ein wohlhabendes Touristenpaar erschossen. Der Capitano der Carabinieri geht von Raubmord aus: Bei reichen Leuten, noch dazu bei Ausländern, komme so etwas öfter mal vor. Aber warum trägt die wunderschöne Signora noch ihren teuren Schmuck? Claretta hat ihre ganz eigene Theorie, und die wird dem Capitano ganz sicher nicht gefallen …